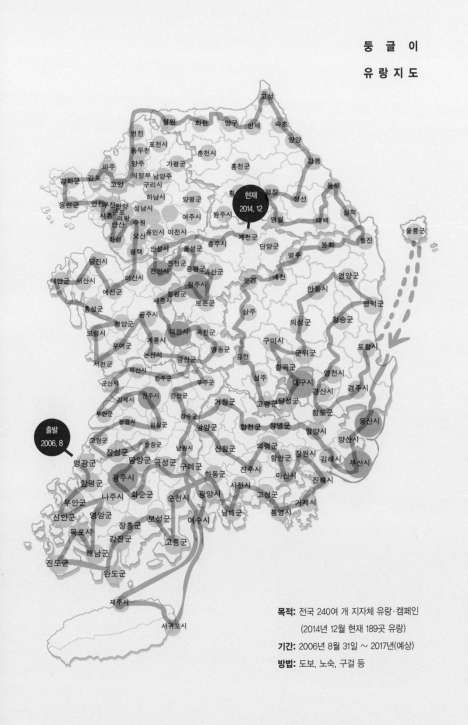

둥글이
유랑지도

목적: 전국 240여 개 지자체 유랑·캠페인
　　　(2014년 12월 현재 189곳 유랑)
기간: 2006년 8월 31일 ~ 2017년(예상)
방법: 도보, 노숙, 구걸 등

둥굴이의 유랑투쟁기

자발적 가난과 사회적 실천의 여정

둘글이의 유랑투쟁기

박성수 지음

한티재

길을 걷다 보면 도시의 확장으로
각종 야생 동식물의 생존이 위협받고 있음을 보게 된다.
하루에 수도 없이 접하는 '길에 버려진 죽음'을 보며,
우리 인간의 잘 먹고 잘살려는 욕망이 그들에 대한
광범위한 살육으로 이어지고 있음을 확인할 수 있었다.
그들은 단지 날개를 퍼덕이며 창공을 가르고 싶었을 따름이다.
벌레 몇 마리와 이슬 방울, 숲속 나뭇가지 위의 작은 둥지 하나면
더 바랄 게 없었다. 단지 그것이면 족했다.
하지만 우리 인간은 현재의 풍요 위에
하나를 더 얹기 위해 그것마저도 빼앗았다.

이 책에 쓰인 글과 사진들을, 유랑 중에 셀 수 없이 마주친
'길에 버려진 죽음'에 헌정한다.

들어가면서

'유랑'이라는 표현이 주는 해방감에 이끌려 가벼운 마음으로 이 책을 골라든 이는 이 책에 잡다한 세상사에 대한 비판까지 어우러져 있음에 다소 당혹해 할 수 있다. 골치 아픈 일들을 잊을까 하여 뽑은 책에 시끄러운 세상사가 열거되니 말이다. 하지만 진정한 해방은 현실에 대한 회피가 아닌 냉정한 직시를 통해 가능하다는 말이 있다. 역설적이지만 유랑의 형식으로 세상사를 들여다보는 시도가 어쩌면 이 책을 읽는 이에게 일시적인 해방감이 아닌 참된 자유를 찾아 나설 실마리를 제공해줄 수도 있을 것이다. 나 역시 그런 이유로 유랑을 시작하였으므로.

2006년 8월부터 시작된 나의 유랑은 산 좋고 물 좋은 곳을 찾아다니며 유유자적하려는 것과는 전혀 다른 이유로 시작되었다. 지구 기후변화에 맞물린 에너지와 자원 고갈의 문제, 그리고 이에 따른 환경파괴와 인류의 절멸 위기가 언론을 통해서 쏟아져 나오던 시기. 나는 그러한 문제들이 결국 70억 인구 중의 하나인 내 자신의 욕망으로부터 시작되고 있음을 어렴풋이 깨닫기 시작했다. 내가 일상적으로 소유하고 소비하고 싶은 만큼 다른 사람들도 그것을 원하고 있다 보니 지구가 파헤쳐지고, 우리 자신이 병들며, 후손들의 존립 터전이 사라지고 있었던 것이다. 특히나 한국인의 일상을 통해 표출되는 세계적 수준의 '경쟁의식'과 '배려 없는 욕심'이 실은 이 나라의 갖은 사회 갈등과 부조리를 파생시키는 원천이기도 하기에, 지구인의 하나로서 책임감을 제대로 인식한다면 그에 대한 해법도 찾을 수 있을 터였다.

하지만 내가 가진 '잘 먹고 잘살려는 욕구'는 그 현실을 바로 보기 어렵게 만들고 있었다. 적응된 일상과 사회관계망의 압력은, 70억 인구 중 한 사람으로서의 책임감보다는 70억 인구 중에 내가 몇 번째에 서 있는지에 대한 고민을 하게 만들었고, 지구적 문제에 대해서는 수박 겉핥기 식으로 걱정하면서 내 잇속을 차리기 위한 계산만 하도록 이끌었다. 그런데 무수한 과학자, 기상학회, 연구기관, 심지어 유엔이 쏟아내는 자료에서 미래에 대한 조망은 언제나 어두웠다. 대책없이 미래를 긍정하는 SF 소설이나, "어떤 진보적 기술의 발명으로 문제가 해결되겠지" 하는 기술만능주의자들의 사설 속에서나 미래는 장밋빛으로 빛나고 있었다.

결국 이렇게 분명한 문제 상황에서도 실효성 있는 해법을 찾아 실천할 의지가 없는 내 자신을 발견한 시점에서 나는 결단하지 않을 수 없었다. 뿌리 깊게 내 뇌를 잠식하고 있는 '일상의 야만'으로부터 벗어나야 할 필요를 느꼈던 것이다. 하지만 그것은 도피여서는 안 되었다. 일상을 벗어나되 일상의 공간을 면밀히 탐구할 수 있는 어떤 시도가 필요했다. 하여 나는 배낭을 꾸려 도심 속 유랑을 시작했다.

이에 대해 정착족들은 "왜 그것이 특별히 유랑의 형식을 취해야 하냐? 그냥 정착해 살면서도 할 수 있는 것이 아니냐?"며 나에게 의문을 제기해 온다. 하지만 정착 생활이 주는 근원적인 안락과 안정은 사회관계와 맞물려 우리를 떠날 수 없게 만들고, 그렇게 적응된 일상 속에서 우리는 현대 소비사회가 요구하는 '욕망과 소비의 인간'이 스스로 되어왔다. 그렇기에 일상이 나에게 가하는 미묘한 강제를 털어내기 위해서라도 유랑의 형식이 필요했던 것이다. 실제로 나는 유랑을 하면서 그간 붕어빵 같은 삶에서 나를 경주마로 만들어왔던 우열감과 불안, 상실감과 공허의 이유를 알게 되었고, 그만큼 움츠려 있던 내 존재가 펼쳐지는 느낌이었다. 정착민으로 살 때에는 그냥 감내하면서 '여행'이나 '떠남' 등의 제목이 붙은 책을 읽으며 달랠 수밖에 없던 감정들이었다.

이 유랑의 삶에서 나는 우리 시대를 살아가는 억눌린 개인, 이 '야만의 사회'의 피해자이자 동시에 가해자인 개인을 해방시킬 수 있는 작은 실마리를 찾아내리라 기대한다. 결국 그것을 길바닥에서 홀로 찾아내야 하는 가혹한 책임이 내 어깨에 올려져 있기에 '유랑'과는 어울릴 것 같지 않은 '투쟁'이 제목에 함께 붙은 것이다. 자, 그러나 너무 심각히 듣도록 하지는 말자. 출판사에서 첫 번째 쓴 서문이 너무 가볍다고 해서 좀 무게를 가했을 뿐이다. ㅠ—

하여간 필생의 과업 '유랑 캠페인'을 처음 계획하던 그때, 나는 이 과업의 기간을 4년 103일로 잡았다. 인구 3만 명당 하루를 할당하여 전국

240여 개 지자체를 돌면서 초등학생들에게 기후변화방지 캠페인까지 할 생각으로 당시 인구 수를 나눠보니 나오는 시간이었다. 유랑에 이렇게 초등생을 위한 캠페인을 함께 계획한 이유는, 세상에 대한 문제의식이 실천과 떨어져서는 안 된다는 필요 때문이었다. 어렸을 때부터 정답 찍는 기계로 길러지며 황폐화되는 아이들의 정신에 작은 여유의 씨앗을 뿌리기 위한 캠페인 활동은 유랑에 균형과 조화를 가져왔다.

그런데 시간이 지나면서 유랑 기간 계산에 심각한 착오가 있었음이 밝혀졌다. 때로는 4박 5일도 걸리는 지역간 이동 시간을 염두에 두지 않았고, 휴일은 초등생 대상의 캠페인을 할 수 없기에 활동 자체가 중단되어야 했으며, 결정적으로는 시간이 지나며 인구가 늘어난 것이다. 어렸을 때부터 산수를 못한 대가가 이렇게 혹독할 줄이야. 이 때문에 지금 유랑을 시작한 지 9년째인데, 앞으로 최소 몇 년은 더 길바닥에서 살아야 할 상황이다.

더더욱 억울한 사실은 이러한 나의 노고를 반기는 이들이 있다는 것인데, 그들은 다름 아닌 스스로를 '둥글이 팬'이라 자처하는 자들이다. (발끈~) 그들은 내가 길바닥에서 고생하는 모습에 낄낄거리며 나의 결핍과 고난을 학수고대하고 있는 새디스트들인데, 본의 아니게 늘어난 유랑 기간으로 그들에게 기쁨만 선사하게 된 것이 분하고 억울할 따름이다. (흐흑~)

하여간 유랑 중 길바닥에서 실시간으로 쓰여지다시피 한 이 글들을 네 묶음으로 엮었다. 1장 '길바닥 삶'에서는 유랑을 시작하게 된 이유와 유랑이 기분전환용 여행이 아닌 그야말로 삶이 되어가고 있는 과정을 정리했고, 2장 '길 위의 만남과 이야기'는 길바닥 삶 속에서 만나는 사람들과 사건들에 얽힌 이야기들로 엮었다. 3장 '길 위의 죽음'에서는 길을 걷다 보면 필연적으로 마주 대하게 되는 현대 사회의 부조리를 다뤘고, 마지막 4장 '그리고……'는 이러한 삶이 계속될 수밖에 없는 한 인간의 실존을 정리했다. 이런 구성을 취하며 이야기는 시간순과 상관없이 배열했는데, 이는 우리네 인생에서 찾아오는 어떤 앎이 목차의 순서처럼 두서를 갖추고 있지 않다고 생각했기 때문이다. 고갯길을 땀 뻘뻘 흘리며 넘는 중 문득 뇌에 폭탄이 터져 발을 멈추고 메모하게 만드는 뜬금없는 성찰처럼, 시공을 넘나드는 뒤죽박죽 이야기의 파편들이 그나마 지금처럼 정돈된 모양새를 갖춘 것은 시간의 순서보다는 이야기의 배열에 우선한 때문이다. 그리고 그 이야기들 사이사이에 들어 있는 짤막한 메시지들은 내가 직면하는 심각한 세상의 고뇌에 압도당하지 않고 생을 주도하고자 하는 무한 긍정의 표현이니, 독자들도 응용해서 실행해 보시길 권한다.

끝으로, 나를 모르는 사람들은 강산이 변할 기간 동안 여행을 즐기는 듯 보이는 나를 갑부 집 자식으로 생각하곤 한다. 하지만 나는 자동차는커녕 오토바이 면허증도 없고, 한 달 10만 원 하는 월세방에라도 살아본 적이 없으며, 평생 통장에 300만 원 이상 채워졌던 적이 없는 홀홀 독신이다. 그리고 실질적으로 텐트가 내 집이나 마찬가지이다. 나는 먹고살 만큼의 돈을 쌓아두고 언제든 돌아올 수 있는 집을 마련해 놓고 한가히 인생을 즐기는 것이 아니라, 배낭을 짊어지고 걸어가는 만큼 일상으로부터 멀어져야 하는 나만의 가난과 고독을 감내하는 삶을 살고 있다. 그 삶은 남들 눈에는 비루하며 때론 허황되게 보일 수도 있지만, 내 앎을 배신하지 않았던 것만으로 스스로에게 떳떳한 삶이었다. 그 삶은 길바닥에서 접하는 가련한 생명과 굶주리는 동포들에 대한 나의 기도가 허세와 위선이 아님을 증거하기 때문이다.

그렇더라도 내가 무턱대고 안 먹고 안 쓰는 금욕의 삶을 사는 것은 아니다. 유랑에도 최소 경비가 필요하기에 틈틈이 막일이나 알바 등을 해서 충당해 왔고, 최근에는 새디스트 팬들이 길바닥에서 고생하는 모습을 더 보여 달라고 한 푼씩 후원해주는 덕에 활동을 이어올 수 있었다. 하여간 이러한 '집 없는 가난한 소년'의 삶이 언제까지 가능할지는 알 수 없지만, 강렬한 욕망이 혼재하던 젊은 시절, 남들만큼 살고 싶었던 '70억 지구인 중 하나로서의 욕구'를, 어깨를 내리누르는 이 배낭으로 잡아맬 수 있었음을 나는 그나마 안위한다. 그 덕분에 내 동물성을 한 껍질 벗고, 인간으로서 한 발 더 앞으로 나아갈 수 있었기에.

이 정도의 사전 설명을 시작으로 둥글이의 유랑 이야기를 시작하고자 한다. 이 다소 해괴한 여정을 함께할 준비가 된 이들은 따라오시라.

2014년 12월 2일
190번째의 유랑지로 향하기 직전 씀

2 길 위의 만남과 이야기 • 105

3 길 위의 죽음 • 195

1

길바닥 삶

장거리 이동에 맞는 신발

의식주를 해결할 잡동사니와 전단지, 노트북까지 얹은 등짐이 몸무게 절반에 육박하다 보니 엄청난 하중이 발바닥에 가해진다. 지역별로 이동거리가 적게는 5킬로미터에서 많게는 100킬로미터에 다다르다 보니, 매번 내디뎌야 하는 십수만 발의 발걸음은 발바닥에 이만저만 무리를 주는 것이 아니다. 땅이 꺼질 듯한 그 엄청난 중력을 인내하며 한발 한발 내디디다 보면, 사막에 내리꽂는 지옥 같은 불볕더위를 참아낸 선인장에 꽃이 피어나듯이, 발에는 물집이 살포시 생겨나곤 한다.

강원도 인제에서 고성 가는 길에는 삼중으로 물집이 잡히기도 했다. 엎친 데 덮친 격으로 양말을 벗고 누워서 쉬고 있는데 불개미가 파고들어 그 빨간 속살을 물었던 통에 비명까지 질러대야 했다. 그래서 물집을 방비하기 위하여 운동화에 깔창을 네 개나 깔고 다녔을 정도이다.

발바닥 물집뿐만이 아니었다. 무릎과 골반 관절의 삐그덕거림도 여

간 고통스러운 일이 아니다. 그렇기에 가벼우면서도 벗고 신기가 용이한 운동화를 고집해 왔고, 신주단지 모시듯 아끼며 떨어지면 꿰매고 때워 신고 다녔다. 하지만 나는 이러한 고통이 몸무게 반절의 짐을 짊어지고 길을 떠돌아다니는 유랑자로서 당연히 감수해야 할 고통이라고 생각했다.

그런데 이렇게 떨어져 너덜거리는 운동화를 신고 다니는 모습을 "나 이렇게 헌 신발 신고 있으니 누가 신발 하나 사줘!" 하는 광고라고 생각한 지인이 등산화를 사다가 건넸다. 나는 주고받기 편한 현금으로 보내지 않았음을 속으로 아쉬워하면서 등산화를 받아 한쪽에 처박아 놓았다. 묵직한 무게감 때문에 신고 다닐 엄두가 안 났기 때문이다. 안 그래도 산더미 같은 등짐이 있는데, 발까지 부담을 가져야 하겠는가 하는 생각이었다.

하지만 운동화가 적의 집중 포화에 침몰하는 아군 전함처럼 여기저기가 터져 도저히 신고 다닐 수가 없는 지경에 이르러 어쩔 수 없이 등산화를 꺼내 신었다. 유랑 5년째였다.

속으로 '무겁다'고 불평하며 꾸역꾸역 그렇게 한 달을 신고 다니는 지금, 나는 예상치 못한 결과를 접하는 상황이다. 한 달 넘게 걸었지만 발바닥 통증은 거의 없었고, 물집도 딱 한 개 잡혔을 따름이다. 2006년 유랑을 시작한 후로 처음 있는 일이었다. 한 번씩 긴 여정을 끝내고 앉아 쉬며 신발을 벗어 그 묵직함을 즐기며
만지작거릴 때면 흐뭇한 기분이 밀려온다.
묵직한 등산화가 발을 이렇게 편하게 만들
어주는지는 추호도 알지 못했다.

　사실 운동화는 단거리 이동과 일상생활
에 맞게 만들어진 신발이고, 이는 나와 같
이 등짐을 짊어지고 쉴 새 없이 길을 떠도는 이에게는 맞지 않는 신발
이었다. 나와 같은 유랑자에게는 등산화가 제격이었던 것이다. 하지만
등산화를 신어본 적이 없었던 나는 운동화가 가볍고 벗기도 편해 최고
인 줄로 알고 이것만을 고집했다. 그리고 그러한 습관과 고집이 여태껏
화를 불러왔던 것이다.

　우리네 인생도 이와 같지 않은가. 우리는 인생을 살아가기 위해서 길
게 내다봐야 함에도 일시적이고, 단편적이며, 이기적인 욕망을 채우려
는 편협한 생각으로 순간순간을 살아간다. 그로 인해서 수많은 부작용,
부조리와 갈등, 불화, 분쟁, 분노, 상실이 빚어진다. 하지만 우리는 그
편협한 생각을 버리지 못하고 자신의 좁다란 자아를 공고히 하며, 스스
로의 상처를 더할 생각만을 머릿속에 채우곤 한다. 왜냐하면 그 편협한
생각에서 한 번도 탈피해본 바 없기 때문이다. 더군다나 주변을 둘러봐
도 모두가 그렇게 사는 데야.

　하지만 곰곰이 생각해보자. 장거리 이동에 필요한 등산화처럼, 우리
네 인생이라는 장대한 여정에는 그에 맞는 견고하고, 탄탄하며 묵직한
생각이 존재하는 것이 아닐까? 내 자신의 행복이 다른 사람의 결핍과

불행을 만들어내는 그러한 가벼운 생각이 아니라, 내가 행복하므로 세상을 행복하게 만드는 그러한 묵직한 생각이 존재하지 않을까?

앞으로의 유랑을 편하게 만들어줄 등산화의 혜택을 절감하면서, 타인의 희생과 생태계 파괴를 대가로 요구하는 여태껏의 내 생각들을 털어내고자 한다. 개인의 이익과 사적인 욕망을 충족시키던 '편리하며 좁고 가벼운 생각'을 털어내고자 한다. 대신, 나와 너를 하나로 만들고 인류를 내 안에 품으며 자연과 하나가 되는 '견고하고 폭넓으며 묵직한 생각'에 나를 맡기고자 한다. 길고도 험한 삶의 여정을 끝내고 앉아 마지막 쉬는 자리에서, 덕분에 인생을 후회 없이 걸어왔음에 흐뭇한 미소를 띨 수 있는 그 어떤 생각에 내 인생을 맡기고자 한다. 지금 당장은 그 생각의 무게가 나를 힘겹게 하겠지만, 결과적으로 나와 세상을 평온으로 이끌 어떤 묵직한 생각에 내 삶을 맡기고자 한다.

(2011. 5)

'가출 청소년'의 비애

대전에 들어온 둘째 날부터 비가 떨어지더니, 그 후 며칠간 발목을 잡는다. 어렵사리 대전 동구 근린공원 구석 한편, 지붕이 있는 쉼터 아래 텐트를 쳤다. 밤새 비바람이 불고 빗물이 스며서 잠자리가 좀 질척하긴 했지만, 비 오는 날 이 정도면 양호한 잠자리다. 관광지가 아닌 도심 속을 전전해야 하는 유랑자가 감수해야 할 바다.

　하여간 하루 잘 묵고 이날 저녁에도 같은 곳에서 야영할 상황이라 텐트를 그냥 세워 놓고 볼일을 보러 나간다. 웬만하면 장비는 다 걷어서 배낭에 넣어가지고 다니는데, 빗물에 젖어 물이 질질 떨어지는 장비를 더군다나 계속 내리는 비를 맞으면서 짊어지고 다니고 싶지 않았다.

　그렇게 집을 비우고 나가 우체국에 가서 전단지 찾고, 동구청에 가서 자료 정리하고, 비가 잠깐 멈추길래 인근 가오초등학교로 가서 하교하는 아이들 대상으로 캠페인까지 하고 저녁 일곱 시경이 되어서야 돌아왔다. 혹여나 누가 걷어 가거나 해코지하지 않았을까 하는 걱정에 조마조마 하며 공원에 들어섰는데, 텐트는 강풍에 좀 구겨져 있을 뿐 특별한 이상 징후가 없었다.

　보안장비들의 기능에 흡족해 하며 텐트로 들어가 발 뻗고 쉬려 하는데, 못 보던 것이 눈에 띈다. 누군가 던져 놓고 간 쪽지였다. 요새 관청에서는 무단 설치물에 대한 철거 계고장을 이런 식으로 보내는 건가 하며 쪽지를 읽어보았다.

　"부모님이 기다리셔요. 어른인지 학생인지는 모르겠지만, 집으로 가

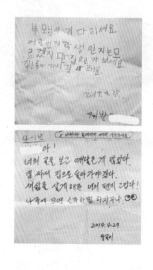

보세요. 꼭! 돌아가시길 바래요. 4학년 1반 ○○○ "

아마 비가 잠깐 그친 때를 틈타 공원에서 놀던 꼬마 녀석이, 비 오는 야외에서 텐트를 치고 잠을 자야 하는 처지가 몹시 안쓰럽게 보여서 걱정하는 마음에 쪽지를 남긴 듯했다. 졸지에 가출청소년이 된 둥글이는 몸 둘 바 모를 지경이다. 내 하는 일이 빈천한 것임은 알고 있었지만, 애들한테도 이렇게 걱정의 소리를 들어야 하다니. ㅠ―

다음날 아침 비가 잦아든 틈을 타서 장비를 걷어 현장에서 철수한다. 다른 적절한 야영지가 없어서 하루 이틀 더 있을까 했는데, 꼬마 녀석이 나 때문에 불철주야 고뇌하고 있을 것을 생각하니 맘이 편치 않았다. 떠나는 길에 쪽지를 하나 남겨 기둥에 붙였다.

(2014. 4)

파란만장한 밥 이야기

유랑 7년차(2013년)가 되다 보니 삶의 습성이 패스트푸드화되고 있다. 특히나 밥 문제가 제일 그러하다.

유랑 초기에는 버너와 코펠을 가지고 다니며 밥을 해먹었다. 이때는 밥 하는 냄비를 건조기 삼아 빨래한 양말을 말리는 등 장비의 특수효과를 누릴 수도 있었고, 나름대로 풍요로운(?) 식사가 가능했다.

하지만 둥글이 유랑이 경치 좋은 야영장을 찾아다니는 것이 아니라 도심 속을 누벼야 하는 것이다 보니, 수돗가는커녕 수돗물 한 통 얻을 수 없는 곳에서 야영하는 경우가 많다. 이에 따라 취사 및 설거지에 큰 애로가 따랐다. 뿐만이랴. 음식점에서 김치 한 쪼가리 얻으려다가 면박을 당하는 경우가 부지기수였으니, 이 당시 밥 한 끼 먹는 것은 그야말로 전쟁이었다. 더군다나 '식사 장비'의 무게가 어깨와 무릎을 짓누르는 압력도 고역이었다.

유랑 3년쯤 지난 후부터는 군기가 빠지면서 도저히 밥 해먹기 힘들어서 생현미를 먹기 시작했다. 원래 먹을 것 타박을 별로 안 하지만, 아침저녁 생쌀을 불려서 끼니를 때우는 것이 그리 유쾌한 것은 아니었다. 특히나 칼바람 쌩쌩 부는 겨울날 밤새

덜덜 떨다 일어나 얼어붙은 생쌀을 깨물어 먹을 때면, 가녀린 생명체의 몸속은 동장군의 파티장이 되곤 했다. 그래도 꾸역꾸역 버티며 밤낮 생쌀을 2년 넘게 먹고 다녔다.

그런데 평소 가지고 다녀야 하는 쌀의 무게가 부담도 되고, 저녁에 씹어 먹으려면 오후부터 쌀을 물에 넣어 불려야 하는데, 흔들거리는 배낭 속에서 쌀통의 물이 넘쳐 장비를 적시기 일쑤였다. 하여 어느 여름에는 쌀뜨물이 배낭 안에 흘러, 길 가다 말고 쉰내 나는 장비들을 벤치

왼쪽 빵과 우유는 저녁밥, 오른쪽 빵과 우유는 다음날 아침밥이다. 아, 정정! 반대임.

에 꺼내 놓고 닦아 말리는 고초를 겪기도 했다.

이러한 노고와 번잡함이 가중되던 터에 노쇠해가는 몸이 더더욱 번거로운 것들을 거부하여, 2013년 들어 결국 패스트푸드 전략을 택하게 된다. 현대 대중소비사회에 저항하기 위해 짐을 꾸려서 나와 7년을 돌아다녔는데, (유전자 조작 농산물일 가능성이 높은) 수입 콩과 수입 밀가루로 만든 음료수와 빵을 주식으로 먹어야 하는 현실이라니……. 이 비루한 존재의 아이러니!

앞으로 남은 기간 동안 식사 전략이 어떻게 바뀔지는 알 수 없다. 다만 분명한 사실 한 가지는 영양실조 걸리지 않으려면 식습관에 어떤 혁명적인 변화가 있어야 한다는 것이다. ㅠ― (참고로, 하루 종일 배낭을 짊어져야 하는 고역에 먹는 것도 부실하다 보니 몸무게가 54킬로그램을 넘지 않는다.)

밥 이야기뿐만 아니라 그간 신발, 야영지 선택, 전단지, 캠페인 방법 등등에 역시 수많은 변화와 질곡의 역사가 있었다.

(2013. 5)

찜통에서 버티기

담양초등학교 안에 구축했던 야영지가 순찰하던 주사님께 발각된 터다. 딱히 문제를 삼으신 것은 아니다. 하지만 이틀이나 있었는데 더 있는 것은 민폐를 끼치는 일일 듯하다. 하여 다른 야영지를 찾아야 했다. 오후 내내 담양읍내를 두리번거렸다. 화장실과 텐트 칠 한 뼘 공간을 찾기 위해서 주변을 두리번거리는 것은 직업병 수준이다. 이곳저곳 한참을 기웃거리다가 초저녁에 문화회관 뒤편 시멘트 바닥에 텐트를 세운다. 키 높이의 관목들 너머로는 사람들 오가는 그림자와 차량들의 소음이 번잡했지만, 그럭저럭 은폐가 되는 야영지였다.

그런데 한여름으로 치닫고 있는 6월 말이다. 낮 동안 태양열을 머금었던 시멘트 바닥이 열기를 뿜어내고 있었다. 텐트를 치고 들어가 있으니 몸에서 땀이 분수처럼 뿜어진다. 후라이팬 위에서 삼겹살 기름이 나오는 모습이 흡사 내 꼴일 것이다. 방충망으로 공기가 통하게 만들었지만, 서늘한 밤공기는 감히 찜통 안으로 넘어 들어올 생각조차 하지 못한다. 대신 그 방충망 사이를 자잘한 벌레들이 뚫고 들어온다.

배를 내놓고 지도 뚜껑을 부채 삼아 바람을 일으켜봐도 도저히 열이 식지 않는다. 하여 문화회관 관계자들의 급작스런 습격 가능성에도 불구하고 러닝셔츠에 팬티 바람으로 복장을 간소화시켰으나 이마저도 헛수고였다. 세 시간 동안을 그렇게 바닥의 열기에 튀겨지며 뒤척이다가 간신히 잠이 들었다.

이에 대해 혹자는 서늘한 곳을 찾아서 야영을 하면 되지 않느냐고 반문하겠지만, 물 좋은 곳을 찾아다니는 여행자가 아닌, 다음날 아침 캠페인을 위해서 도심의 한가운데에 머무를 수밖에 없는 처지의 유랑자는 잠자리에 대한 선택권이 다양하지 않다.

하지만 잠이 문제가 아니다. 더 큰 문제는 이러한 더위가 '둥글이 유랑일지' 작성 임무에 적신호를 불러일으키고 있다는 것이다. 텐트는 일지 작성을 위한 신전과 같은 곳이다. 별 볼일 없는 '둥글이 유랑일지'가 그나마 현장감이라도 있는 이유는 현장(텐트 안)에서 주로 작성되기 때문이다.

요 며칠째 텐트 안에서의 일지 작성을 엄두도 내지 못하고 있는 터이다. 안 그래도 찜통인 텐트 안에서 노트북을 켜면, 노트북 옆면 냉각로터에서 마치 둥글이를 태워버릴 정도의 후끈한 열기가 뿜어져 나오기 때문이다. 화장터에서 소각되는 시체의 기분이 아마 이럴 것이다.

그러나 더위에 대한 투덜거림에도 불구하고 둥글이는 겨울보다 여름이 견디기 수월하다. 긴 안목을 가지고 사는 둥글이……. 벌써부터 겨울이 진정으로 두렵다.ㅠ一

(2013. 7)

삶을 잘산다는 것은

몇백 년 전에는 소박한 밥상에, 국난에 휩싸이지 않고, 벼슬아치들의 횡포에 시달리지 않으면 그것으로 충분했다. 가족이 오순도순 밭 몇 마지기 일구고, 주변 사람들로부터 덕망 있는 사람으로 인정받는 것이 행복의 기준이었다. 하지만 현대사회에서는 과거와 달리 '남보다 잘사는 것'이 그 기준의 한 덕목이 되어 있는 듯하다. 현대 자본주의사회 체제의 특성이 '남보다 하나라도 더 갖고 높아지려는' 경쟁 원리가 기반이기 때문이다. "그냥 소박하게 살면 되죠"라고 말하는 사람들조차 최소한의 체면을 살릴 수 있는 집 평수, 자동차 크기 및 저축액이 책정되어 있을 터, 그들이 말하는 '소박함'이 이삼백 년 전의 그 소박함이 아님은 분명하다. 이렇게 남 눈치 보는 데 바쁜 삶에 '잘'이라는 수식이 붙는 것은 우리 생의 모욕이 아닐까?

이 '잘삶'의 문제가 특히나 어려운 것은 여기에는 사회적 존재로서의 책임도 고려되어야 하기 때문이다. 온전한 '잘삶'은 개인의 욕구만이 아닌 모두의 행복까지 고려한 책임을 동반해야 하고, 결국 이는 인류 보편의 가치와 인류사적 문제에 대한 고민을 포괄하는 것이다.

현재 우리가 직면한 가장 심각한 문제는 두말할 나위 없이 '기후변화'이다. 더군다나 이 기후변화 문제는 식량 문제, 에너지 문제, 나머지 지구 자원과 생존의 기회를 서로 먼저 획득하기 위한 각국의 분쟁과 복잡하게 얽히며 더더욱 심각해질 것이다.

하여간 둥글이의 천재적인 두뇌를 이용해서 이러한 전제에 의거한 '잘삶'의 기준을 '객관적인 소득수준'(?)으로 제시해 보고자 한다. 여태껏 세계의 성인들이 관념적이고 추상적인 마음가짐과 삶의 자세를 가지고 '참삶'의 길을 야리꾸리하게 설법한 적은 있어도 구체적 소득수준을 명시해서 '잘삶'의 기준을 제시한 경우는 유사 이래 처음(?)이니, 면밀히 살피도록 한다.

19세기 말 대기 중 이산화탄소의 농도는 약 290ppm이었다고 한다. 뭐, 그냥 그런갑다 하고 넘어가자. 그런데 1980년대 후반에는 350ppm으로 급상승하였고, 최근에는 400ppm까지 올랐단다. 30퍼센트 이상 이산화탄소가 증가했다는 사실이 중요하다.

이로 인한 온실효과로 지난 백 년 동안 지구 온도가 약 0.8도 올랐고, 그에 따른 전 세계적인 기후변화로 인해 해마다 2억 명 이상이 직접적인 피해를 입는다고 한다. 국내에도 어장이 교란되고 식생대가 변하며 병충해 증가, 각종 생명들의 멸종, 폭염과 폭설, 폭우, 황사와 태풍의 규모 증가가 빚어지며, 인적·물적 피해가 늘어나는 것도 그 때문이다. 주변에서 농사 안 된다고 앓는 소리 하시는 할배, 할매들이 늘어나는 것과 일치한다.

그럼 이 지구적 파국에 대해서 우리는 무엇을 해야 하는가? 기후 전문가들은 전 세계 정부가 단결하여 대기 중 이산화탄소 농도를 350ppm까지 끌어내리지 않으면 인류는 파국을 맞이할 것이라고 경고하고 있다. 이를 위해서는 1인당 연간 이산화탄소 배출량을 최소 3천 킬로그램까지 줄여야 한다는 것이다. 한국인은 1인당 일 년에 1만 2천 킬로그램을 배출하고 있으니, 현재 배출량의 4분의 1로 줄여야 한다는 말이다. 그것이 지구적 파국을 막기 위해 70억 인구 중의 하나로서 가져야 할 구체적 책임이다.

자, 여기서부터가 중요하다. 위의 이야기는 별로 체감이 되지 않는, "그런가 보구만" 하는 뜬구름 같은 소리지만, 이제부터는 구체적인 우리의 '잘살기 위한 실질적 책임'이 시작되는 영역이기 때문이다.

위의 과학자들의 복잡한 분석을 소득수준과 연동해 정리해보자면, 2013년 우리나라 1인당 국민소득이 대략 2400만 원이니, 이의 4분의 1인 연봉 600만 원이 적정 소득수준이 된다. 이산화탄소 배출량과 소득수준의 관계가 완벽한 비례관계는 아니겠지만, 대략의 상관관계로 보면 그렇다는 것이다. 이를 열두 달로 나누면, '지구 파괴를 멈추게 할 1인당 한 달 적정 소득'은 50만 원이 된다. (2014년 보건복지부가 발표한 한국인 최저생계비는 60만 원이다.)

퇴직자나 실직자, 노숙자가 아닌 대부분의 이들은 이 대목의 이야기를 못 본 체 넘기고 싶을 것이다. 50만 원 이상의 소득을 가지고 있다는 것 자체가 불편한 죄책감을 불러일으킬 것이기 때문이다. 하지만 '지구 파괴를 멈추게 할 1인당 한 달 소득'은 50만 원 이하면 이하였지, 그 이상은 아니다.

우리가 50만 원 이하의 수입을 가지고 있다면 일단은 상당한 열등감에 시달릴 것이다. 근본적으로 이 사회 자체가 '더 많이 갖고 높아지려는 종교'(자본주의)의 기반에 세워져 있다 보니, 그 종교의 신도가 교리를 따르지 않음은 견디기 힘든 불경함과 수치감을 불러일으키기 때문이다. 이렇다 보니 지구의 미래를 걱정한다는 이들도 '50만 원 이하의 삶'을 살려고 노력하지는 않는다. 지구의 미래는 가끔 한번씩만 생각하면 되지만, 50만 원 이하의 수입이 주는 사회적인 압력은 상시적이고 전방위적이기 때문이다.

개중에는 이러한 세계사적 파국의 책임을 몇몇 권력자와 자본가들만의 탓으로만 돌려서 자신의 일상적인 삶 속에서의 책임을 회피해버리

곤 한다. 그러다 보니 현실에서 자신이 해야 할 일은 기껏해야 수박 겉
핥기 식의 분리수거, 재활용 운동일 뿐이다. 이것은 우리가 일상에 너
무 잘 적응한 결과이다.

우리가 지구사적 문제에 대한 진지한 고민까지를 전제해서 '잘사는
길'을 찾고자 한다면, 그 첫 시작은 우리가 그 속에서 착한 양으로 살아
가고 있는 현대사회성으로부터의 탈피가 우선되어야 한다. 그러한 실
천이 없다면, 그 어떤 대안적 삶, 인간과 자연이 함께 어우러진 삶, 지속
가능한 지구를 위한 삶, 평화와 진리를 추구하는 삶도 기실은 현대 대
중소비사회의 변종이자 아류일 따름이다.

이 글은 퇴직자와 실직자, 노숙자에게 힘을 주기 위해 쓴 것이 아니
다. 둥글이를 비롯한 지구인들이 명심해야 할 '잘삶'의 최소 기준일 따
름이다.

(2013. 5)

목욕과 빨래 전쟁

많은 분들의 격려와 후원, 그리고 무엇
보다도 빨래를 빨아 널 수 있는 여유 시간과 빨래를 할 수 있는 수돗가
가 있음에 힘입어 목욕탕에 갔다. 그 사이 화장실에서 두어 번 도둑 샤
워를 하기는 했지만, 목욕탕은 두 달 만인 듯하다. 열흘 넘게 땀과 먼지
에 찌든 옷을 벗어서 새로 갈아입을 옷과 교체하려고 말아 놓는다. 그
리고 잠깐 딴청을 피우다 바닥을 내려다보고는 망치로 머리를 얻어맞

은 듯한 충격을 받는다. 어떤 것이 갈아입을 옷이지? ㅠ—

참고로, 둥글이 옷은 너무 칙칙해서 '입은 옷'과 '입을 옷'의 차이를 냄새와 질감을 가지고는 구분할 수 없다. 예전에 개울물에 몸을 씻고 속옷을 갈아입고 나서 옷을 빨려고 봤더니, 빨려고 물에 담근 옷이 새 옷이었던 일도 있었다. 옷이 워낙 남루하고 몸이 둔해서 입었던 옷인지, 새 옷인지를 구분 못 했던 것이다.

그래도 2년 전에 비해서는 위생이 많이 향상된 터다. 유랑 시작 후 4년째까지는 땀 뻘뻘 흘리는 한여름에도 2주에 한 번씩 옷을 갈아입고 씻었다. 하지만 지금은 최대 열흘을 넘기지 않는다. 이는 옷의 입장에서도 유익하다. 한발 한발 걸을 때마다 위아래로 움직이며 둥글이의 몸과 배낭 사이에서 때수건 역할을 하다시피 하는 옷들은 과거보다 4일 빨리 근무교대가 되기 때문이다. 물론 빨래라고 해봐야 비누 한 번 칠해서 물에 휘저으면 끝나는 것이고, 옷을 갈아입고 나가도 사람들로부터 "냄새난다"는 핀잔이 이어지지만, 과거에 비해서 얼마나 혁신적인 위생의 변화인가? 어쨌든 몸을 씻고 옷을 갈아입은 후 거리에 나와 휘파람을 불며 걷는다. 30도가 넘는 땡볕에 100여 미터도 못 가서 이내 땀이 몸을 흠뻑 적신다.

이젠 갈아입은 빨래를 해야 할 터이다. 야영장도 아니고 도심에서 빨래하는 것은 첩보작전을 방불케 한다. 다행히 이곳은 미리 봐둔 초등학

교 수돗가가 있었다. "왜 여기서 빨래를 하냐?"고 제지를 할 경비 아저씨도 눈에 안 띄어 수돗가에 냅다 옷을 던져 놓고 빨래를 시작한다.

빨래는 대충 물에 헹궈서 털면 되지만, 널어 말리는 것이 문제다. 학교 뒤편에 운동화 끈을 이어 빨래를 널어 놓았다. 다행히 이날이 금요일 오후여서 아이들 손을 안 탈 것이고, 다음날 저녁에 바싹 마른 빨래를 걷기만 하면 되리라.

물론 요새 명품(?) 도둑이 기승이라고 하여 이런 곳에 널어 놓고 가는 것이 좀 걱정이기는 하다. 하여간 이렇게 위생과 청결을 최우선으로 생각하는 둥글이의 모험적 빨래 행위가 또 한 차례 이루어졌다. 경비 아저씨가 순찰 중에 빨래를 보고 걸레로 알아 수거해서 쓰레기통에 버리지만 않기를 기도할 뿐이다.

(2013. 7)

때로 유랑은 앞길을 가로막는 자연과의 목숨을 건 사투이기도 하다.
가는 길에 수도 없이 암벽을 만나곤 한다.

물론 나는 항시 자연의 위대함을 경배한 후, 일 미터도 못 올라가서 암벽을 내려오곤
한다.

둥글이가 '희망의 씨앗'을 나눠주는 이유

　내가 잡다한 사회적 갈등의 현장에서 경험한 바에 의하면 먹고살기에 바쁜, 나이든 일반 시민들의 생각은 변하기 힘들다. 사회적 사건에 대한 일반 시민들의 반응을 접하면 접할수록, 그들은 진실을 알리고자 피의 절규를 하는 이들의 메시지를 수용할 준비가 전혀 되어 있지 않음을 발견한다. 대신 개발·발전·성장·성공·대박이라는 말에는 본능적으로 반응한다. 이렇다 보니 권력과 돈을 가진 이들과 그렇지 못한 약자의 싸움은 여론전에서부터 밀리게 되는 것이다.

　이러한 경험 속에서, 현장 활동도 중요하지만 '현장의 절규를 들을 수 있는 귀'를 만들어내기 위한 기반을 닦는 작업의 필요성을 절감했다. 하여 초등학생들에게 "인간과 자연의 문제가 다른 사람의 문제가 아니라 바로 나의 문제이다", "이웃이 고통 받을 때는 관심을 가져야 한다", "파괴되는 말 못하는 자연의 대변인이 되어야 한다"는 메시지를 전해야 할 필요를 느꼈고, 그 일환으로 유랑 중 '인간사랑 자연사랑 캠페인'을 해왔던 것이다.

　물론 나의 노력은 보잘것없는 것들이고, 너무 보잘것없어서 개중에는 내가 하는 활동을 노골적으로 조롱하고 전단지를 구겨서 내 발 앞에 던지고 지나간 아이들도 있지만, 나는 그것이 작은 희망이 되어 그들의 마음속에서 커가기를 기도하며 활동을 해왔다. 내가 꿈꾸는 희망을 일구기 위해 만든 '인간사랑 자연사랑 전단지'는 내가 그들에게 나누는 희망의 씨앗이다.

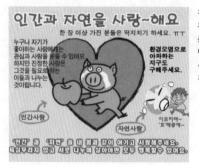

유랑 초반에 아이들에게 나눠주었던 스티커 중의 하나. 유랑 3년째까지는 이 '인간사랑 자연사랑 스티커'(10종)를 나눠줬다. 그런데 스티커를 받은 아이들이 학교 벽면에 덕지덕지 붙이는 경우가 많았고, 이로 인해 선생님과 주사님들로부터 엄청난 박해를 받게 되어 결국 작은 수첩 크기의 전단지로 교체했다.

군이 초등학교를 돌아다니면서 그 앞에서 전단지를 나누는 활동을 고집해 온 것은 내 어릴 적 경험에 비추어서도 필요성을 절감했기 때문이다. 나는 어렸을 때부터 자라오면서 선생님과 주변의 어른들로부터 정말로 진지하게 '인간과 자연의 문제에 대해 고민해야 할 필요'가 있다는 이야기를 들은 기억이 없다. 선생님에게는 시험 못 봤다고 죽도록 맞았던 기억이 있을 뿐이고, 학교 앞에서는 아이들 코 묻은 돈 빼앗아 가려는 야바위꾼들과 "교회 안 나가면 지옥 가고 우리 교회 나오면 천국 간다"는 섬뜩한 경고를 발하는 아주머니들의 전도활동만 접했을 따름이다. 특별한 경우를 제외하고는 다른 이들도 마찬가지일 것이다.

이러한 환경 속에서 초·중·고등학교, 대학교를 거쳐서 성인이 되었을 때, 우리는 인간과 사회 문제에 대한 진지한 관심을 가질 수 있을까? 그전까지는 저 먹고살기 위해서만 죽도록 안간힘을 써야 한다는 암시와 세뇌를 받아왔던 이들이, 한순간 돌변해서 사회적 책임감을 갖고 인류애와 환경의식으로 무장해 지구적 난제를 해결하기 위해서 앞장설 수 있냐는 말이다. 그리고 그러한 소양을 갖출 수 있는 자극을 받아왔느냐는 문제는 둘째 치더라도, 성인이 될 때까지 주변의 어른들로부터 그러한 진지한 이야기를 단 한 번도 제대로 들어보지 못했다는 사실은 그의 실존에 있어서 참으로 불행한 일이 아닌가.

나는 아이들의 기억 속에 단 한 번이라도 '어떤 어른'이 '생명 존중의 필요성을 외치는 행동'을 하는 모습을 각인시켜주고 싶은 것이다. 아이들이 "아, 어른도 저런 이야기를 하는구나", "모르는 사람끼리도 저런 말을 건넬 수 있구나" 하는 생각을 하게 되고, "우리에게까지 직접 찾아와서 저런 이야기를 하는 걸 보니 인간과 환경 문제가 정말 중요한가 보구나", "인간과 환경 문제를 위해서 뭔가를 해야 하는구나" 하는 문제의식에까지 다다를 모종의 힌트를 주고 싶은 것이다. 그것이 바로 내가 초등학교 교문 앞에서 이렇게 간지러운 문구, '인간사랑 자연사랑'이 쓰여진 조끼를 입고, "인간과 자연을 사랑해주세요"라는 간지러운 말을 하면서 아이들에게 전단지를 건네는 이유이다. (유랑 6년째부터는 문구가 '지구를 구하자'로 수정되었다.)

물론 이는 말 그대로 아이들에게 작은 씨앗을 퍼뜨리는 활동에 지나지 않는다. 그것이 아이들의 마음속에서 꽃으로 피어날지 아닐지는 전적으로 그들 자신의 문제이다.

아이들 중에는 전단지를 더 달라고 손을 내밀면 더 준다는 충격적 사실(?)을 확인하고는 정신없이 달려와서 손을 내밀기도 하고, 주위에서 이 사실을 목격한 몇몇 녀석들은 떼강도처럼 몰려와 몇 장씩 뺏어가기도 한다.

물론 이렇게 아이들 손에 쥐어진 전단지가 녀석들의 삶을 바꿀 리는 없을 것이다. 하지만 이들이 나이 들어서 "맞아, 내 어린 시절에 어떤 어른이 그런 것을 나눠줬었지" 하는 포근한 기억을 어렴풋이라도 가지게 된다는 사실 하나만으로도 나는 내 젊음을 투자해 배낭을 짊어지고 전국을 누린 보람을 얻으리라.

(2013. 6)

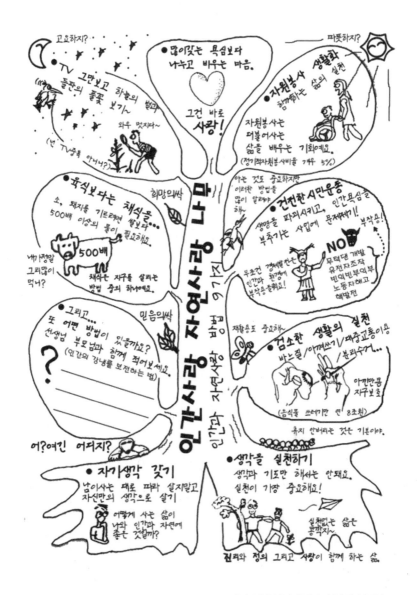

인간사랑 자연사랑 나무

인간과 자연사랑 실천의 9가지

고요하지?

● TV 그만보고 하늘의 별과
들판의 풀꽃 보기

와우 멋지다~

('본 TV중독 아냐?)

● 많이갖는 욕심보다
나누고 바우는 마음.

그건 바로
사랑!

따뜻하지?

● 자원봉사 생활화
함께하는 삶의 실천

자원봉사는
더불어사는
삶을 배우는 기회예요.
(정기적자원봉사비율 구국 5%)

● 육식보다는 채식을
소, 돼지를 기르려면 쌀보다···
500배 이상의 물이 필요해요.

희망의싹

내가정말
그리많이
먹나?

500배

채식은 자구를 살리는
방법 중의 하나예요.

아는 것도 중요하지만
이러한 방법을
많이 알려줘
줘

● 건전한 시민운동
생명을 파괴시키고, 인간욕심을
부추기는 사업에 문제제기!!

부작용!

무조건 경제발전은
인간과 환경에
부작용을해요!

NO

무턱대 개발
유전자조작
빈익빈부익부
노동자해고
핵발전

● 그리고···
또 어떤 방법이 있을까요?
선생님 부모님과 함께 적어보세요.
(인간의 강냉을 보전하는 법)

믿음의싹

?

재활용도 중요해

● 검소한 생활의 실천
바느질/아껴쓰기/대중교통이용
/분리수거···

아낀만큼
자구보호

(음식물 쓰레기만 연 8조원)

유지 안버리는 것은 기본이야.

어?여긴 어디지?

● 자기생각 갖기
남이사는 대로 따라 살지말고
자신만의 생각으로 살기

어떻게 사는 삶이
나와 인간과 자연에
좋은 것일까?

● 생각을 실천하기
생각과 기도만 해서는 안돼요.
실천이 가장 중요해요!

실천없는 삶은
똥깍지

진리와 정의 그리고 사랑이 함께 하는 삶.

유랑 4년째부터 나눠주었던 전단지 앞면과 뒷면.

41

동글이의
유랑투쟁기

초죽음의 행군

구례에서 여수에 이르기까지 65킬로미터의 여정은 여러 가지 악재가 겹쳐서 그야말로 초죽음의 행군이었다. 순천은 이미 2006년에 캠페인을 하고 지났던 지역이기에(와우, 벌써 7년 전이구만!) 구례에서 순천을 관통해 여수로 바로 향했는데, 그 이동 거리가 상당했다. 유랑캠페인 초반에 내 머리가 동선을 잘못 계산한 대가를 7년이 지난 지금 내 발바닥이 져야 하는 부조리함이라니! 특히나 이번 행군이 초죽음일 수밖에 없었던 것은 그전에 며칠간 계속 걸었던 피로가 풀리기도 전에 다시 여정을 이어야 했기 때문이다.

그렇게 무리해서 움직였던 이유는 5월 17일(금)이 부처님오신날이기 때문에 15일(수) 밤까지는 여수에 도착해야 그 다음날 목요일 아침에 등교하는 여수 아이들을 대상으로 '인간사랑 자연사랑 캠페인'을 할 수 있기 때문이다. 목요일 낮에 도착하면 금, 토, 일요일을 보낸 후 아이들이 등교하는 월요일 아침까지 기다려야 캠페인을 할 수 있기에 그만큼 내 은퇴가 늦어지고, 말년이 피곤해진다. 그렇기에 입에 게거품 물 만큼 정신없이 걸어야 했다.

몇몇 분들은 둥글이가 목가적 방랑의 삶을 사는 것으로 오해하곤 하는데, 둥글이의 목적은 '여행, 문화 · 역사 탐방, 유유자적'과 거리가 멀다. 5백 미터 근처에 있는 주요 사적과 관광지도 그냥 지나쳐 간다. 도심의 중심에 텐트를 치고 생활하면서 캠페인하는 것이 주목적이며, 거기에 캠페인 일지까지 기록해야 하니 빠듯한 일정에 정신을 차릴 수 없을 지경이다.

물론 이에 대해서 많은 사람들은 "뭐, 그리 **빡빡**하냐? 여유를 가지고 다니면 안 되냐?" 하고 조언을 주시곤 하는데, 이렇게 정신없이 움직이는데도 십 년 안에 끝낼까 말까 한데 여유 부려서 이십 년으로 늘어나면 여러분이 내 노년을 책임지겠는가! (버럭~) 내 배낭을 대신 짊어져줄 것이냔 말이다! 하여간 여차저차 여수 율촌초등학교에 도착해 학교 체육관 뒤편에 텐트를 세우고 지친 몸을 쉰다.

다음날 아침 눈을 뜨자마자 텐트를 걷어 배낭에 꾸린 후, 인근 주유소 화장실에서 몸단장을 하고는 학교 앞에 선다. 시골의 작은 학교는 광고 전단지 나눠주는 분들이 거의 찾지 않는 이유로, 정문 앞에서 무언가를 나눠주는 어른에 대해 아이들의 관심이 집중되었다.

구례읍내에서 나눠주고 남아 들고 온 100여 장의 전단을 아이들과 나눴는데, 아이들 숫자와 딱 맞아떨어져 흡족하다. 전단지를 받아든 아이들은 호기심 가득 어린 표정으로 꼼꼼히  살핀다. 받아 쥔 전단지를 통해 그 마음속에 '인간사랑 자연사랑'의 작은 싹이 자라나기를. 그래서 그 싹이 언젠가는 생명과 평화, 나눔과 사랑, 자유의 나무로 풍성하게 자라나기를.

(2013. 5)

만족의 공백을 다루는 기술

함양에서 남원 가는 산길에서 시냇물을 만났다. 며칠간 땀을 뻘뻘 흘리며 옷을 소금에 절여왔고, 몸에서는 때가 밀리고 있었던 터라 참으로 반가웠다. '초속 4분의 1컵'의 양으로 흐르는, 시냇물이라고 말하기 남세스러운 이 물에 빨래를 하기는 여의치 않았지만, 염분기 가득한 옷을 입고 꿉꿉함을 버티는 것보다는 이렇게라도 빠는 것이 낫다는 판단이 들었다.

유랑을 다니면서 여러 곳에서 시냇물을 만나지만, 그게 모두 둥글이의 휴식의 기회가 되는 것은 아니다. 어설픈 그늘에 앉아 불편한 자세로 한참 쉬다가 배낭을 짊어지고 몇 발짝 안 걸었는데 시냇물이 나타나면 그냥 못 본 척하고 지나쳐야 한다.

경험에 의하면, 일단 적절한 시점에서 만난 시냇물에서 효용을 최대화하고, 다음 시냇물을 만날 때까지 버티는 기술이 필요하다. 이는 '시냇물을 잘 이용하는 방법'이다. 만약 이러한 조절을 하지 못하고 시냇물을 볼 때마다 옷을 벗고 뛰어든다든지, 다음번 시냇물을 기다리지 못하고 조바심을 태운다면 나머지 여정을 망치게 된다. 마찬가지로 가게, 음식점, 수돗가, 화장실, 텐트 칠 공간, 열매 달린 나무 등등 그 모든 만남과 관계를 마음대로 조정할 수 없기 때문에 그 공백을 잘 다루는 것 (욕구를 잘 버티고 기회가 될 때 잘 해소하는 것)이 유랑의 기술이다.

인생도 이와 같을 것이다. 늘 모든 것이 원하는 때 주어질 수 없으니 필연적으로 만족의 공백이 생긴다. 이에 내가 채울 수 있는 욕망과 아닌 것을 잘 구분하여 적절히 인내하고 욕구를 조절하는 훈련을 해야 한다. 그렇게 하지 못한 결과는 결국 스스로에게 돌아온다. 쇼핑 중독, 폭식, 노름, 약물, 폭력, 과도한 성욕 등 각종 중독을 비롯해서, 동식물을 무분별하게 포획·채취하여 그 씨를 말리는 행위, 지구가 재생할 기회를 안 주고 마구잡이로 파헤치는 개발과 성공에의 광기가 그렇다. 이것들은 결국 우리를 망치는 행위이다.

하여간 몸을 씻고, 졸졸 흐르는 시냇물에 어렵사리 빨래를 해서 배낭에 주렁주렁 매달고 다시 여정을 시작한다. 몸에 짠기를 씻어내고 물맛을 좀 봤으니 몇 시간은 땡볕에서 버티겠구만.

(2013. 5)

지구 기후변화를 온몸으로 직면하는 둥글이

4월 하순임에도 새벽에는 기온이 영하까지 내려간다. 봄가을용 침낭과 가벼운 옷차림을 하고 유랑을 떠나온 과오에 대한 대가가 혹독하다. 거의 2주 동안 새벽에 5도 이상이었던 때가 없었던 듯하다. 이 때문에 두어 번 빼고는 밤에 추워서 제대로 잠을 이루지 못했다.

유랑 초기에만 해도 4월 초순이면 날이 풀려서 추위 걱정은 하지 않았다. 그런데 6년이 지난 지금, 5월이 다 되는데도 얼어 죽지 않으려고 고민을 해야 하다니……. 이는 아마 지구가 몸살을 앓고 있는 결과일 터인데, 지구 기후변화의 영향을 최전선에서 몸으로 접하고 있는 둥글이는 앞으로 가속화될 지구적 파국이 참으로 뼈저리게 걱정스럽다.

정착족들은 추우면 추운 대로 자기 집에 난방을 더 해서 뜨뜻하게 지내거나 내복을 껴입거나 이불을 두껍게 덮으면 되고, 더우면 더운 대로 에어컨 틀어 놓고 견디면 된다. 하지만 메고 다니는 등짐이 재산의 전부인 둥글이 같은 유랑족들은 그런 것이 불가능할 뿐더러, 정착족들이 만들어낸 환경파괴의 결과를 덤터기 써야 하니 참으로 억울할 따름이다. 얼마 전까지는 의식주 해결의 어려움만 빼면 둥글이의 삶은 완벽했는데, 이제 지구 기후변화의 직접적 피해까지 받아야 하니 길에서 하루를 버티기가 버거운 상황이다.

많은 이들이 TV를 통해서 '알고만(실천은 못 하고) 있듯이' 현재의 지구 기후변화는 화석연료 사용의 증가로 인간이 100년간 지구 온도를 0.8도 높여 놓은 결과이다. 이로 인해서 전반적으로 지구 기온이 올라가서 여름은 여름대로 더워지고, 뜨거워진 대기가 북극의 빙하를 녹이고 그 녹은 빙하는 찬 바다와 공기를 만들어내어 그 찬 공기가 시도 때도 없이 남하하므로 겨울은 겨울대로 추운 것이다. 하여 길바닥을 전전하는 둥글이는 그 결과를 피부로 뼛속 깊이 체감해야 하는 것이다.

녹는 빙하로 다량의 찬 공기가 만들어지는 기간 동안은 봄, 가을이 몹시 추울 것이다. 문제는 빙하가 다 녹은 후이다. 빙하로 인한 찬물, 찬 공기가 만들어지던 해류의 흐름, 대류의 흐름이 정체될 것이고, 이로 인해서 '불지옥'이 시작될 것이다. 바람도 불지 않는 대지 위에 태양빛은 포탄처럼 퍼부어질 것이다.

이는 우리 인간이 자처한 일이다. 그런데 이러한 현실을 직면한 그 누구도 자신의 몫만큼의 책임을 지려 하지 않는다. 여태껏 이 지구를 망가뜨린 삶의 방식 그대로, 잘 먹고 잘살기 위한, 남의 것을 하나라도 더 빼앗고 성공하는 데에만 혈안이 되어 있다. 이런 국민들이 모인 국가 또한 다른 나라보다 먼저 나머지 씨감자를 차지하기 위해 수단과 방법을 안 가리는 경제성장 정책과 군사력 확충에만 올인할 뿐이다.

하여간 저들 소유·소비지상주의에 빠진 정착족들이 벌여 놓은 문제를 수습할 해법을 찾으려고 길 위로 나선 둥글이가 그들의 부주의의 결과를 한 몸에 받아야 하는 것은 대단히 부조리함을 거듭 투덜대지 않을 수 없다.

(2013. 4)

태풍 몰아치는 다리 밑

낮부터 휘파람을 불어대던 하늘은 저녁이 되니 음산해진다. 비 떨어지기 전에 어서 빨리 야영지인 장성대교 밑으로 가야 한다. 바람이 어찌나 불어대는지 농가 자재들을 덮은 비닐들이 풍선처럼 부풀어오른다. 지형적으로 바람의 영향을 덜 받는 장성대교 맨 구석임에도 바람은 상당히 거셌다. 텐트를 펼치자마자 바람을 잔뜩 머금어서 도무지 폴대를 끼워 세울 수가 없었다. 간신히 바람을 진정시켜 텐트를 세우고 난 후에 날아가지 못하게 돌로 잡아맨다. 태풍을 품은 깊은 어둠이 이 밤을 통해 나에게 얼마만큼의 시련을 몰고 오는지…….

2007년 6월. 장수 읍내로 향하는 중 작은 마을의 다리 밑에서 밤새 비

바람과 돌풍에 시달렸던 기억이 있다. 쉴 새 없이 강풍이 불어서 텐트가 찢기고 날아갈 지경이라 누운 채 밤새 양팔로 텐트를 부여잡고 있어야 했다. 새벽까지 비몽사몽 비바람과 싸웠는데, 나중에는 도저히 손쓸 기력이 나지 않아 될 대로 돼라는 생각으로 그냥 나가떨어졌다.

강풍과 텐트의 흔들림이 의식에 가하는 어수선함이 뇌리 한쪽을 계속 불편하게 쑤시는 통에 악몽 속에 새벽을 맞았다. 아침에 일어나 보니 텐트 덮개는 벗겨져서 한쪽에 말려 있고, 텐트 폴대는 완전히 꺾여서 다시 사용하기 힘든 상태였다. 파손된 장비를 손보느라 한나절 낑낑대야 했던 그때의 기억이 있기에 이번 태풍도 적잖이 걱정되었다.

텐트 안에 누워 운동장에서 비추는 희미한 불빛의 투영이 바람에 휘청거리는 것을 보고 있으려니 절로 심란해진다. 전투를 앞에 둔 장수의 심정이 이럴까. 그런데 예상보다 빨리 바람이 잦아들었고, 큰 탈 없이 밤을 넘길 수 있었다. 인생을 덤으로 사는 듯한 이 느낌. 때때로 우리는 인생에서 닥치는 상황 자체보다 그 상황에 대한 걱정에 발목이 잡히곤 한다. 그렇게 태풍을 날려버린다.

다음날 아침 텐트를 걷으려고 보니 태풍에 날아가지 않기 위해 송충이 한 마리가 텐트를 단단히 부여잡고 있었다. 그래, 이렇게 우리는 함께 태풍의 밤을 버틴 거다. 화창하게 갠 하늘이 쪽빛으로 빛난다.

(2013. 10)

증평에서의 다사다난한 2주간의 일정이 마무리되는 마지막 날 밤. 하루 일과를 끝내고, 반겨할 이 없는 어두침침한 증평다리 아래 텐트로 향하는 고독한 심정이란…….

'가없는 고독'을 과학적으로 분석하기

정면 측면 상면 하면

그 어떤 참을 수 없는 고독과 슬픔, 분노와 증오, 긴장일지라도 현실을 입체적으로 살필 수 있는 힘은 그 속에 여유를 불어넣는다.

앞서간 선배들의 발걸음

전주 덕진구 쪽으로 이동하는 중에 낮잠을 자려고 근린공원으로 들어섰다. 이 공원은 길이 200미터, 폭 50미터의 도심 속 작은 공원이라 콘크리트에 지친 도시인들이 줄지어 몰려들었다. 좀 어수선했지만, 인근에 쉴 만한 곳을 찾기 힘든 터라 어쩔 수 없이 산책로 한쪽에 배낭을 깔고 누워서 낮잠을 자려고 폼을 잡았다.

누워 있는 둥글이 바로 옆으로 지나는 사람들의 말소리가 얼굴을 덮은 모자 사이로 흘러 귀에 들어온다. 이런 상황에서는 특히나 사람들의 재잘대는 소리가 귀에 잘 들어온다. 둥글이 역시 사회적 지위(?)가 있는 인물인지라 지나는 이들의 평을 무시할 수 없기 때문이다.

하지만 아이들로부터 어른들에 이르기까지 길 한편에서 잠을 청하는 둥글이의 모습을 화제로 삼는 이가 없다. 다른 곳이었다면 "어머, 저것 봐", "저 아저씬 뭐지?"쯤의 이야기나, 갑작스레 못 볼 것을 발견한 어정쩡한 발걸음이 내는 불규칙한 리듬이 따랐을 것이다. 그로 인해 뇌리가 자극되면 숙면이 방해되는 것은 말할 나위 없다. 그런데 둥글이 누워 있는 2~3미터 옆으로 많은 이들이 지나갔으나, 그들 모두 둥글이를 본체만체한다.

왜 그런가 곰곰이 생각해봤더니 앞서간 선배님들 덕분이었다. 이곳이 대도시라 얻어먹을 것이 많고 기후도 비교적 온화하다 보니 곳곳에 우리 '노숙의 대선배'들이 포진해 있었던 것이다. 사람들은 이런 선배님들을 늘 보아왔던 터라 둥글이가 공원 길 한편에 배낭 깔고 누운 것도 대수롭지 않았던 것이다. "앞서간 이들의 발걸음이 중요하다"고들

하는데, 참으로 피부에 와 닿게 그 말의 의미를 실감한 순간이었다.

우리 선배님 덕에 이날 공원길에서 늘어지게 낮잠을 자고도 사람들 눈치 안 보고 깨어날 수 있었다. 이 감사의 마음을 잊지 않고 나도 앞으로 내 후배들을 위해서 더 큰 노숙의 발걸음을 내디뎌야겠다.

(2013. 11)

야밤의 추격전과 '내가 밟은 똥'

사건의 시작은 사흘 전으로 거슬러 올라간다. 밀양 삼문공설운동장 스탠드 뒤에 텐트를 치고 누워서 잘 준비를 하고 있었다. 하지만 둥글이 야영 공간이 늘 그렇듯이 인근에는 운동하는 사람들과 오가는 사람들의 웅성거림이 안식을 방해하고 있었다. 무엇보다 텐트를 친 스탠드 계단에서 잡담을 나누는 학생들이 신경이 쓰였다. 어른들과 달리 청소년들의 호기심은 왕성하기 때문이다.

아나나 다를까, 몇몇 녀석들이 둥글이 텐트를 발견한 후에 소곤거리더니 슬금슬금 걸어와 텐트 주변을 기웃거리기까지 한다. 그 기웃거림이 상당히 불편했던 둥글이는 텐트를 확 열어젖힌 후에 짜증스러운 한숨을 한 번 뽑아낸다. 설마 그 사뿐한 발소리를 들을까 하며 다가왔던 한 녀석이 깜짝 놀라 황급히 몸을 돌려 잡담을 나누는 무리 속으로 들어간다.

그리고 20여 분 후에 같은 일이 반복된다. 21세기 한국을 살아가는 대표적인 유랑족인 둥글이는 그들 정착족이 보이는 무례함을 관대히

보아 넘길 수 없었다. 사유지 위에 벽돌로 지어진 집이 아닌, 공유지 위에 천으로 만들어진 주택에 산다고 유랑족의 안식을 방해하는 태도는 참을 수 없다. 이는 유랑족의 삶을 인정하지 않겠다는 의도이고, 정착족이 유랑족에게 가하는 문화적 폭력에 다름 아니기 때문이다.

하여 둥글이는 녀석들에게 주의를 주고자 텐트를 열고 밖으로 나섰다. 그런데 녀석들은 깔깔거리며 달아나는 것이다. 안되겠다 싶어서 좀 더 따라붙었더니, 녀석들은 혼신의 힘을 다해 깔깔(?)거리며 골목길 사이로 사라진다.

허탕치고 돌아와 누우려니 왠지 모르게 께름칙했다. 녀석들이 둥글이에게 쫓긴 것에 대해 불만을 가질 수도 있을 듯했다. 둥글이는 그냥 가서 "친구들, 이렇게 사는 것도 인생이야" 하는 정도의 얘기를 해주려 했는데, 녀석들은 공격받는 상황으로 오해했을 수 있기 때문이다. 그리고 그 께름칙함은 곧바로 '단단한' 물리적인 현실이 되어 둥글이 텐트로 날아왔다.

20여 분 후 바닥에 뭔가 묵직한 것이 떨어지는 소리가 들렸다. 처음에는 스탠드 지붕의 철골 구조물이 삐걱거리는 소리인 줄 알았다. 그런데 재차 같은 소리가 들리는 것이다. 그러다가 플라스틱병 떨어지는 소리까지 들리는 것이다. 텐트를 열어서

보니 운동장 쪽에 너덧 개의 검은 그림자가 둥글이 쪽을 향해 있었다. 그들 정착족 전위대들은 유랑족 둥글이를 향해서 전쟁을 선포하며 선

제공격을 가해 온 것이다.

아마 그들은 둥글이가 유랑족 최고의 전사라는 것을 알지 못한 듯했다. 하여 고작 돌 몇 조각을 던져서 둥글이 왕국을 정복하려 했던 것이다. 텐트 문을 열어젖힌 둥글이는 신속히 신발을 챙겨 신고는 녀석들을 쫓기 시작했다. 바야흐로 야밤의 추격전은 그렇게 시작되었다.

운동장을 가로지른 녀석들은 학원가의 T자형 골목 분기점에서 사라졌는데, 동작이 워낙 날래서 녀석들의 흔적조차 찾기 힘들었다. 그러나 녀석들이 그곳에서 흩어졌기에 다시 그 자리에 모일 것이 예상되었다. 하여 구석에 주차된 차 뒤에 숨어서 녀석들이 모이기만을 기다렸다.

하지만 밤이었던 데다, 기억력이 좋지 않은 둥글이의 머리로는 녀석들의 생김새는커녕 어떤 복장을 하고 있었는지조차 떠오르지 않았다. 더군다나 학원과 상가가 밀집해 있는 곳이라 오가는 학생들이 한둘이 아니었다. 그러나 "뭔가 수가 있겠지" 하는 생각으로 잠복근무 하던 차, 다소 흥분된 표정의 학생 둘이 만나서는 운동장으로 이어지는 골목 길을 살피는 것이다. 둥글이의 존재 여부를 확인하는 듯했다. 하지만 그들이 돌 던진 녀석들이라고 확신할 수는 없었다. 이를 확인할 방법은 단 한 가지. 슬그머니 그들 뒤로 다가갔다. 그러자 녀석들은 둥글이를 발견하고는 깜짝 놀라서 튀기 시작한다.

어찌나 동작이 빠르던지 상가 통로를 빠져나가는 녀석을 잡기 힘들다는 생각이 퍼뜩 뇌리를 스쳤다. 하여 상가를 걷고 있는 사람들을 향해서 "도둑(둥글이 안식을 훔쳐간 도둑) 잡아요!" 하고 소리를 쳤다. 하지만 애나 어른이나 그 소리를 듣고도 구경만 할 뿐 어느 누구도 몸으로 반응하는 사람은 없었다. 다리만 걸어주거나 길만 막아준다면 녀석들을 바로 잡을 수 있으련만 그들은 "내 일이 아니다"는 무관심한 표정으로 지나치고 있었다. 결국 녀석을 잡느냐 마느냐는 오직 둥글이 다리 몫이 었다.

둥글이는 뛰고 또 뛰는 수밖에 없었다. 하지만 상가를 빠져나온 후 직선 라인이 펼쳐지자 녀석은 야생말처럼 성큼성큼 멀어지는 것이다. 녀석이 돌에 걸려 넘어지지 않는 한 도저히 잡을 수 없는 상황이고, 두고 온 텐트와 잡동사니도 걱정이 되어서 어쩔 수 없이 추격을 멈췄다.

텐트로 돌아온 둥글이는 후텁지근한 기온에 추격전까지 벌인 탓에 흘린 땀을 닦아내고 몸을 진정시키느라 텐트 앞에서 30분을 서성거려야 했다. 땀을 식히는 내내 이번 밀양에서의 추격전이 왜 실패했는지에 대해 곰곰이 생각해보지 않을 수 없었다.

추격전이 실패로 돌아간 첫째 원인은 신발을 신었기 때문이다. 몇 년 전 충남 계룡에서도 같은 사건이 벌어졌다. 텐트 위에 머리만 한 돌을 얹어 놓고 도망가는 학생들을 잡으려고 둥글이는 텐트 문을 열어젖히자마자 맨발로 전력질주를 했다. 녀석들은 처음에는 깔깔거리며 달렸지만, 40미터 가까웠던 거리가 점차 좁혀지면서 한 번씩 뒤돌아보는 녀석들의 표정은 점점 굳어갔고, 급기야 한 녀석을 체포할 수 있었다. 하지만 그 대가는 혹독한 것이었다. 달밤에 맨발로 시멘트 바닥을 전력질주한 결과 발생한 참사로 인해 일주일간 배낭을 짊어진 채 절룩거리며 뒷꿈치로 걸어야 했다. 하여 이번에는 야밤의 추격전 후유증을 앓지 않기 위해 신발을 챙겨 신은 것이 시간이 지체된 요인이었다. 게다가 묵직한 등산화여서 도무지 뛸 수가 없었다.

두 번째 원인은 축적된 피로로 인한 체력 약화였다. 이틀 전 폭염주의보가 발령된 터에 배낭을 짊어지고 김해에서 밀양까지 30킬로미터의 길을 뚫고 왔는지라 더위를 먹어 겔겔거리던 상황이다 보니 지구력을 가지고 녀석들을 쫓을 수 없었던 것이다.

세 번째 원인은 둥글이의 야성 본능(?)에 있는 듯했다. 아마 둥글이는 녀석들을 너무 쉽게 잡고 싶지 않았던 것이다. 이것이 몸을 지치게 만들고 발을 느리게 만들어 결국 녀석들을 일시적으로 놓아주는 역할을 한 듯했다. 둥글이의 무의식에 잠재한 야성은 녀석들을 들판에 풀어놓은 후에 차분히 사냥(?)하고 싶었던 것이다.

하여 다음날부터 녀석들 사냥 준비를 한다. 포획 장비는 둥글이 주특기인 전단지였다. 인근 인쇄소를 찾아가서 전단지 300장을 뽑았다. 전단지는 "얼굴도 봐뒀고, 밀양 시내에 고등학교가 세 개밖에 없으니 둥글이가 직접 학교로 찾아가서 검거(?)했다가는 서로 골치 아프니 사건 커지기 전에 자수하라"는 내용이었다.

이 전단지를 밀양 시내 고등학교 세 곳을 돌아다니며 뿌릴 계획이었다. 우선 녀석들이 다닐 것 같은, 가장 남쪽에 있는 학교로 가서 등교 시간에 백여 장을 배포했다. 여느 광고지와 달리 아주 흡입력(?) 있는 내용이므로 백여 장만 배포해도 아이들이 다 돌려볼 것이 예상되었다.

예상대로였다. 그날 저녁 바로 자수 전화가 걸려왔다. 경황이 없어서 실수했다는 내용이었다. 하지만 발신자 번호가 안 찍히도록 전화를 한 것 자체가 대단히 책임 없는 모습으로 보였다. 하여 "다음날 저녁에 사

건이 있었던 장소로 일당들이 모두 찾아오지 않으면 용서해주지 않는
다"고 얘기하고 전화를 끊었다.

　그리고 다음날이면서 동시에 밀양에서의 마지막 밤. 둥글이는 돌 공
격을 당했던 그날처럼 공설운동장 스탠드에 텐트를 치고 누워 있었다.
분주하게 오가고 운동하던 이들이 다 사라진 아홉 시경 적막이 깔린다.
그리고 이내 그 적막을 뚫고 한 무리의 발소리가 스탠드 위로 이어진
다. "저…… 저희들 왔는데요."

　둥글이는 텐트를 열고 바깥으로 나간다. 어디서 조폭영화를 많이 찾
아본 듯, 녀석들은 벌써부터 무릎을 꿇고 둥글이의 처단을 기다리고 있
었다. 고개를 숙인 그들의 얼굴은 긴장하는 표정이 역력했다. 손가락
하나쯤은 내줄 각오가 된 듯했다.

　녀석들을 일으켜 세웠다. 우선 녀석들이 고맙기 그지없었다. 자수해
오지 않았으면 나머지 두 학교를 다니며 전단지 뿌리는 시간과 품이 들
었을 테고, 그래도 안 나오면 만 원 걸고 현상수배까지 하려던 차였다.
그런데 제 발로 걸어와주었으니 얼마나 고맙던지!

일어선 녀석들은 고개를 조아리면서 "돌 던져서 죄송하다"고 사과를 했다. 하지만 둥글이는 그들이 돌을 던져서 화난 것이 아니었다. 사실 이런 사단의 단초는 내가 제공한 것이고, 녀석들은 나를 겨눠서 맞추려고 돌을 던진 것이 아니라, 텐트에 살짝 던져서 주의를 환기시키는 정도였던 것이다. 하여 둥글이는 "살다 보면 돌도 던질 수 있음"을 이야기하며 녀석들의 잘못은 돌 던진 것 자체가 아니라, "아무런 책임을 지지 않고 돌을 던진 것"임을 확인시켜줬다.

둥글이도 이런저런 정치인과 행정가들에게 돌(비판)을 던져본 적이 있는 사람으로서 뭔가 부조리한 일에 대해서는 마땅히 맞서서 돌을 던져야 한다고 생각한다. 마찬가지로 청소년이라고 해서 어른들에게 돌을 던지지 말라는 법은 없었다. 다만 그렇게 돌을 던진 행위에 대해서 스스로 책임을 지지 않고 도망가는 행위는 대단히 잘못된 것이다. 하여 둥글이는 "앞으로 필요하다면 돌을 던지기는 하되, 숨어서 던지지 말고 정면에서 던지고 그에 대한 책임을 지라"고 녀석들을 타일렀다. 그리고 둥글이가 당한 만큼 녀석들에게 되돌려줄 수 있는 가장 높은 수위의 대응으로서 "너희들도 나중에 여행 다니다가 나한테 걸리면 돌 공격 한번 당할 줄 알아라!" 하는 저주(?)를 퍼부었다.

두들겨 맞을 각오까지 하고 온 녀석들이 "돌 던지려면 던져라" 하는 이야기와 잡스러운 타이름을 듣자 안도하는 표정이었다. 여기에다 낮에 녀석들에게 주려고 서점에서 사온 『톨스토이 인생론』과 함께 '인간사랑 자연사랑' 전단지를 건넸더니, 돌아가는 녀석들의 표정은 평화로움 그 자체였다.

사람들은 흔히 더러운 일을 당하면 '똥 밟은 셈' 치고 그 사실을 기억에서 지우려 하곤 한다. 하지만 그렇게 머릿속에서 지운 기억은 다른 사람의 악몽으로 현실화될 수도 있다. 자기가 밟은 똥을 제대로 치우지 않는다면 지구를 한 바퀴 돌아 그 똥을 결국 자기가 다시 밟을 수도 있는 문제이다. '밟은 똥'을 어떻게 처리해야 할 것인가에 관한 문제는 자고로 어른이 고민해야 할 '어떻게 살아야 하는지'의 문제와도 연관된다. 하여간 며칠간의 집요한 노력 덕분에 다음에 밀양에 와서는 돌 공격 받을 위험이 사라졌음에 흡족하다. 이번 기회를 통해서 녀석들은 유랑족 텐트를 함부로 기웃거리는 나쁜 습관을 고쳤으리라.

이번 일지를 읽은 이들은 둥글이에게 해코지를 하려 했다간 그 대가를 받아야 한다는 교훈을 얻을 것이다. 둥글이 함부로 건드렸다가는 피본다. 둥글수사대는 검거율 100퍼센트를 자랑한다. 하여간 이렇게 상황을 마무리하고 편안한 마음으로 자리에 든다.

(2011. 7)

캠페인에 대한 과격 반응

아침에 초등생 캠페인을 끝내고 나서는 어른용 전단지를 가지고 상가를 돌며 캠페인을 한다. 이는 배낭을 짊어지고 다니면서 할 수는 없는 일이라, 이런 때는 보통 도서관이나 관공서 한쪽에 배낭을 주차시켜 놓는다.

어른들을 대상으로 난데없이 인간과 환경의 문제에 대해서 '설법'할 수 없으므로 '설문조사'의 형식을 취하는데, 한마디 질문하고 반응하는 답변의 정도에 따라서 이야기의 깊이가 결정된다.

손님이 있어서 바쁜 가게에는 스티커와 전단지만 내려놓고 간다. 그리고 손님이 없더라도 별로 하고 싶지 않은 의사를 밝힌 가게에도 스티커와 전단지만 내려놓고 간다. 조금 관심이 있는 듯하면 설문조사와 이야기를 시작한다.

설문조사의 주요 질문 내용은 다음과 같다.

1. 사회와 환경의 문제에 대해서 누가 주로 관심을 가져야 한다고 생각하는가?

2. 당신은 어느 정도의 관심을 가지고 있나?

3. 환경 피해가 극심해서 후손들이 살아가기 힘든 상황이 언제쯤 올 것이라 생각하는가?

1번에 대해서는 '나 자신의 관심'보다는 "정치인이나 행정가가 관심을 가져야 한다"는 답변이 압도적으로 많고, 2번에서는 관심을 가지고 있다는 답변을 듣기 힘들다. 3번에 대해서는 먼 미래의 일로 여긴다. 그렇기에 "그에 대비해서 무엇을 할 수 있는가?"라는 마지막 질문을 해보면, "재활용 잘 하고 세제 적게 사용한다"는 수준에서 지구적 파국에 대한 책임을 다했다고 여기는 경우가 대부분이다.

이야기를 주고받으며 느끼는 것은, 환경문제에 대해 매스컴을 통해서 많이 들어왔기 때문에 그 심각성은 대충 알고 있지만, 구체적으로 이에 대해 '해야 할 바'를 주도면밀하게 고민하지는 않는다는 것이다. 이는 현대사회에 적응하면서 살아온 이들에게 공통적으로 보이는 좁은 시야, 비주체성, 무실천성의 반영인 듯하다. "남들도 고민 안 하고 잘 먹고 잘살기 위해서 바쁜데, 내가 뭔 상관이냐?" 는 것이다.

하여간 이러한 반응에 맞서 주체적으로 환경문제에 대응할 수 있는 방법에 대해 나름대로 다양한 이야기를 늘어놓는다. 얘기가 이어지는 와중에 지루해 하며 말을 끊는 이들도 있지만, 대부분은 진지한 눈빛으로 들어주신다. 그럴 때면 '스티커'를 나눠주며 집이나 상점 한쪽에 붙여줄 것을 부탁드린다. 그리고 '하루 한 명에게 지구 위기 상황 알리기' 전단지를 드리며 "위기 상황을 서로 공유하는 것만 해도 큰 일" 이라고 말하면서 주변과 나눌 것을 부탁드리고 나온다. 그들이 "수고하시라" 며 마음에서 우러나오는 격려를 해주는 것을 대하면서는 '희망' 비슷한 것을 느끼곤 한다.

오늘도 식후의 나른함을 견디며 상가를 한 시간쯤 돌며 캠페인을 하다가, 피곤이 몰려와서 건물 한편의 벤치에 누워서 한숨 자려는데 천사로부터 문자가 하나 날아왔다. 오늘은 창원시내 상가를 돌면서, 어제

는 대학교를 돌면서 전단지를 배포했는데, 아마 누군가 전단지의 내용이 불만스러운가 보다. 물론 학교 앞에서 스티커를 받은 초등학생이 보냈을 확률도 0.1퍼센트쯤 된다.

과거 내가 살던 지역에서 새만금사업과 핵폐기장 추진의 문제점에 대해 전단지를 만들어 뿌리고 다닐 때에는 이런저런 비난 문자와 협박 전화를 종종 받았고, 관에서 지원하는 행정깡패들에게 두들겨 맞기도

했다. 경제적으로 소외되었다는 피해의식이 심한 지역이다 보니 자괴
감과 상실감이 가득했던 것이다. 그래서 당장은 새만금사업과 핵폐기
장 사업이 (그 당시 기독교연합회의 부흥회 주장처럼) '젖과 꿀이 흐르는 사
업'으로 보였던 것이다. 하여 많은 지역민들은 이에 반대하는 것만으로
도 역적 취급해야 한다고 여기고 있었다. 가뜩이나 이권이 걸린 언론
사, 정치인, 행정가들이 똘똘 뭉쳐서 "국책사업을 반대하는 사람들은
지역발전을 저해하는 세력"이라고 공공연하게 낙인 찍어 놓았기 때문
에 그런 반응은 당연한 것이었다. 그래서 당시에는 종종 발신자 추적이
안 되는 문자나 전화를 받아야 했고, 면전에서 "저렇게 지역발전 저해
하는 놈은 찢어죽여야 혀" 하는 말까지도 듣곤 했다.

그런데 오늘 날아온 문자는 너무 뜬금없다. 지구 기후변화의 문제점
을 나열하면서 함께 고민하자는 취지의 전단지를 받은 이로부터 왜 이
런 문자를 받아야 했을까? 곰곰이 생각해보니, 개발과 대립된 의미의
환경보호를 강조함으로써 일자리가 더 줄 수 있다는 걱정과 먹고살 문
제에 대한 조바심을 더해준 듯하다. 그 상실감과 당혹감이 공격성으로
뿜어져 나온 것이다. 아마 취업 전인 대학생의 소행이 아닐까? 미래에
대한 불확신과 불안감이 공격성과 함께 표출됐던 것 같다.

만약 그가 후배와 한자리에 있는 상황에서 내가 뿌린 전단지를 받았
다면 "야, 너는 이게 말이 된다고 생각하냐? 우선 먹고사는 것이 중요하
지, 뭔 종이 아깝게 후세대의 문제를 정리한 전단지를 만들어서 머리를
복잡하게 만드냐? 어차피 미래는 과학기술이 개발되어서 다 해결될 텐
데" 하고 쏘아붙였을 것이다. 그리고 후배의 뒤통수를 한 대 때리며

"안 그러냐?" 하는 지지 반응을 유도한 후에 "이런 미친 놈은 교화가 필요해"라며 천사 같은 선의를 가득 담아 문자를 날렸을 수도 있다. 하여간 중대형 도시에는 이러한 악재가 많다.

그러나 이런 문제를 더 신경 쓰기에는 낮잠 잘 임무가 너무 시급했다. 하여 전화기를 닫고 눈을 감는다. 오늘 점심에는 천사가 아닌 부처의 고매한 뜻에 따라 열반에 다다르리라. 창원대로 한편의 벤치에 누워 쉰다.

(2007. 5)

혹독한 겨울 유랑

싸구려 장비로 노숙을 하는 나그네에게 가장 큰 고통이 10월 말부터 엄습한다. 그것은 다름 아닌 '추위'다. 추위는 텐트 하나 짊어지고 유랑을 다니는 나그네가 감내해야 할 혹독한 시련 중의 하나다.

있는 옷은 다 꺼내 껴입고, 빵모자 위에 강도모자까지 이중으로 겹쳐 쓰고 완전무장한 상태로 잠을 청해 보지만, 천지를 지배하는 냉기의 힘은 숨을 들이쉴 때마다 마스크 사이로 빨려들어와 얼굴을 할퀴어대고, 침낭 면사의 미세한 틈을 뚫고 들어와 가련한 나그네의 몸을 휘감는다. 밤을 뜬눈으로 뒤척거리다가 '웅크림의 새벽'을 맞이하게끔 만드는 냉기는 나그네에게는 저승 사자와 같은 두려움이다. 이렇기에 한여름 폭염주의보가 발효된 아스팔트를 삐질삐질 땀 흘리고 다닐 때부터 미리

이 겨울을 걱정하곤 한다.

이에 12월을 버티고 있는 둥글이에게는 특히 잠을 자기 위해서 철통 같은 방한 노력이 필요하다. 우선 기본적으로 깔판을 깐 위에 텐트를 세운다. 그리고 그 안에 매트리스를 깔고 나서 은박지 판을 또 깐다. 이렇게 하지 않으면 바닥에서 올라오는 한기를 버틸 수 없다. 그런 다음 싸구려 침낭 두 개를 포개 그 속에 쏙 들어간 다음에 얼굴까지 덮는 빵모자 두 개를 뒤집어쓰고, 침낭을 꽉 조인다.

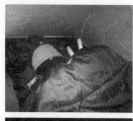

이때 빵모자 안쪽에는 두꺼운 골판지를 대야 한다. 왜냐하면 빵모자 두 개의 압박이 눈을 계속 눌러서 골판지로 그 압력을 막아주지 않으면 밤새 안구가 눌려 아침에 눈의 초점이 안 잡히기 때문이다. 여기에 바람막이 잠바를 침낭 아래쪽으로 입힌다. 이렇게 하지 않으면 새벽에 발 쪽으로 한기가 숭숭 들어온다.

그리고 나서는 물을 꽉 채운 알루미늄 물병과 버너를 준비한다. 새벽에 기온이 떨어지면서 침낭 속으로 한기가 파고드는데, 그나마 이를 조금이라도 막아낼 수 있는 유일한 장비가 바로 끓인 물병이다. 어떤 때는 한밤중에 너덧 번이나 잠을 깨어 물을 끓여 물병 껴안기를 반복할 정도이다. 이렇게 하면 대충 추위는 방비된다.

물론 전제가 있다. 그것은 '빵모자 두 개를 쓰고 침낭을 뒤집어쓴 다

음 차렷 자세에서 움직이지 않아야 함'이다. 문제는 잠결에 몸을 뒤틀 때 코만 내놓은 강도모자 속에서 머리만 돌아가는 경우다. 이렇게 되면 코가 막혀 공기 흡입이 안 된다. 자다가 숨이 막혀 깨어나 보면 십중팔구 빵모자가 획 돌아가 숨통을 막아버린 경우다. 하지만 아직 명이 다하지 않아서인지 질식하기 직전에 깨어나서 빵모자를 제자리로 돌려놓고 이 '끔찍한 시련'의 한가운데에 있음을 절감하며 다시 잠을 청하곤 한다.

곤혹스러운 것은 급작스레 비가 오거나 눈이 올 때다. 미처 예상치 못한 순간 쏟아지는 겨울비는 텐트를 침몰시키고, 쏟아지는 눈은 텐트를 이글루로 만들어버린다. 아침에 일어나서 장비들을 걷기도 곤혹이거니와 낮 동안에 말리기도 힘들어서, 저녁에는 젖은 텐트와 침낭을 고스란히 다시 펼쳐 세워야 한다. 그럼에도 불구하고 이러한 모든 물리적 노고는 집단으로부터 떨어져 혼자라는 현실, 그리고 아마 앞으로도 그리 살아야 한다는 현실이 몰고 오는 고독에 비할 바가 못 된다.

(2013. 12)

사람 구실 못 하는 떠돌이

둥글이는 아마 지인들 사이에서 인간성이 별 볼일 없는 사람으로 정평이 나 있을 것이다. 도무지 사람들을 챙겨주지 못하기 때문이다. 향우회·동창회·종친회 같은 것은 한 번도 나간 적이 없고, 환경운동과 시민운동을 하며 친해진 동료들이 모이는 회식 자리에도 제 발로 나간 적이 거의 없을 정도이다. 소중한 경험을 통해서 친분을 쌓았던 이들과도 연락도 않고 지내다가 관계가 끊기기 일쑤인데, 종종 이러한 둥글이의 모습에 섭섭함을 표하는 이들도 접하곤 한다. 그런데 이러한 나의 행태의 시작은 고등학교 때로 거슬러 올라간다.

그때 둥글이는 삶과 존재의 문제에 대해 끼니도 거르는 심각한 사색에 빠져 있곤 했는데, 인간관계에 대한 재인식 작업은 그 중의 하나였다. 사람들은 대개 친한 이들끼리는 허물없이 정을 나누곤 하는데, 이러한 관계에 대한 의문을 갖기 시작했다.

"사람들은 끼리끼리 뭉쳐서 되돌아올 것을 전제로 호의를 베푼다. 하지만 아는 사람들끼리만 되돌아올 것을 전제로 주고받는 정이라는 것이 도대체 무슨 의미를 가지는가? 그러한 관계를 과연 '우정'이라고 말할 수 있는가? 그러한 관계에 과연 '사랑'이란 존재할까?" 하는 물음은 당시 내 삶의 최대 화두였다.

더군다나 그들(친구, 이웃, 친척) 주변에는 무언가를 챙겨줄 많은 사람들이 있지만, 세상의 수많은 소외된 이들은 누군가의 관심과 지지를 갈망하고 있지 않은가. 이런 문제의식이 생기니, 되돌아올 것을 전제로 주변 사람들을 챙기던 스스로의 모습에 대해서 자존심이 상했다. 무차별 대중에 대한 '대가 없는 사랑'을 하고 싶었다. 전혀 그럴 능력은 안 되었지만, 그런 폼이라도 내고 싶었다. 그렇게 '인류애적 허영'(?)이 만들어낸 그럴싸한 허세는 일찌감치 둥글이를 고립시키기 시작했다.

시간이 지나며 그 고립은 자연스러운 것이 되었다. 지인들이 각종 애경사를 알려와도 둥글이 활동에 방해되는 경우에는 거의 찾아보지 않는 것은 단적인 사례다. 그것은 기회비용의 문제였다. 둥글이가 가진 한정된 돈과 시간을 지인들에게 쓰는 것보다는 전단지나 플래카드를 만드는 데 써서 사회적 투자를 하는 것이다.

당연히 이러한 둥글이의 모습에 지인들은 떨어져나갔다. 현대사회의 기준에 따른 사람 구실을 하지 못하는 둥글이를 그들이 챙겨줄 리 없기 때문이다. 애초에 두 마리 토끼를 잡는 것은 불가능한 일이었다. 이에 내 관계의 기반은 점점 축소되었다. 아웃사이더 중의 아웃사이더인 둥글이는 그렇게 본의 아니게 외로운 섬에 떠 있게 된 듯하다.

하지만 둥글이는 그러한 고립을 경험할 때마다 마음속으로 더더욱 다짐하곤 한다. "내가 당신들을 위해서 직접 뭔가를 챙겨주지 못하는 것은 미안하지만, 당신의 자식들이 살아갈 세상은 지금보다 나을 수 있도록 노력하겠다"고. 지인, 후배, 친구, 애인이 멀어져가는 모습을 보며 둥글이는 그렇게 다짐에 다짐을 했다.

물론 이는 둥글이가 그들(약자, 후손, 자연)을 위해서 나를 희생하고자 하는 헌신적 소명의 결과는 아니다. 둥글이는 이타적인 사람이 아니기 때문이다. 둥글이는 다만 더 크게 주고 더 크게 받기를 바랄 뿐이다. 내

가 세상을 위해서 내 가진 것을 투자하는 만큼, 내가 살아갈 나의 세상
은 조금 더 살기 좋아지지 않겠는가.

"내 자신만이라도 스스로를 저 허공과 같이 비우고 나눔과 실천에
열심이었다면, 세상은 조금 더 나은 모습을 하고 있을 것을……."

(2013. 6)

맞지 않으면 소용없는 '튼튼한 신발'

장거리 이동에는 튼튼한 신발을 신어
야 함을 앞에서 이야기했다. 이는 신발에만 국한되는 사안이 아니고,
인생이라는 긴 여정에는 그에 맞는 긴 시야의 사고를 해야 함을 유추했
었다. 그런데 얼마 전 새로 구입한 '튼튼한 신발'을 신고 유랑을 다닌 3
주간 발바닥이 엉망으로 망가졌다.

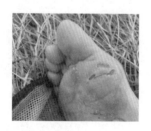

밀양에서 창녕, 합천, 거창을 거쳐 오는
와중에 발바닥은 걸레가 되어가고 있었다.
각각의 이동거리는 30~40킬로미터, 총 백
몇십여 킬로미터였는데, 첫 발걸음을 뗀
직후부터 생긴 물집은 찌릿찌릿 뇌리를 자
극하면서 그야말로 고행을 하게 만들었다.
그래서 각각의 지역에 도착할 즈음에는 생사고락을 통달한 인간이 되
어 있었다. 하여 누군가 갑자기 나타나서 흉기로 내 몸을 난도질해도
그 고통을 미소로 되갚을 정도였다. 그만큼 극심한 발바닥 통증을 매

순간순간 버티며 백 몇십여 킬로미터를 걸어왔던 것이다.

그런데 이번 거창에서 남원까지의 이동 거리는 70킬로미터 이상이었는데 물집 하나 터지지 않았고, 발바닥 통증도 거의 없는 상태로 사흘의 여정을 끝맺었다. 어떻게 이것이 가능했을까?

그것은 신발을 신는 법에 있었다. 여태까지는 튼튼한 신발을 신기만 하면 발바닥 문제는 해결되는 줄 알았다. 하지만 첫 번째 등산화가 다 떨어져서 새로 산 등산화는 튼튼하기만 할 뿐 발에 계속 무리를 주고 있었다. 하여 이번 여정 출발 전에 발바닥 압력을 최소화시키기 위해 다양한 시도를 했다. 일례로 발가락에 전해지는 압력을 줄이려고 깔창을 접어 신었다. 상대적으로 뒤꿈치의 탄력은 높아진 반면, 신발 앞쪽 공간이 생기면서 발가락이 압력을 덜 받았다. 이 방법이 결국 물집을 덜 생기게 하고 덜 고생하게 만든 '기능적 효과'를 발휘했다.

먼 길을 떠나기 위해서는 '튼튼한 신발'이 전부가 아닌 것이다. 그 신발이 자신의 발에 잘 들어맞아야 한다. 그렇지 않으면 자신에게 오히려 해를 가져온다. 마찬가지로 인생이라는 먼 길을 떠나기 위해서는 그럴싸하고 위대한 생각으로만 무장되어 있으면 안 된다. 그럴싸하고 위대한 생각 자체는 아무런 의미가 없다. 그것이 자신의 삶에 맞게 체현되어 있느냐 하는 것이 관건이다.

세상에 그럴듯한 말을 떠벌리는 사람들이 많은데, 그 말이 실현되지 않는 것은 물론이거니와 그들이 대개 주변에서조차 인정받지 못하는 이유는 간단하다. 그들은 그럴싸하고 튼튼해 보이는 신발을 가지고는 있을지언정 그것을 자신의 발에 맞추지 못한 것이다.

허구한 날 술(만) 퍼마시면서 나라와 겨레를 걱정하고, 그럴싸한 이론을 떠벌리며 변혁을 위한 결의(만)를 다짐하고, 입으로(만) 열정을 뿜어내는 모습은 맞지 않는 신발을 신고 있는 경우이다. 우리에게 필요한 것은 궁극의 목적을 달성하기 위해서 생활 속의 작은 실천을 이루어낼 구체적인 고민과 활동이다. 한발 한발 걸어 목적지에 다다르는 것처럼, 미래에 닿기 위한 구체적이고 자잘하며 체화된 실천론이 필요한 것이다. 하지만 불행히도 많은 이들은 정책과 기획 전문가임을 자처하며 거창한 상념 위에 올라타 사회비평가로서의 역할에만 만족하며 제자리걸음만 하고 있다.

상당수의 그럴싸한 자긍심, 기획, 목표, 믿음, 신념 이상, 사상 등등이 내가 나아가는 것을 방해하고 오히려 내 삶에 공허와 부조화만 만들어내고 끝없는 말잔치의 재료였음을 확인해야 한다. 이것들을 죄다 모아 집어던져버리는 용기를 우선 가져야 한다. 그리고 가장 적합한 수준에서 자신에 맞게 그 생각들을 맞춰야 한다. 좀 걷다 보면 더 튼튼하고 큰 신발이 필요해져서 그때 갈아신을지언정, 우선은 자기에게 맞는 생각의 신발을 찾아 신어야 한다. 그것이 바로 자기 생각에 휘둘려 좌초되지 않고, 앞으로 한발 한발 나아갈 꾸준한 걸음을 가능하게 한다.

(2013. 5)

둥글이 유랑일지의 비밀

유랑 생활을 위해 챙겨 가지고 다녀야 할 장비의 무게가 이만저만한 것이 아니다. 그런데 거기에 캠페인을 한 답시고 한 손에 전단지를 들고, 유랑일지 작성을 위한 노트북까지 들고 다니는 둥글이. 둥글이가 유유자적하는 줄 알았던 이들은 이런 모습을 보고 그 넘쳐나는 힘(?)과 부지런함에 탄복하곤 한다.

둥글이가 힘도 딸리고 바쁜데도 굳이 노트북을 들고 다니며 지역별 일지를 정리해서 올리는 이유가 있다. 그것은 유랑이 다 끝난 후 기억에 의존해 내가 경험했던 것들을 그럴싸하게 포장하지 않을까 하는 우려 때문이다. 하여 각 지역의 활동을 끝낼 때마다 사진 백여 장에 한글문서로 A4 15~20장의 글을 정리해서 마감하고, 다음 지역으로 넘어가는 것이다.

사람의 생각과 기억은 전혀 다른 특징을 갖는다. 생각은 실시간으로 떠오르는 다양한 상념과 발상, 사고의 뭉치이지만, 기억은 사건의 재조합이나 다름없다. 현실에서는 정말로 비루하고 보잘것없는 경험을 했던 사람들이 과거를 되돌아보는 회고록에서는 사실을 미화시키고 존재하지도 않은 가상의 사건을 만들어낸 후 그 창조물에 뿌듯해 하는 경우가 있다. 여행기도 마찬가지일 수 있다. 수많은 여행 경험 중에서 골라낸 그럴싸한 이야기들을, 극적 효과를 최대화할 수 있는 구성과 배치로 재조합하는 과정은 현실에 없었던 이야기까지 그럴듯하게 만들어내기도 한다.

이런 식으로 과거가 기억에 의해서 재조합된 결과물을 통해 독자들이 존재하지 않았던 인물의 존재하지 않던 사건들을 접하게 된다면, 독자들은 소설에서 얻을 수 있는 감동 이상을 얻을 수 없다. 그런 글은 '문학성 있는 글', '재미난 글'일 수는 있을지언정, 독자에게 글쓴이의 실존을 간접 체험하게 만들 수는 없는 것이다.

물론 현장에서 경험한 것을 바로 글로 적는 것도 실재를 그대로 담아내는 것은 아니다. 글을 쓴다는 것 자체가 이미 일정한 경험이 그의 뇌를 거쳐서 정신의 필터로 한 번 걸렀다는 것을 뜻하기 때문이다. 하지만 과거를 재구성하는 것보다는 실재에 대한 굴곡을 적으려 노력하기에 둥글이는 유랑 중에 겪는 사건들을 굳이 지역별로 정리해서 블로그에 올리는 수고를 무릅쓰는 것이다.

그렇다 치더라도 이 글을 읽는 이들은 둥글이의 '말의 함정'에 빠져서는 안 된다. 앞서 내가 지적 성실성을 가지고 실재를 최대한 온전한 모양으로 담아내기 위해서 노력한다고 얘기했던 것은 후원금 통장을 넘치게 하려는 모금 전략일 뿐, 사실 둥글이가 후원금의 일부를 떼어 용역사무실에서 고용한 사람으로 하여금 '유랑 캠페인 일지 작업'을 대신 시키고, 정작 본인은 빨간색 스포츠카를 타고 다니면서 엉덩이 흔들어대는 아가씨들에게 휘파람이나 불어대고 있을지 누가 알겠는가?

(2013. 5)

설사의 행군! 멈출 수 없다

그렇게 돌아다녔으면 적응될 만도 한데, 길에서의 생활이라는 게 녹록하지 않다.

계속되는 장마와 더위에의 지속적인 노출로 인한 냉각 기능의 이상, 부실한 식사와 위생관리의 실패, 강행군 등이 겹치면서 몸에 이상이 왔다. 광주에서 담양 넘어오는 길에 더위를 먹어 몸은 축 풀리고, 두통에 설사가 따랐다. 담양 고서면에 있는 모학교 한쪽에 텐트를 치고 나서 설사를 두 번이나 했고, 수은에 뇌를 담근 듯한 두통 때문에 자다 깨다를 반복했다. 어둑한 새벽에 끙끙거리며 두통약을 꺼내 입에 털어 넣고 그대로 엎드려 잠을 청한다.

날이 밝자 눈앞에 보이는 풍경에 힘없는 한숨을 뿜어낸다. 어제 먹었던 약을 한 알 더 까서 먹어야 할지 고민이 밀려오고, 열흘 넘게 땀에 절어 쉰내 풍기는 축축한 옷을 주워 입어야 함이 마치 훈련병 시절 기합 받으러 나가기 위해서 땀과 흙이 범벅이 된 군복을 챙겨 입는 기분이다.

하지만 절망하고 그냥 고꾸라질 순 없다. 그랬다가는 잠시 후 학교를 순찰하러 나올 주사님에게 걸려 혼날 것이기 때문이다. 더군다나 여기서 멈추면 몇 번이고 구멍이 나서 기워지기를 반복하다 못해 결국은 도심의 외진 쓰레기통에 버려져야 했던 양말 군의 유지(遺志)는 누가 받드냐 말이다!

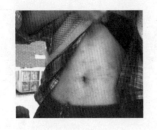

장마, 더위, 설사, 두통, 불결, 벌레 물림, 영양 부족, 강행군의 부작용은 온몸에 두드러기를 만들어내기도 했다.

둥글이의 몸을 점령한 두드러기에 맞서 자동방어 손가락시스템이 가동되어 긁적댄다. 한 차례 손가락이 두드러기를 제압하고 나면 2, 3초간은 만족스러운데, 그 직후 더 큰 가려움을 몰고 두드러기가 역습해 온다. 이에 질세라 손가락은 다시 그 간지러움에 맞서는데 이러한 용호상박의 형세 속에서 애꿎은 둥글이만 죽어나는 상황이다. 가만히 있어도 간지러운데, 이동시 배 앞에 장착하는 노트북 가방이 발걸음에 들썩들썩하며 두드러기를 문지르니 지옥의 간지러움이 온몸을 휘감는다. 간지러움이 극에 달할 때 뒷목이 서늘해지며 비명이 뿜어진다는 사실을 이때 알았다.

그런데 팔에 난 두드러기를 긁었더니 이제는 때가 밀린다. 화들짝 놀라서 때가 밀리지 않도록 손으로 다독여 진정시킨다. 한번 때가 밀리면 대책이 없기 때문이다. 조선시대 "아버지를 아버지라 부를 수 없었던" 서자의 아픔이 있었다지만, 때를 때로 여겨 벗겨낼 수 없는 둥글이의 아픔에 비할까. 길바닥 살이를 해야 하는 유랑자의 비애라니. ㅠ―

(2013. 7)

급하게 똥이 마려운데 휴지가 없는 분은, 본 장을 뜯어 십여 차례 비빈 후 뒤처리하는 데 쓰시면 됩니다. – 설사가 나는데 휴지까지 떨어져서 지옥을 경험했던 둥글이 올림.

캠페인에서 챙긴 전리품

부산 모덕초등학교 앞에서 캠페인을 준비하는 심정은 그야말로 적군의 대대적인 공습을 대비해야 하는 최정예 특공부대원의 그것이었다. 우선 토요일 하교 시간은 전학년이 같다. 해방감에 환호하며 진입로 내리막길로 가속도가 붙어서 한꺼번에 쏟아져 나올 아이들을 생각하니 아찔함이 밀려왔다. 거기에 토요일 오후 아이들을 맞으러 온 주부들이 교문 밖에 장사진을 치고 있었다. 더군다나 교회에서 전도 활동까지 나와서 쌍립을 서야 했는데, 오가는 차량과 등하교 지도하는 아주머니들까지 가세해서 하교 직전의 교문 앞 번잡함은 이루 말할 수 없었다.

12시 10분쯤 되자 수업 종료를 알리는 비명 소리가 적진을 향한 결사대의 외침처럼 천지를 진동시키는 가운데 아이들이 쏟아져 내려오기 시작했다. 그러나 '인간사랑 자연사랑 캠페인'을 준비하고 있던 둥글이는 막대한 자본력과 인력으로 무장한  교회의 공격에 난타당해야 했다. 교회에서 나눠주는 전단지에는 사탕이 붙어 있거나, 쪽쪽 빨아 먹는 작은 쭈쭈바가 매달려 있었다. 이에 반해 둥글이의 전단지는 지극히 초라했고 아이들의 관심을 끌 동인이 부족했다. 아이들 중에는 둥글이가 건네는 전단지에 혹시나 사탕이 붙어 있는지 앞뒤로 돌려보고는 실망감을 감추지 못하는 녀석들도 있었다.

예닐곱 명 되는 교회 전도자들 주변에는 아이들이 줄을 서서 전도자들이 강변하는 '우리 교회에 오면 얻는 이점'을 유심히 듣고 있었다. 이야기를 듣는 아이들의 눈빛은 "길거리에서도 이렇게 먹을 것을 주는데, 교회에 가면 얼마나 풍성한 먹을거리가 기다리고 있을까?" 하는 기대감으로 가득한 것 같았다.

고작 "지구를 지켜주세요"라는 말로 때우며 전단지를 건네는 둥글이는 전도자들의 십자포화에 검은 연기를 뿜으며 침몰하는 함선이었다. 다만 조금 일찍 도착해 교문 가장 앞자리를 선점한 덕분에 가지고 있던 한 꾸러미의 전단지를 어렵지 않게 배포할 수 있었다.

그런데 홀로 배낭을 짊어지고 와서 '지구를 지켜주세요'라는 조끼를 입고 전단지를 나눠주는 나그네의 모습에 전도자들이 호감을 가진 듯했다. 전도하던 여성분들이 전단지를 달라고 해서 한 장씩 받아간 것에 이어, 목사님으로 보이는 분이 다가와서 말을 거는 것이다. 그는 한 문장으로 압축한 둥글이의 간략한 활동사('배낭 메고 전국을 유랑 다니면서 캠페인을 하는데요")를 듣고는 "고생하신다"며 격려해주셨다. 그러더니 줄 것이 있다며 철수하는 둥글이의 발길을 돌리게 하여 내리막길 저 아래에 세워 둔 봉고 차량까지 끌고 간다.

주께서는 둥글이가 교문 앞에서 아이들에게 캠페인하는 것을 그의 종들을 통해서 시험케 하셨지만, 이 시련을 통과한 둥글이에게 그에 걸맞은 수준의 보답을 하려는 것이었다. 다윗과 솔로몬처럼 고난을 뚫고 예언자의 직분을 충실히 수행한 이들은 주님의 권능에 힘입어 왕의 권세를 누렸던 이야기를 익히 알고 있던 터였다. 그 정도까지는 아니더라도 주님은 그간의 나의 수고에 대한 어떤 보답을 하시려는 터였다.

유난히 자신감 있는 표정으로 둥글이를 이끌었기에 과연 주님의 종이 어떤 사례를 줄까 잔뜩 고대하던 터, 돈다발까지는 아니더라도 하여간 뭔가 유익한 것을 기대하고 있는데, 그는 한 꾸러미의 물품을 차에서 꺼내 둥글이 품에 건넨다.

콘센트에 꽂아 모기를 퇴치하는 에어매트였다. 이왕이면 길바닥 생활을 하는 둥글이가 이 장비를 쓸 수 있게 발전기와 릴선도 주셨으면 하는 아쉬움이 남았다. 어쨌든 고개 숙여 감사한 마음을 표한 후 에어매트 무게까지 더해 다시 오르막길을 올라야 했기에 '수고하고 무거운 짐 진 자'의 수고는 조금 더 늘었다.

곰곰이 숙고하던 둥글이는 주님을 향해 절규했다. "주여~! 주는 것은 좋지만 좀 쓸모 있는 것을 주옵소서! 왜 저들은 받기 편한 돈으로 받으면서 줄 때는 물품으로 대신 하나이까~."

(2011. 6)

그러면 내가 상처받잖아

아이들에게 전단지를 나눠주던 중 한 녀석이 계속 옆을 맴돌면서 "지구 안 구할 거예요" 하고 선전포고하더니, "지구를 구하자~" 하는 내 소리에 맞춰서 "지구를 구하지 말자~. 지구를 구하지 말자~" 하며 옆에서 떠들어댄다. 녀석은 이러한 업무방

쏟아지는 눈 속에서 "얘들아, 지구를 구하자" 하며 전단지를 건네자, 아이들은 이를 받아 부지런히 살피며 걸어간다. 얘들아, 마음속에 새로운 희망을 싹틔우렴.

해 행위가 부실 국책사업이 강행되는 현장에서는 구속감이 된다는 사실을 전해 듣지 못한 듯하다. 하지만 나는 경찰과 검찰이 아니므로 녀석을 체포하거나 쥐어박지 않고 내 감정을 솔직히 이야기해준다.

"꼬마야, 그렇게 얘기하면 내가 상처받잖아." 그러자 녀석은 업무방해 활동을 중지하고 반성의 눈빛을 하더니, 슬그머니 사라진다.

과거에도 캠페인 중에 이런 일이 종종 있었다. 바빠 죽겠는데, 옆에서 전단지를 찢어 하늘에 뿌리면서 약올리기까지 하는 녀석들이 주변에 맴돌 때는 한 번씩 쥐어박고 싶은 것이 사실이다. 그러나 그 방법은 아이들에게 전혀 먹히지 않고 오히려 반감만 일으킬 뿐이다. 그 행동으로 인해서 내가 어떤 상처를 받았는지를 솔직히 표현하면 아이들은 무슨 말인지 알아듣고 하던 일을 멈추곤 한다. 어떻게 그런 작용이 가능한지 곰곰이 생각해봤더니, 솔직히 드러내는 그 순간의 내 감정이 녀석의 마음속에서 공유되는 듯했다.

대개 어른과 아이의 갈등은 어른이 자신의 '솔직한 감정'을 드러내지 않기 때문에 빚어진다. 명색이 어른으로서 어린아이에게 "나 상처받

왔어", "너 때문에 자존심 상해" 같은 표현을 하기가 싫은 것이 사실이다. 유교적 전통과 권위주의가 팽배한 사회에서 어른은 자기 감정을 드러낼 이유도 없고, 자기 감정을 들여다볼 필요도 없었던 것이다. 어른은 아이들이 잘못하면 다그치기만 하면 된다. 문제는 그렇게 호통 치는 것은 아직 역지사지하기 힘든 아이들에게 어떠한 반향도 불러일으키지 못하고, 마음속에 반감만 늘게 한다는 것이다.

특히나 상당수의 경직된 어른들은 "뭘 아이들한테 상처를 받아, 쪼잔하게" 하며 애써 그런 사실을 무시한다. 하지만 만물의 영장으로서의 품격을 떨어뜨리는 얘기를 하자면, 둥글이는 개나 고양이에게도 자존심에 스크래치를 당한다. (면밀히 자기를 들여다보면 그리 옹졸한 인간이 내 정신의 한가운데에 떡 버티고 있음을 알게 된다.) 그렇기에 '인간 아동'들에 의해 만들어지는 자존심의 상처가 (아무리 약간일지라도) 있음은 두말할 나위가 없는 것이다. 그리고 그러한 자존심의 상처가 결국 아이들에 대한 '호통'으로 표출되는 것이다. 이러한 부조리가 어디 있겠는가.

아이들과의 크고 작은 감정의 충돌 순간, 녀석들에게 자신의 감정을 솔직히 드러내서 아이들이 '공감'할 수 있는 기회를 주는 것은 아이들은 물론 내 자신을 위해서도 필요한 성장의 절차이다. '자기 감정을 정확히 인지하고 상대에게 솔직히 드러내는 것'은 소통을 위한 열쇠이다. 초등학교 앞에서 뒤늦게 이러한 것들을 배운다.

(2013. 11)

도심에서 잠잘 곳을 찾는다는 것

부산 연산역 주변에서 야영지를 찾기 위해 글로 표현하기 어려운 노고를 겪어야 했다. 부산의 중심가이자 주택가가 밀집한 지역에서 텐트 칠 곳을 찾는 심정은 발가락으로 젓가락질을 해서 콩자반을 집어 먹는 그것이었다.

한 치의 공간까지 조각을 내고 구획을 나눠 '내 것, 네 것'에 대한 경계를 분명히 하여, 풀 한 포기 자라날 여유도 없게 만든 도심의 공간. 이미 인구 포화 상태를 넘어선 사람들이 이중 삼중으로 겹치고 접혀진 채 비좁은 공간에서 구겨진 삶을 살아가고 있는 곳.

여유로운 생존의 공간을 확보하지 못해 압착되다시피 한 삶을 살아가는 이들은 심리적인 공간마저 짓눌려진 상태이다. 그래서 공간에 대한 집착과 열망은 병적이기까지 하다. 공간 결핍증을 가진 이들 앞에 작은 공간이라도 생기면 서로 차지하기 위해 숨막히는 쟁탈전이 벌어지는 것은 생존본능 같다. 누군가 자신들의 공간에 한 발이라도 들여놓았을 때 민감히 저항하는 것 역시 자연스러운 일이다. 하여 이곳 부산은 나그네에게 텐트 칠 공간은커녕 배낭을 잠시 내려놓고 한숨 돌릴 공간도 찾기 힘든 곳이었다.

더군다나 전단지 꾸러미까지 들어서 팔이 떨어져나갈 지경이 된 상태로 한 시간 반 가량을 텐트 칠 곳을 찾아봤지만, 도저히 공간을 찾을 수 없어 땀에 흠뻑 젖은 몸을 잠시 쉬러 지하철역을 찾아 들어간다. 그렇게 두어 시간 쉬다가 밤 아홉 시경이 되어 다시 밖으로 나온다. 세상이 어둑해지니 텐트 칠 공간을 찾을 것 같은 자신감(?)이 밀려온다.

사실 도심은 절대공간의 부족으로 야영지를 찾기 힘들기도 하지만, 그와 함께 이방인을 배척하는 시선이 탄환이 되어서 둥글이의 뇌리에 꽂히는 심리적 부담도 이만저만한 것이 아니다. 야영할 곳을 찾아 마을 이곳저곳을 기웃거리는 둥글이를 수상하게 여기고 살피는 눈들이 한둘이 아니었다. 그것은 단순히 둥글이를 감시하는 눈빛이 아니라, "이상한 행색의 너는 누구냐? 이곳을 떠나라"는 암묵적인 경고가 섞인 배척의 눈으로 보였다.

더군다나 그들은 대개 '공간에 대한 결핍증'을 가진 이들이라, 둥글이가 여유 공간에 텐트를 쳐올렸다가는 그대로 공격의 표적이 될 것이 분명했다. 하여 둥글이는 '이방인'으로서, 그리고 '공간을 탐내는 이'로서 그들이 내리꽂는 시선에 시달려야 했다. 하지만 밤이 되면 그러한 창끝 같은 시선이 미치지 못하는 이유로 야영지를 찾아 돌아다니기가 조금 수월하다.

이곳저곳 기웃거리는 중, 다음날 캠페인을 해야 할 연제초등학교가 눈에 들어온다. 학교 운동장에서는 동네 주민들이 운동을 하고 있었다. 야영의 최적 공간을 물색하기 위해서 노숙으로 다져진 예리한 시야로 학교를 스캔했다. 그러다가 학교 식당 뒤편에서 야영 최적지를 발견했다. 옆에는 음식물 쓰레기통이 있고, 음식물 찌꺼기에서 흘러내린 물이 바닥에 흥건하고 냄새도 났지만 이 정도의 공간도 감지덕지였다.

그런데 텐트를 치고 있는 터에 오토바이 하나가 직진해 온다. 수위 아저씨인 줄 알았는데 인근의 주민이었다. 쓰레기를 버리러 온 것이다. 지옥에 떨어졌다 다시 살아난 기분이었다. 그는 친절하게도 "아이고,

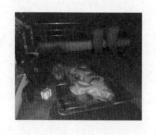

이렇게 냄새 나는 곳에 텐트를 치세요? 조금 위쪽에 치시죠" 하며 배려의 말까지 건네는 것이다. 노숙자를 걱정해주는 친절함에 고개를 조아리며 인사를 드렸는데, 어찌 그 아저씨는 오토바이를 타고 들어왔던 후문으로 가지 않고 수위실 쪽으로 간다.

그는 정말로 친절이 몸에 밴 이인 듯했다. 그 특유의 친절함과 사려 깊음으로 이 사실을 수위 아저씨에게 알려 야간경비에 도움을 줘야 한다고 여긴 듯했다. 잠시 후 수위 아저씨가 손전등을 흔들며 다가오신다. 사형집행관을 접하는 사형수가 이런 심정일까?

물론 둥글이 일지를 읽어온 이들은 이후의 사태를 짐작할 수 있을 것이다. 둥글이는 변명의 여지 없이 풀었던 짐을 다시 고스란히 꾸려서 쫓겨나야 했다. 그런데 쫓겨나면서 수위 아저씨에게 참으로 감사한 마음이 든 것은 이채로운 일이었다. 수위 아저씨는 "이곳은 아홉 시면 앞뒤로 문이 잠기고 신분이 확인되는 이들도 들어올 수 없기에 여기 계시면 안 된다"고 나가줄 것을 당부하면서, "자신은 이곳 녹을 먹고 있는 사람이기 때문에 이렇게 하지 않을 수 없다"며 몇 번이고 '죄송한 마음'을 드러내는 것이다.

유랑 중에 텐트를 치고 자다가 사람들에게 걸려 쫓겨나는 경우는 부지기수이고, 그 대부분의 경우 기분이 몹시 상한다. 그것은 단순히 잠자리를 빼앗겼기 때문이 아니다. 잡상인 대하듯 아무런 배려 없이 내쫓는 차갑고 건조한 모습 때문이다.

이방인이 어떻게 되든 말든, 잠을 자든 설치든, 오직 자기 공간에 들어온 것 자체가 못마땅한 것이다. 그들은 낯선 이방인을 내쫓기만 하면 되었다. 한 치의 이해와 배려도 없다. 심지어 김포의 어느 학교에서는 수위 아저씨가 "잠시 들어와서 쉬라"고 수위실로 부르더니 경찰서에 신고를 해서 출동한 경찰로부터 신원조회를 받은 적도 있다. 이방인을 대하는 그런 태도는 희망을 찾아나선 유랑자에게 상처를 안긴다.

하지만 이곳 수위 아저씨는 수고롭게 자신의 처지를 설명하며 둥글이가 돌아가야 할 이유를 충분히 납득하게 했고, 사려 깊은 '사과의 말씀'까지 해주셨던 것이다. 그렇기에 둥글이는 짐을 꾸려 학교를 나서면서도 흐뭇할 수 있었던 것이다.

(2011. 6)

배를 버리지 않는 선장, 둥글이

이날 저녁의 야영은 2주간 머물렀던 부산 시내 콘크리트 바닥의 답답함으로부터 탈피해서 오랜만에 싱그럽고 푹신푹신한 초록의 혜택을 입을 수 있었던 야영이었다. 다만 텐트를 친 사하구 하구언 교차로 안쪽이 차량이 뺑 돌아가면서 웅성거리는 곳이다 보니 귀가 좀 간지럽기는 했다. 그런데 이날의 진정한 복병은 쏟아지는 장맛비였다. 저녁부터 간간이 내리던 비가 점차 거세게 쏟아져 내렸다. 침수를 우려해서 텐트 주변에 물골까지 팠지만, 이것이 헛수고였음은 자다가 엉덩이가 척척해서 일어난 직후 알게 되었다.

　텐트 안에 빗물이 흥건했다. 깜짝 놀라서 텐트를 열어보니, 밖에는 그야말로 바다가 생겨난 것이 아닌가? 둥글이 텐트는 그 바다 위에 위태롭게 떠 있는 배였다. 이러한 상황이라면 웬만한 선장들은 배를 버렸을 것이지만, 둥글이는 꿋꿋이 지켰다. 왜냐하면 둥글이에게는 갈아탈 여분의 배나 구명보트가 없었기 때문이었다.ㅠㅜ 둥글이같이 가난한 선장은 자기가 탄 배와 운명을 함께할 수밖에 없는 처지였다.

　새벽 한 시에 텐트를 침수시키는 웅덩이의 빗물을 퍼서 저 멀리로 부어보지만, 20분 넘게 그리 배수 작업을 해도 아무런 보람을 느낄 수 없었다. 계속 빗물이 밀려온다. "에라, 모르겠다" 하고 그냥 누웠더니 이번에는 배수 작업 중에 들어온 모기 때문에 시달린다.

　하지만 사람 죽으라는 법은 없는 법. 젖은 장비들 속에서 젖은 엉덩이를 움찔거리며 젖은 침낭을 덮고 있으려니 어느새 잠이 새록새록 들었고, 부산에 온 후 가장 깊은 숙면을 취했다.

　아침까지 비가 쏟아졌는데, 여덟 시가 좀 넘으니 잠깐 멈춘다. 후딱 짐을 챙겨 나와 인근의 산책로에 펼쳐 놓고 말린다. 하늘은 흐려도 바람이 불어와 밤새 빗물에 젖었던 장비들이 차츰 말라가는 찰나, 다시 비가 슬며시 떨어져 내린다. "조금 오다 말겠지" 하고 느긋이 있다가 비가 순식간에 퍼붓듯 쏟아져 흠뻑 젖은 직후에야 인근 굴다리 쪽으로 장비들을 끌어 옮겼다. 이건 원 전쟁통도 아니고 일 년 365일 비상 사태라니. 하루가 편한 날이 없는 길바닥 삶이지만, 그래도 일상적 노예 생활보다 만족스러움은 말할 나위 없다.

(2011. 6)

캠페인 중에 쫓겨나며

전단지를 손에 들고 학교 앞에서 등교하는 아이들을 기다리는 심정은 늘 설렌다. 별 볼일 없는 작은 일이기는 하지만, 나를 만나는 아이들의 마음속에 예상치 못한 반응이 생겨날 수도 있기 때문이다. 하여 그 앞에 전단지를 들고 서면 기도하는 심정이 되곤 한다.

대구의 모 초등학교 앞에서도 역시 그런 마음으로 캠페인을 준비했다. 등교하는 아이들에게 "인간과 자연을 사랑해주세요"(1, 2, 3학년 대상) 혹은 "지구를 구하자"(4, 5, 6학년 대상)는 말과 함께 나름 정성을 다해 전단지를 한 장씩 건넸다. 그러던 중 언뜻 뒤돌아보니 여선생님 한 분이 전단지를 꼼꼼히 살피는 것이다. 뭔가 심상치 않다는 생각을 하면서 아이들에게 전단지를 계속 나눠주고 있는데, 뒤쪽에서 구둣발 소리가 들려온다. 신경이 집중되기 시작한다.

다가온 선생님은 아이들이 바닥에 전단지를 버리고 가는 것을 지적한다. 받아든 전단지를 아무렇게나 바닥에 버릴 만큼 이 학교 아이들의 환경의식이 부족함을 고개 숙여 사과한 둥글이는 "아이고, 죄송합니다. 끝나고 다 주어가겠습니다" 하고 양해를 구한다. 이러면 상당수의 선생님들은 "그렇게 해주세요" 하고 물러나신다. 그런데 이 선생님은 대뜸 "활동 안 하셨으면 좋겠는데요" 하며 상냥히 말씀하신다.

"왜 그러시지요?"

"학교에서 충분히 잘 하고 있거든요."

잘 하고 있는 학교의 아이들이 여느 학교 아이들보다 환경의식이 없음이 의아스럽다.

"물론 학교에서 하는 교육도 중요하지만, 어른들이 이렇게 하는 활동도 필요하다고 여겨서 하는 건데요."

"하여간 안 하셨으면 좋겠어요."

캠페인을 학교 안에서 했다면 무단침입이라 문제 삼을 수 있을 것이다. 상업적이거나 아이들에게 해를 줄 내용이라면 '학교환경위생정화구역' 규정에 의거해 경찰을 불러 조치할 수 있다. 무리 지어 하는 활동이었다면 집시법으로 신고할 수도 있다. 내가 정치인이라면 사전 선거운동을 한 죄를 물을 수도 있으리라. 하지만 나는 등교길의 아이들에게 자율적으로 전단지를 나누는 시민일 따름이다. 왜 이 활동을 문제 삼는지 이해가 되지 않았다. 그 선생님은 왜 우리 학교 아이들에게 이 학교 선생님이 원하지 않는 활동을 하냐는 투였다. 둥글이는 나름대로 이 땅의 아이들을 자식처럼 여기고 어버이로서의 책무를 다하고자 이런 활동을 하는데, 이렇게 학생들에 대한 지배권을 주장하는 선생님들을 만나면 어찌 대처할 방법이 없어 말문이 막힌다.

이 와중에 교장 선생님이 지나가신다. 그 선생님은 "교장 선생님, 이분이 이런 활동을 하고 계시는데요" 하면서 보내야 하지 않겠냐는 뉘앙스로 말한다. 하지만 교장 선생님은 "이건 우리 학교에서도 하는 교육인데……" 하며 개의치 않는 듯 그냥 들어가신다. 그 선생님은 교장 선생님의 답변이 명확하지 않자 안절부절 못하면서도 줄기차게 가주십사 하는 자신의 의견을 거듭 피력한다.

막무가내로 쫓아내려는 이유를 알 수 없었는데, 내 활동이 아이들 시험 공부에 방해된다는 뉘앙스의 이야기를 듣고 나니 이해가 되었다. 그랬다. "학교에서도 교육한다"는 말은 핑계일 따름이었다. 극구 캠페인을 방해했던 근본적 이유는 바로 거기에 있었다. 이런 쓸데없는 자극(?) 때문에 아이들이 성적 올릴 아까운 시간을 허비할 수 없는 것이다. 청소년 베스트셀러 10위에 든 책들 중 여덟 권이 어휘력·논술·토론 등 공부하는 법에 대한 것이라는데, 애들 시험 공부에 방해되는 요소는 무엇이든 제거하려는 이 선생님의 행태는 입시 위주 교육에 맹목하는 사회적 분위기의 반영인 것이다.

선생님의 의지가 워낙 완고한 터라 나는 항복할 수밖에 없었다. 그래 당신이 이겼다. 장한 교사다. 짐을 꾸려 돌아나서면서 답답함이 밀려온다. 풍요한 정신은 교단 위 교사의 가르침만으로 만들어지는 것이 아니다. 책 한 페이지, 사소한 일상의 경험, 어른들의 말 한마디가 종합된 결과다. 어른들의 책임은 끊임없이 새로운 방법으로 아이들에게 생에 대한 다양한 가능성을 제공하고 영감을 심어주는 데에 있다. 하지만 이 선생님의 눈으로 그런 것은 '학과 공부에 방해되는 일'이다.

대도시의 특성상 군소 지역보다 훨씬 더 효율과 경쟁, 성적을 위주로 학교 교육이 편성되어 있음은 알고 있다. 하여 이에 방해의 소지가 있는(즉 시험점수 높이는 데 방해할 소지가 있는) 둥글이의 활동이 배척당할 가능성이 있음을 예상 못한 것은 아니다. 하지만 대구에서의 첫 활동부터 이런 일이 터질 줄이야. 대구에서 남은 기간 동안 교육자보다는 경쟁 체계에 기름칠을 하려는 공장장들을 더 많이 접할까 봐 걱정이다.

하여간 선생님의 '간절한 부탁'에 짐을 꾸려 철수하면서 그 학교 아이들에게 한편으로 미안함이 밀려왔다. 개중에는 내가 아니었으면 앞으로 남은 평생 다른 어른들로부터 "인간과 자연을 사랑해주세요" 하는 말을 단 한 번도 못 들을 아이가 분명 있을 것이기 때문이다.

(2010. 11)

나그네의 눈물

대구 시내 금호강변에서 텐트를 치고 내부 정리를 하고 있는데, 오토바이가 둑길 위로 지나는 소리가 들리더니 "추울 텐데, 텐트 쳤네" 하는 할아버지 목소리가 들린다. 오토바이는 그냥 그렇게 지나갔다.

그 이야기를 듣고 나니 갑자기 무언가가 마음속을 온통 헤집는 것 같은 기분과 함께 울컥 하고 눈물이 쏟아지기 시작했다. 텐트 내부 정리를 하다 말고 한참을 그렇게 울었다.

유랑 생활 자체가 외롭고 고달픈 여정이다. 익숙하고 적응된 정착 생활로부터 벗어나, 만나고 싶은 사람 못 만나고, 인간관계 끊기고, 매일 매일 새로운 장소와 사람들을 접하며, 쫓겨날지 모르는 불안 속에서 도심을 찾아다니며 캠페인과 야영을 병행한다는 것이 그리 녹록한 일은 아니다. 더군다나 지금 머물고 있는 대구 같은 대도시의 경우 중소도시보다 사람들 마음의 여유가 부족하다. 그들이 만들어 놓은 공간 역시 그들의 마음처럼 텐트를 들고 비집고 들어가기 어려운 구조를 하고 있다. 하여 배낭을 짊어진 떠돌이 나그네에게 대구는 엄청나게 힘든 도시로 다가왔고, 이러한 일들이 대구에 묵는 며칠 동안 계속 발생하다 보니 심신이 많이 지쳐 있는 터였다.

도심 내 유랑이 무엇보다 힘든 이유는 도시인들이 가진 경계심과 배척을 계속 직면해야 하기 때문이다. 그런 일들을 첩첩이 대면해야 하는 나그네의 마음은 그야말로 서리 내린 텐트가 된다. 세상이 그리 황량함을 살펴야 하는 나그네의 가슴은 시커멓게 멍이 들 수밖에 없다.

세상의 희망을 발견하고자 나섰던 그 의욕에 찬 마음은 번번이 소통되지 않는 높은 벽 앞에서 오히려 나그네를 절망하게 만든 지 오래다. 그러한 경험을 접할 때마다 지친 몸과 마음을 더욱 다독여 끌고 오면서 자그마한 희망을 찾아보려 몸부림친다. 그리고 더 높은 벽 앞에서 지쳐 쓰러졌다가 다시 히쭉거리며 일어서서 걷는 스스로를 발견한다. 그렇게 걸어온 길이기에 특히 이곳 대구로 들어온 후 인간의 말이 간절히 그리웠고, 그렇게 기다리던 말을 바로 천변 텐트 안에서 들었던 것이

다. 지나던 할아버지가 툭 던지는 말에서……

자신과 아무 상관도 없는 나그네가 자신의 주변에 텐트를 치고 있음에도 이를 의혹에 찬 눈으로 쳐다보거나 시비를 걸거나 신고할 생각을 하지 않고, 나그네의 안위를 걱정해주는 그 따스한 인간의 말. "추울 텐데, 텐트 쳤네." 그 진심의 우려가 가득한 말 한마디가 너무도 고맙고 감격스러워서 나그네는 그리 서럽게 목 놓아 울었다.

나그네는 이 세상이 사람이 살 만한 세상이면 좋겠다. 아이들 죽도록 공부만 시켜서 좋은 대학만 보내려고 하고, 타인과 자연을 오직 제 소득증진과 성공을 위한 발판으로만 여기는 이들이 그득한 세상이 아니었으면 좋겠다. 하나라도 더 갖고 지위가 높아지면 하늘 높은 줄 모르는 자만심이 솟구치고, 그렇지 못하면 열등감에 시달리는, 그래서 어떻게든 주류에 끼어들기 위해 자신의 영혼을 팔아치우는 그러한 이들의 세상이 아니었으면 좋겠다.

생명에 대한 따뜻한 감수성이 있는, 인간에 대한 예의가 있는, 자기 것을 타인과 나눌 줄 아는, 사실 그 '나누는 것'도 내 것이 아닌 본시 우리의 것이었음을 아는, 경쟁보다는 연대를, 채움보다는 비움을, 높임보다는 낮음을 기꺼이 선택함으로써 비로소 모든 인간과 자연이 공존할 수 있는 지반을 자기로부터 펼쳐낼 수 있는 이들의 세상이면 좋겠다.

한바탕 서럽게 울어댔으니, 푹 자고 또 다른 내일을 시작해야겠다.

(2010. 11)

유랑 캠페인의 전략과 전술

화성시 병점동을 지나서 계속 서울 방면으로 북상하는데 암울한 장면이 눈에 들어온다. 끝이 보이지 않는 도로에는 자동차가 즐비하게 늘어서 있고, 도심은 자동차와 공장이 쏟아내는 매연에 묻혀 있다. 평택, 오산까지만 해도 시골의 풍경에 여유가 있었는데, 화성을 넘어서자 숨이 막힐 지경이다.

서울 쪽으로 북상할수록 공기는 점점 탁해질 테고, 텐트를 칠 수 있는 한 뼘의 공간은 찾기 힘들 것이며, 사람들의 인심은 빡빡할 것이다. 야만적 산업자본이 인간을 좀비화하는 '대중소비사회의 성지'인 수도권의 경계면에 있는 이곳 화성에서 유독 끔찍한 살인 사건이 많이 빚어졌음은 욕망과 결핍 사이의 괴리를 히스테리로 뿜어낼 수 있는 '경계면상'의 조건 때문이었으리라.

이 때문에 본격적으로 수도권으로 진입하는 마음이 참으로 무거웠다. 한발 한발 내디뎌 앞으로 나아가는 심정은 흡사 〈반지의 제왕〉 프로도가 절대반지를 들고 저주받은 모르도르의 땅을 거쳐 악의 눈알이 부라리는 샤우론의 화산에 가까워지는 그것과 같으리라. 더군다나 반지의 제왕 프로도는 그의 사명을 수행함에 있어서 짐꾼이라도 딸려 있건만, 홀로 지구의 미래를 짊어진(?) 둥글이의 임무는 고된 것에 더하여 참으로 외롭지 않은가. 그나마 가끔 지인들이 보태주는 후원금을 짐꾼과 반으로 나누지 않음이 위안이 될 뿐이다.

하여간 2008년 화성, 수원을 관통해 악의 중심부인 서울로 향하던 둥글이는 좌회전을 해서 인천으로 우회해 경기 북부, 강원도 북부, 동해를 돌아 경상도 남부 쪽으로 내려오는 코스를 택했다. 심신의 고달픔이 너무 가중되어, 도저히 그 당시의 '레벨'로는 서울의 25개 구를 돌며 노숙에 캠페인을 할 처지가 못 되었기 때문이다.

노숙자로 '유랑'하는 것은 두렵지 않고, 단순한 '캠페인'을 하고 다니는 것도 어렵지 않은 일이다. 하지만, 이 두 가지를 함께 하면서 더군다나 25개 각 구의 일지 작성까지 해야 한다는 중압감은 둥글이가 절대악(?)과의 일전을 회피하게 만들었던 것이다. 하여 전라도와 경상도를 훑고 충청도를 거치는 과정에 '레벨'을 높이고 '전단지 원정대'를 꾸려 다시 서울을 공략할 예정이다. 유랑 캠페인 하는 것이 보통의 전략과

전술이 필요한 것이 아니다. 유랑이 끝날 즈음에는 제갈공명 수준의 지략가가 되어 있을 듯하다.ㅠㅜ

(2008. 4)

맨밥의 청춘

'쪽팔림은 한순간'이라는 슬로건을 머릿속에 되뇌면서, 점심밥 먹고 있는 공무원들의 시선을 무릅쓰고 모 시청 식당 안쪽 주방으로 들어갔다. 주방에서 일하는 아주머니들에게 "저녁밥을 해 먹는데 반찬이 없어서 김치 좀 얻을 수 있는지요……" 하고 양해를 구했다. "좀 그러네요"라는 답변에 머리를 긁적이고 나온다.

공익을 위해서 운영되는 시청 식당에서마저 반찬통을 든 나그네를 박대하는 상황이라면, 장사하는 가게에서 김치 얻기를 기대하는 것은 무리다. 하지만 희박한 확률에도 불구하고 도전하는 것은 굶어죽지 않기 위한 노숙자의 사명이다. 하여간 김치를 얻으러 거리를 배회하다 보니 문이 빠끔히 열려 있는 부동산 사무실 한쪽으로 전기밥솥과 냉장고가 눈에 들어온다. 사무실에서 밥을 해 먹는 듯하다. 문을 열고 들어가 이런저런 사정 얘기를 하면서 김치 한 쪼가리 얻을 수 있느냐고 물었더니, 미안하다면서 김치가 없다고 하신다. 이 집은 김치만 있었으면 실제로 줬을 집이었다. 아쉬움을 뒤로 하고 다시 주변을 두리번거린다.

근처 음식점이 눈에 띄어서 안으로 들어간다. 그런데 질문도 채 하기 전에 식당 주인 아주머니는 내 행색을 보고는 "아직 (저녁 장사) 개시도 안 했습니다" 하고 신경질적으로 쏘아붙인다. 저녁 장사 개시도 하기 전에 거렁뱅이에게 반찬을 주면 일진이 안 좋다는 투였다.

자신감이 꽉 떨어진다. 이런 때 김치 한 쪼가리 얻으려고 괜히 더 돌아다니다 거부의 경험이 누적되면, 음습한 텐트에 누워 잠들 때까지 형용할 수 없는 암울함 속에 허우적거리게 된다. 김치보급투쟁을 중단하고 근처 학교 구석으로 찾아 들어간다. 각자 먹고살기 바쁜 중대형 도시에서 하잘것없는 나그네에 대한 무심함은 오히려 자연스럽지 않은가.

작년 추석 즈음을 생각해보자. 어느 인심 좋은 마을에서는 새들을 위해 까치밥을 주렁주렁 달아둔 덕에 너덧 가지 과일들을 배불리 따 먹으며 늦가을의 충만감을 즐길 수 있었다. 넉넉한 시골 인심이 풍요한 먹거리를 제공했던 것처럼, 그게 가능하지 않은 분위기의 동네에서 배를 굶주리는 것은 당연하리라. 지역마다 다른 인심을 몸소 체험하고 받아들여야 하는 것은, 나 같은 떠돌이 유랑자의 임무이기도 하다.

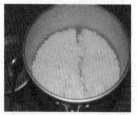

김치는 없지만 그래도 쌀은 있다. 며칠 전에 후한 인심으로 쌀을 가득 퍼주신 모 '공공시설' 주방 아주머니 덕에 쌀 주머니는 터질 지경이다. 밥이나 잔뜩 해 먹자. 맨밥을 먹어야 하는 것도 내가 감내해야 할 지금 여기에서의 현실이니……. 식사 구획도를 그어 중앙선 왼쪽은 저녁에, 오른쪽은 아침에 먹도록 한다.

(2007. 5)

모기의 최후

마산역 주변을 어슬렁거리면서 야영지를 찾으려고 한참을 돌아다니다가, 학원 건물 뒤편에서 화장실과 간이 주차장 사이의 공간을 발견했다. 학원차에 타기 위해 아이들이 한번씩 우르르 몰려나왔고, 퇴근 시간이라 차를 빼가는 이들로 번잡스러움이 있었지만, 그나마 도심에서 찾아낸 야영 공간이었다.

버너에 밥을 하고 있으려니 건물 주인으로 보이는 분이 지나가기에 인사를 드렸는데 개의치 않으신다. 이런 번화가의 학원 구석에 텐트를 치고 야영하는 둥글이도 그렇지만, 아무렇지 않게 생각하는 아저씨도 특이하시다. 어쨌든 아저씨의 암묵적 허락  으로 인하여 이곳은 다음날 아침까지 내 왕국이 되었다. 차량 소음이 벽에 벽을 타고 귓전에 윙윙거리며 골을 울려대는 문제와 지나치는 사람들의 궁시렁거림이 평온을 약간씩 방해하기는 했지만, 이날의 결정적 복병은 모기였다.

새벽 한 시경. 곤히 자다 갑자기 얼굴 여기저기가 간지러워 일어나 플래시를 켜보니, 피를 채워 배가 통통해진 모기 예닐곱 마리가 텐트 사방에 달라붙어 트림을 하고 있는 것이다. 긴급비상상황이 발동된다. 텐트에 들어온 모기는 잡으면 될 것 아니냐고 생각할지 모르지만, 천만의 말씀이다. 플래시 불빛이 약해서 모기를 제대로 감지하지 못하는 한계도 있지만, 그보다는 녀석들의 날랜 움직임이 문제다. 녀석들은 단순한 직선이나 포물선 운동을 하지 않는다. 내가 예상하여 휘두르는 곳에는 이미 존재하지 않는 '양자적 움직임'을 하므로 녀석들의 위치 파악조차 힘들다. 하여 2차방정식의 궤적을 구하는 문제도 풀 능력이 없는 나는 녀석들에게 무참히 유린당한다. 수학을 못한 것이 거듭 한스럽다.

녀석들은 둥글이가 서서히 다가가면 낌새를 눈치 채고 재빠르게 사각지대를 찾아서 숨어 들어간다. 게다가 텐트 안은 적군 확인을 위한 시야 확보도 제대로 안 된다. 출중한 회피 본능을 지닌 양자역학의 덩어리들과 잠이 덜 깬 노숙자의 대결은 애초에 상대가 되지 않는 것이다. 더구나 혼자서 일곱 마리를 상대로. 그나마 모기박멸용 최신병기(지도 뚜껑)를 휘두르며 지구력으로 승부하자 한 녀석씩 쓰러져 갔는데, 녀석들의 최후를 접하는 심정은 어째 유쾌하지가 않다. 왜냐하면 그들이 최후를 맞으면서 텐트에 뿌리는 시뻘건 피는 바로 내 피였기 때문이다. 달밤에 일어나 그렇게 강호를 평정하고 모기가 뿌린 붉은 피에 잠시 우울함이 밀려오지만, 단잠에 들 수 있다는 희망이 뿌듯하게 밀려온다.

하지만 그것도 잠시 2시 55분에 나는 다시 한 번 눈을 뜨지 않을 수 없었다. 그들 중 최후의 하나가 불타는 복수심으로 나에게 치명타를 가해 왔다. 급소인 엄지발가락을 깨문 것이다.

급소를 공격당한 나는 깨물린 발가락을 텐트 바닥에 비벼 갈면서 야릇한 간지러움에 몸부림친다. 내 연구에 의할 것 같으면, 발가락에는 성감대(?)가 밀집되어 있기 때문에 모기에게 물린 간지러움의 고통은 묘하게 척추를 자극하면서 기괴한 자극과 에로틱한 심경을 증폭시킨다. 하여 발가락을 긁으면 긁을수록 더 긁고 싶은 '긁고 싶은 욕망의 악

순환'에 나는 빠져버린다. 그 사망의 골짜기에서 빠져 나올 수 있다면 나는 사는 것이요, 그렇지 못하면 바닥에 갈려서 가루가 되어 대지에 퍼뜨려지리라.

하지만 이내 나는 불굴의 의지로 긁는 행위를 멈추고 몸을 일으켜 세운 후 플래시와 지도 뚜껑을 든다. 앞선 대숙청작업에서 살아남았을 정도면 대단히 날래고 지혜로운 녀석임은 분명했다. 아니나 다를까, 녀석은 플래시를 비추고 다가가려면 금세 눈치를 채고 사각지대로 사라지고를 반복한다. 한참을 녀석을 찾기 위해서 애를 썼지만, 도무지 동에 번쩍 서에 번쩍 하는 통에 박멸하기가 쉽지가 않았다. 언뜻 눈가를 스치는 작은 점에 지도 뚜껑을 휘둘러보지만, 번번이 허탕이다. 밤새도록 녀석 하나를 잡으려고 잠을 설쳐야 할 것인가? 고뇌스럽다. 더군다나 녀석은 이미 상당히 피를 빨아 먹었을 것이기에 더 이상 나를 괴롭히는 일은 없을 것이다. 그렇다. 복수는 복수를 부르는 법. 내 넓은 아량으로 그를 용서하자. 마음을 비우면 세상이 편해진다.

녀석은 참 운이 좋다. 내가 휘두르는 수없는 손짓과 지도 뚜껑질을 피해서 아침까지 살아남는다면, 그 노고를 인정해 텐트 문을 열어 살려 보낸다는 야영 수칙이 내게는 있기 때문이다. 어차피 밤새 한 텐트에 함께 머물러 있었다면 우리는 동지 아닌가.

도둑고양이 한 놈이 텐트 옆에서 울어대고 간 어수선한 새벽을 거쳐 날이 밝았다. 눈을 떠보니 텐트 벽면에 녀석이 붙어 있다. "너도 참 재수 좋은 녀석이다" 하며 텐트 문을 열어주려다가 생각에 잠긴다. 잠결에 녀석에 대한 증오심을 내려놓고 용서를 해줬다고 생각했는데, 기실은 내가 너무 피곤해서 박멸 의지가 흐트러졌을 뿐이었다. 넓은 아량으로 녀석을 용서하려던 다짐이 나에게 마음의 평안을 가져오지 않았음을 확인한다. 더군다나 통통히 오른 녀석의 배를 보니 새벽에 시달렸던 기억이 생생히 떠오른다.

인간이라는 족속의 특기를 발휘하여 단호히 야영 수칙을 번복한다. 그러고 보니 야영 수칙에 "아침까지 텐트 안에서 살아남은 모기는 살려 보내주되, 다만 새벽 2시 55분에 발가락을 깨문 모기는 박멸한다"는 예외 조항을 만들면 될 일이다. 명분을 세워 놓으니 복수하기가 용의하다. 지도 뚜껑을 손에 든다. 신이시여, 그의 영혼을 거두소서. "퍽!"

(2007. 5)

배낭을 짊어진 삶

무겁다. 주변 경치나 사람들의 시선은 안중에도 없다. 먹을 것, 잘 것, 캠페인할 전단지, 디카는 물론, 유랑의

과정을 기록할 노트북까지 꽉꽉 눌러 담긴 배낭. 내가 짊어진 이 배낭이 무겁다. 누군가 "걸으면서 스스로의 영혼에서 나오는 소리를 명상하며 걸어보라"고 조언해 줬는데, 몸무게 반절의 짐을 짊어져 봐라. 관절 삐걱거리는 소리밖에 안 들린다.

보통 사람들은 나이가 먹을수록 사회적 지위가 공고해지고 노련해지며 품격이 배어나지만, 내 본업은 시간이 지날수록 나를 일상의 공간으로부터 떨어뜨리고, 현대사회에 다시 적응하기 힘들게 만들며, 한 살 더 먹을수록 노쇠하는 몸과 함께 나를 점점 더 할딱거리는 개로 만든다.

반면, 배낭을 짊어진 삶이 주는 축복이라면 본의 아니게 '능동적 저소득 · 저소비의 삶'을 살게 된다는 것이다. 사실 나라고 양말 두 켤레와 빤스 두 개 가지고 몇 년을 버티는 것이 좋겠는가. 여분의 식량과 생활용품을 마다하겠는가. 하지만 먹을 것, 입을 것, 갖고 싶은 것에 욕심이 생겨서 그것을 배낭에 쑤셔 넣으면, 그로 인해 늘어난 무게의 대가는 내 팔다리가 지게 되는 바, 나는 어쩔 수 없이 간소한 삶을 살 수밖에 없는 것이다.

하지만 시간이 지나서 돌이켜보건대, 그 잉여적 욕망을 충족하지 못했음은 결핍이라기보다는 오히려 풍요로 되돌아온다. 그런 잡다한 것들에 시간을 빼앗기지 않은 만큼 나는 올바로 나를 대면할 기회를 얻을 수 있기 때문이다. 더군다나 나는 능동적 저소득의 삶(자발적 가난의 구체적 지침)이 모두를 행복하게 하는 삶임을 믿는다. 내가 바라는 이상향을 내가 지금 이렇게 일궈나가고 있는데, 즉 내 삶의 주인이 되어 살고 있는데 무엇이 부족하랴.

그럼에도 배낭은 여전히 무겁고 발바닥 물집은 쓰리다. 아무리 튼튼한 신발을 신고, 아무리 그 신발을 발에 잘 맞춰서 신는다고 해도 종종 물집이 잡히고 절룩거려야 하는 것은 배낭을 짊어진 자의 운명이다.

온몸을 짓누르는 배낭을 짊어지고 한발 한발 걸을 때마다, 내가 여태껏 이 야만의 사회에 적응해 살아왔음을, 인간과 자연을 파괴시키는 이 야만적 사회의 일부였음을 가슴 깊이 참회한다.

(2013. 11)

감상과 시류에 흔들리지 않는 냉정한 사색은 참된 자존을 향한 첫걸음이다.

냉정한 사색에 빠지는 과정

1. 연속촬영 셔터를 누르고 달려간다.
2. 너무 빨리 달리다가 벽돌담 뒤로 넘어간다.
3. 담 너머 경사진 풀숲을 구른다.
4. 간신히 살아 돌아온다.
5. 머리에 묻은 낙엽을 털어낸다.
6. 냉정한 사색에 빠진다.

2

길 위의 만남과
이야기

존경스러운 개님

내 유랑 중에 많은 멍멍이를 봤지만, 이렇게 촐랑대고 조심성 없는 녀석은 처음이었다. 해가 어둑해져서 어깨가 축 늘어진 채로 옥천에 도착했는데, 읍내 들어가는 길목에 녀석이 묶여 있는 것이다. 다가가니 녀석은 별다른 움직임 없이 둥글이를 쳐다보았다. 그래서 쓰다듬어 주려고 조심스레 주먹을 내밀었다.

주먹을 내미는 이유는 개들도 성격이 다양해서 다가갈 때까지는 공손한 척하면서 가만히 있다가 몸에 손이 닿는 순간 아가리를 딸깍거리며 덥석 무는 놈이 있기 때문이다. 그래서 손가락 잘라 먹히지 않기 위한 방편으로 처음 보는 개들에게는 주먹을 내밀곤 한다. 주먹은 좀 긁히고 말 뿐이니까.

하여간 주먹으로 쓰다듬어도 싫은 내색을 하지 않아 손가락으로 머리를 긁어주고 손바닥으로 두들겨주고 했더니, 녀석은 좋아서 호들갑을 떤다. 좌우로 급격히 몸을 흔들어대며 목에 매인 줄이 허락하는 데까지 미친 듯이 뛰어다니는데, 어쩌나 조심성이 없는지 쪼그려 앉은 둥

글이 무릎에 턱을 부딪치고 내미는 손에 코를 박고 한다. 하지만 기분이 좋아서 그런지 전혀 아랑곳하지 않고 계속 난리법석을 피운다. 유별나게 촐랑대는 움직임이 어찌나 웃기는지, 그렇게 야밤에 남의 집 앞에서, 짊어진 배낭의 무게도, 하루 종일의 고된 여정도 잊고서 한참을 킥킥거렸다.

그러고 보면 사람으로 태어나서 이 개만큼의 웃음이라도 전할 수 있는 생을 사는 사람이 얼마나 될는지. 놀 만큼 놀다가 생각해보니 갑작스레 존경심이 솟구쳐 오른다. 하여 줄에 묶여 있는 개님께 정중히 인사드리고 나서 옥천 읍내를 향해 나머지 여정을 잇는다.

(2013. 12)

아이들을 만나야 한다

안타까운 이야기지만, 나이든 이들에게 사회적·환경적·인류사적인 문제에 대해 새로운 이해를 전달하고 해결을 위해 함께 고민하기를 바라는 것은 거의 불가능한 일임을 뼈저리게 느껴온 바이다. 먹고사는 데에 정신이 팔려 이미 눈과 귀를 닫은 이들에게 그러한 외침을 전했을 때 돌아오는 말은 "지역 발전을 저해하는 세력", "반국가세력", "찢어죽일 놈들"이라는 것이었다. "별로 관심이 없네요"라는 답변이 차라리 고맙게 느껴질 정도이다. 반면, 캠페인 전단지를 받아든 아이들은 왜 지구를 구해야 하는지 설명하는 아저씨의 말에 쫑긋 귀를 기울인다. 아직 그들의 눈과 귀는 열려 있기에 이러한 얘기들이 보이고 들리는 것이다. 하지만 중·고등학생만 돼도 눈빛이 달라진다. 안 듣는 아이들이 많다.

그렇기 때문에 아이들이 경쟁과 성공, 물질을 향한 끝없는 갈망과 노력이 '참된 삶'이라고 여기는 함정에 빠져들기 전에 먼저 그들의 정신을 붙잡아야 한다. 일단 한번 그 속에 발을 디디면 빠져나오는 것이 불가능하기에 필사적으로 먼저 그들을 만나야 한다. 어느새인가 그들에게 생겨날 '물질과 성공에의 갈망'이 의견과 논리가 되고, 가치가 되고, 삶이 되어…… 용산참사를 일으키고, 쌍용사태를 만들고, 강정마을을 유린하고, 밀양을 탄압하고, 세월호 사고를 일으키고, 핵발전 사업을 강행하고, 신자유주의를 전파하는 전도사로 그들을 전락시키지 않도록 우리는 아이들을 먼저 만나야 한다. 경쟁과 성공, 물질에의 갈망을 조장하여 자기 성장을 꾀하는 세력들의 사탕발림에 속지 않도록, 그들이 가방에 푸짐하게 담아오는 자극적이고 폼 나는 미래의 모습에 속아 그 길에 발을 들이지 않도록, 그리고 후대에게 그런 길을 다시 권하는 안내자가 되지 않도록 우리가 먼저 아이들을 만나야 한다.

그래서 그 아이들의 귀에 생명, 평화, 자유, 평등, 인권, 자율, 주체가 넘치는 세상을 속삭여야 한다. 메마른 땅에 씨앗을 심는 심정으로 그리해야 한다. 불타고, 꺾이고, 짓밟히고, 파헤쳐진 이 헐벗은 민둥산에 우리는 그렇게 미래를 심어야 한다. 아이들을 먼저 만나야 한다.

(2013. 11)

괴승과의 만남

　　　　　　　　　아직 추위가 풀리지는 않은 4월 중순의 어느 날, 고개를 하나 넘어오니 땀이 비 오듯 쏟아졌다. 그래서 계곡 사이로 작은 개울물이 내려오는 곳에서 옷을 훌러덩 벗어던지고 몸을 씻은 후 다시 출발하려는데, 갑자기 길 한편에 사람의 그림자가 눈에 띈다. 풀들 사이에서 뭔가를 뽑고 있기에 인사를 하며 "약초 캐세요?" 하고 물으니 깜짝 놀란 표정이다.

"어디 왔다 가시는 거예요?"

"네, 여행 다니다가 계곡에서 몸 좀 씻었네요."

"어이구, 아직 물이 찰 텐데……. 올라와서 차나 한잔 하세요."

그렇게 연이 이어졌다.

머리는 번들번들 깎았는데, 평상복 차림이고 고무신을 신고 있어서 이분의 정체를 유추하기 어려웠다. 내가 신원파악의 어려움을 겪고 있음을 직감했는지, 과거에는 스님이었는데 형식에 구애받는 것이 싫어서 홀로 산속에 살면서 수련하고 있다고 언질을 준다. 투박하면서도 부리부리한 눈이 총기가 있는데, 언뜻 봐도 범상치 않음이 느껴졌다.

봄에 산에서 나는 모든 풀이 약초라고 하며 스님은 캐어 놓았던 각양각색의 풀들을 주섬주섬 모은 뒤, 2백여 미터 위쪽에 있는 작은 집으로 나를 인도했다. 흙집이 운치 있었는데, 벽에 낀 아궁이의 그을음도 정겨움을 더해줬다. 스님은 두꺼운 이불을 깔아 놓은 방으로 들어가 앉을 것을 권했다. 초반의 찝찝함을 견디고 방에 앉아 있으니 구수한 흙내와 뜨뜻한 방바닥의 온기가 고향의 정취를 느끼게 해줬다. 이틀 전에 땐

군불의 온기가 아직 남아 있는 거란다.

그렇게 앉아서 방문 밖으로 내려다보이는 산세에 취해 있는데, 물을 끓여 들어온 스님은 고이 싸둔 약초 가루를 꺼내 털어넣더니 주전자를 흔들어 찻잔에 따라주신다. 둥글이가 본래 형식을 좋아하지 않는지라, 복잡한 다도의 절차가 없는 투박함이 좋았다.

그런데 대뜸 이 차의 향기가 뭔지 알겠냐고 묻기에 모르겠다고 하니, 갑자기 육두문자를 쏟아내며 할아버지 제사도 한번 안 지내봤냐고 화를 내신다. 코가 막혀서 무슨 냄새인지 잘 모르겠다고 하니, 도시에서 백만 원 주고도 먹기 힘든 '침향차'라고 하신다.

하여간 뭔가 좀 이상하게 돌아간다는 생각을 하는 순간 카리스마 넘치는 스님의 설법이 시작되었는데, 사람은 "눈으로 보고 귀로 들어서 말을 하니 문제가 생긴다"고 하신다. 나에게 하는 말씀이었다. 나처럼 '말을 하고 돌아다니는 것'(구호를 적은 조끼를 입고 다니는 것)은 결국 사람을 해하는 것이라며, "말을 하면 안 된다"고 신신당부하고는 여러 가지 이야기를 해주셨다.

스님은 일곱 살 때부터 동자승 생활을 했는데, 척 보면 사람의 상태를 안다고 한다. 아니나 다를까 나에게도 처음 보자마자 기독교나 천주교 신자 아니냐고 물었다. 아니라고 하기가 미안해서 '기독교 집안'이라고 말씀드렸다. 하여간 선견지명은 좀 부족해 보이는 스님은 그보다는 의학 쪽의 지식이 해박한 것을 인정받고 싶은 듯했다. 부산과 대구 사람들은 본인을 '부산의 허준'이라고 칭한단다.

그러더니 대뜸 나에게 목이 안 좋냐고 묻는다. "목은 괜찮고 기관지가 좋지 않다"고 하니, "목을 낫게 해주겠다"고 하며 허름한 박스에서 침구를 꺼내 다짜고짜 목과 뒤통수에 침을 한 방씩 놔주셨다. 스님의 주저 없는 확신과 자신감에서 이뤄지는 자비로운 행위가 내 몸에 난데없는 두 개의 구멍을 냈지만, 나는 영문을 따질 새도 없었다. 내 건강을 위해 힘써주시는 모습에 무조건 감사드릴 뿐이다.

이어 스님은 "전국을 돌아다녀 보니 어디 인심이 제일 좋냐?"고 묻는다. 내가 느낀 바대로 "전라남도 인심이 좋다"고 했더니, 아니라며 갑자기 역사 얘기를 꺼낸다. 전라도는 과거에 죄인들이 유배당하던 지역이라 피가 깨끗하지 못하다는 것이다. 그게 '생물학적인 피의 청결성'을 뜻하는 것인지 '혈통의 순수성'을 얘기하는 것인지, 아니면 둘 다를 의미하는지 궁금하던 찰나, 자신이 지금은 "주둥이를 놀리지 않기 위해서" 산속에 살고 있지만 전쟁이 일어나는 등 나라에 큰일이 생기면 세상에 나가서 나라를 구하는 전쟁에 참여한다고 하신다. "칼 쓰는 것을 좋아하세요? 총 쏘는 것을 좋아하세요?" 하고 물어볼까 말까 고민하는데, 밥 때가 되었다고 식사 준비를 하러 나가신다.

주변이 온통 봄나물 천지인지라 금세 산
미나리, 냉이 등을 한 소쿠리 따 오셨다.
냉이는 데쳐서 양념을 하고 나머지는 옹달
샘 물로 씻어 된장과 함께 내놓는다.

맛나게 점심을 먹고 나니, 스님은 자기
밑에서 3년만 공부하면 진리가 터득되어
뭐를 하든 성공한다는 얘기를 하신다. 세상만사는 태어나고 먹고 자고
죽는 것의 원리만 정확히 알면 잘살 수 있다고 한다. 또, 이를 아는 것은
쉽지 않기 때문에 면밀히 공부해야 한단다. "보통은 죽는 것 빼고 세 가
지만 배우면 된다"고 설법하던 스님은 네 번째 단계인 죽음을 이해하는
것은 극도로 어려움을 강조했는데, 본인은 "20년 전부터 죽음을 기다리
고 있다"며 이미 자신은 생사를 초월해 있음을 넌지시 과시했다.

하여간 스님은 자신의 무한한 지혜를 누군가에게 알려주고 싶은데
"이렇게 내 것을 다 내버려도 가져갈 도둑놈이 없어!" 하며 허공에다 대
고 우렁차게 한탄을 한다. 하지만 나는 내 것 이외의 것에는 욕심을 안
부리는 사람이라 스님의 것을 도둑질하고 싶은 생각은 없었다.

내가 별 관심을 안 보이자, 스님은 좀 더 파격적인 스카웃 제의를 했
다. 과거 스님이 출가시킨 사람도 몇 명 있는데 집도 구해서 보내줬다
고 과시한다. 그러면서 '배움과 집 장만의 병행 가능성'에 대해 운을 떼
우더니, 둥글이에게 집이 필요하지 않냐고 묻는다.

"필요 없는데요"라고 답하니, 내 대답은 관심 없다는 듯 "하여간 집
은 있어야 한다. 3년 함께 있으면 집 한 채쯤은 만들어줄 수 있다"고 한

다. "집 구하려고 작심했으면 일을 하고 다니지, 이렇게 배낭 메고 유랑 다니고 있겠어요?"라고 하니 '작심해서 집을 구하려고 해도 집 구하기가 쉽지 않은 세태'를 한탄한다. 하여간 계속 서로 이해가 엇갈리는 상황이었는데, 스님은 그런 문제는 별로 신경 쓰지 않는 듯했다. 아마 정신적으로 방황하고 있는 사람이었다면 스님에게 넙죽 절하고 제자가 되는 길을 청했을 것이다. 말씀 중간 중간에 보이는 예상치 못한 통찰과 자신감은 산과 같은 든든함을 풍기기까지 했기 때문이다.

사실 이런 분들이 곳곳에 상당히 많이 있다. 이분들이 자신이 믿는 원리에 대해 자신감과 확신이 가득한 이유는 자신이 겪은 삶의 궤적으로 봤을 때는 그러한 '믿음, 이해, 앎, 원리'가 체험된 진실이기 때문이다. 그렇기 때문에 다른 사람들에게도 자신의 깨달음을 확신을 갖고 권할 수 있는 것이다. 그에 정신이 반응을 하지 않는 이들에게는 그는 '좀 이상한 사람'이 되겠지만, 그에 공명된 반응을 하는 정신을 가진 이들에게는 '선각자'나 '고승'이 될 것이다. 그래서 이런 분들의 주변에는 극소수 마니아층(광신도)들이 따라붙곤 한다.

문제는 이런 부류의 이들을 '진리에 대한 순수한 통찰을 한 이'라고 말하기는 힘들다는 것이다. 왜냐하면 경험으로 봤을 때 이런 분들이 한자리에 모이면 싸움이 일어나기 때문이다. 그들은 다만 '그들 삶의 궤적으로 봤을 때 주관적 체험을 통해 스스로에게 옳은 믿음'을 가지고 있을 뿐이다. 그렇기 때문에 이분들은 서로 피해 다니거나 홀로 산속에 살면서 자신만의 도를 읊조리는 것이다. 다만 거기에 무소유, 자기 수련, 비움, 유유자적, 무위자연 등의 철학이 가미되어 있다 보니 일상에 찌들어 있는 이들에게 특별나게 보일 뿐이다.

이러한 내막을 알지 못하고 우연히 이러한 분들을 대면하는 방랑객은 이들이 보이는 고도의 확신과 논리에 빠져 '광신도'로 전락할 가능성이 크고, 이러한 인간의 생리를 알고 신도들을 낚으려고 미끼를 던지는 이들도 상당하다. (물론 기독교도 이와 별반 다를 바 없다.)

이날 만난 스님을 폄하하고자 하는 것이 아니다. 스님의 순박하고 엉뚱하면서도 악의 없는 태도는 정겨웠다. 다만 보편적으로 '도', '수양', '마음 공부'를 하는 이들이 사람을 꾀는 방법이 그렇다는 것이다. 따라서 비루한 일상에 지쳐 있는 이들은 뭔가 광대하고 고귀한 것에 대한 갈망으로 혹 하고 휩쓸리지 말고, 우선 세상을 객관적으로 조망할 시야를 가진 후에 흔들리지 않는 마음 상태로 이러한 앎을 접해야 한다.

하여간 이후로도 잡다한 이야기를 나누다가 남은 여정이 있어 짐을 챙기니, 스님은 사람이 그리웠는지 하룻밤 묵어 가라고 권한다. 하지만 이미 다음 지역에 전단지 도착한 것을 찾아야 할 상황이어서 정중히 사양하고 다음을 기약했다.

다소 괴이하지만 거리낌 없이 대하고 욕심이 없는 모습이 소탈한 스님은 언제든 놀러 와서 자기가 없으면 방에 불 때고 묵어 가라고 한다. 다음에 올 때 뭐가 필요하시냐고 물으니, "필요한 것 없다. 신경 쓰지 말라"며 "어차피 두 번 세 번 만나면 도반이고 벗이 되어 있을 것이니 편히 오라"고 한다. 헤어질 때가 되니 갑자기 겸손해지는 그 팔색조의 매력이라니! 이런 괴이하면서도 유쾌한 인연은, 떠나지 않으면 경험할 수 없는 유랑의 활력소이다.

하여간 그 후로 며칠간 구멍 나 칼칼한 목을 만지작거릴 때마다 스님의 모습이 떠올랐다.

(2013. 5)

수고하고 무거운 짐 진 자들아, 다 내게로 오라!

캠페인 초반기에 노숙이 몸에 익지 않았을 때 어떤 지역에서 겪은 일이다. 전날 쏟아지는 비를 맞고 야영지를 찾아 돌아다니다가 공사장에 텐트를 치고 잤던 경험이 끔찍했기 때문에 아침부터 저녁에 묵을 곳을 찾아나섰다. 오죽했으면 여관을 찾아다니면서 "오전에 일해 주는 대가로 저녁에 하루 묵을 수 있게 해 달라"는 제안까지 했다. 물론 번번이 허탕이었다.

그러던 중 멀리 보이는 큰 교회의 십자가를 보자 성경의 한 구절이 떠올랐다. "수고하고 무거운 짐 진 자들아, 다 내게로 오라! 내가 너희를 쉬게 하리니!" 나만큼 무거운 짐을 짊어지고 다니는 이도 많지 않을 것이기에 기쁜 마음으로 인근에서 가장 큰 교회로 향했다.

마침 새벽 기도를 마치고 나오는, 젊은 전도사쯤으로 보이는 청년이 있기에 밤에 묵을 공간 좀 얻을 수 있을지 물었다. 그 청년은 사려 깊은 표정으로 내 행색을 살피더니, 고생한다는 말까지 건네면서 저녁에 와서 목사님에게 말씀을 하면 묵을 공간을 줄 수 있을 것이라고 얘기한다. 오랜만에 방에서 잘 수 있다는 기대는 그날 하루 종일 넉넉한 기분을 갖게 해주었다.

그런데 저녁 예배가 끝나기를 한 시간 가량 기다리다 목사님이 딴 곳으로 빠져나가신 것을 뒤늦게 눈치 챘다. 이에 후다닥 교회 사무실로 들어가서 하루 묵기를 청했다.

신도들이 다 빠져나가고 사무실에는 당회원들(장로, 집사 등)로 보이는 이들이 예닐곱 명 남아 있었다. 인사를 하고 사정 얘기를 하면서 교회 한쪽에서 하루 묵어 갈 수 있을까 하는 바람을 비쳤는데, 몇 마디 말이 끝나기 전부터 한 사람은 인상을 찡그리며 고개를 흔들고, 또 다른 이는 경보장치가 설치되어 있어서 아예 불가능하다고 하는 것이다. 상황이 비극으로 치닫고 있는 것을 감지한 나는 "아무 곳이나 공간만 있으면 된다"고 호소해보았지만, "잘 만한 곳은 전혀 없다"고 말한다.

아침에 그 청년이 틀림없이 "놀이방에 이불이랑 있으니까 그 공간에서라도 잘 수 있습니다"라고 말했음에도 불구하고, 그들은 그런 공간이 있다는 것 자체를 부인하고 있었다. 그들은 새벽닭이 울기 전에 방황하는 나그네가 쉬어갈 공간이 있음의 사실을 세 번이나 부인한 것이다.

물론 그들은 내가 강도나 도둑일 가능성을 염두에 뒀을 수도 있다. 그것은 당연한 반응이다. 난생 처음 보는 사람이 대뜸 와서 "하루 자게 해 달라"고 하는데 그런 의혹을 갖지 않을 수 있겠는가?

그러나 설령 내가 강도나 도둑일지라도 최소한 잘 곳이 없어서 하루 숙박을 청하는 이에게, "아이구, 어쩌나! 저희는 어렵겠네요" 하는 걱정의 말 한마디는 해줘야 하지 않을까? 하지만 그들은 시종일관 "우리 교회는 안 된다"며, 그들의 교회 안에 서 있는 낯선 나그네를 몰아내는 것에만 온 신경이 집중되어 있었다.

물론 개중에는 "물건이 없어진다"는 이유를 대거나, "아무나 재워주고 싶지만 몰래 묵어가는 이들이 주님의 성당을 어지럽히기 때문에 교회 문을 열어 놓고 싶어도 그리 못한다"는 이들이 있다. 하지만 그렇게 '없어질 물건이 없도록' 평소 어려운 이웃과 있는 것을 나누면서 온전히 하나님의 거처를 비우는 것, 없어진 물건은 하나님의 손에 들어갔음으로 여기고, 몰래 묵어간 이들이 어질러 놓은 공간은 힘써 치워내는 것이 온전한 믿음·비움·나눔·사랑의 장소인 교회의 참 가치가 아닐까? 그것이 바로 '수고하고 무거운 짐 진 자들'을 열린 마음으로 받아들이는 교회의 아량 아닐까? 교회의 신도들과 목사님 사택에 철벽이 세워져 있든, 침입자를 대비한 부비트랩 장치가 되어 있든 이는 상관할 바 아니다. 하지만 하나님을 위해서 세웠다는 교회와 성당만은 온전한 비움을 훈련하는 공간이 되어야 하지 않을까?

안타깝게도 대부분의 한국 교회는 신도들에게 '비움의 미덕', '낮춤의 미덕'을 전할 여력도 없고 관심도 별로 없다. 좀 더 스펙터클한 공연으로 신도들 정신을 홀려 교회의 부흥을 이루려면 갖가지 영상·음향·조명·인테리어 장치가 있어야 하기에 그러한 '감성공학'을 극대화할 고가의 장비를 비치해야 하고, 이의 도난을 방지하기 위해 문을 굳건히 걸어 잠그고 방범 장치를 하지 않을 수 없는 것이다.

이렇게 '이웃 사랑의 실천'과 이 땅에 '하나님 나라의 구축'에는 관심이 없고, 자기 교회 조직의 성장과 보안에만 신경 쓰면서 영생만을 목 놓아 외치는 것을 '진정한 믿음'이라고 여기는 이들. 그들이 그들의 집에 들른 거지를 내쫓는 것은 그들 믿음의 수준에서는 자연스러운 모습이리라.

캠페인 초반에 겪은 이날의 경험은 믿는 도끼에 발등 찍힌 심정을 불러일으켰는데, 시간이 더해지면서 이러한 교회의 박대는 극히 예외적인 몇몇 경우를 빼고는 보편적인 한국 기독교의 현실임을 확인할 수 있었다. 교회를 들렀다가 번번이 박대받는 경험이 쌓이면서 "주여, 주여!" 소리 높여 외치는 저들이 과연 기독교 교리를 제대로 알고나 있는 것일까 하는 의문이 새록새록 피어오르기 시작했다.

성경에는 하나님이 만물을 창조한 후에 인간들에게 "만물을 잘 경영하라"고 명하셨다. 여기서의 '만물'이란 자연의 모든 생물·무생물은 물론 인간까지 포함될 것이다. 하지만 교회가 부추기는 성장주의, 승리주의, 개발과 발전, 성공에의 열망은 지구 파괴에 일익을 담당하고, 사회적 약자를 더욱 소외시킨다. 지구적 파국에 대한 고민 없이 오히려 이를 악화시키고 있는 것이다. 일례로 교회의 반생태적 발전주의는 그 어떤 토건 재벌들의 그것에 뒤지지 않는다. 4대강사업, 새만금사업에 앞장서 찬성하고, 미국의 이라크전쟁을 극렬 지지했고, 신자유주의의 전도사 역할을 자처했다. 거기에 경쟁적으로 벌이는 교회의 대형화 사업은 저들이 믿는 것이 과연 신인지 돈과 권력인지 의아하게 만든다.

이 책을 읽는 이가 기독교인이라면 스스로가 여태껏 어떤 믿음을 가져왔는지 지극히 간단한 실험을 통해 확인할 수 있다. 앞서 얘기했듯이 한국인의 이산화탄소 배출량은 지구의 파국을 막기 위한 기준량의 네 배나 된다. 이 기준량을 '지속가능한 삶을 위한 적정 소득'으로 환산하면 한 달 50만 원의 소득이 된다. 그렇다면 하나님께서 "만물을 잘 경영하라"고 지시한 바대로 지속가능한 세상을 위해서 "한 달 50만 원 이하를 버는 삶을 살게 해 달라"고 기도할 수 있겠는가. 아마 이런 기도를 할 생각 자체를 가질 수 없을 것이다.

각자의 과도한 소득·소비 수준이 빚어내는 지구 파괴의 현실에 대해서는 객관적인 자료와 정황이 끊임없이 넘쳐나고 있지만, "만물을 멸종시키지 않고 잘 경영할 수 있게 50만 원 이하를 벌며 만족할 수 있는 용기를 갖게 해 달라"는 기도는 절대 입에서 나오지 않을 것이다. 왜냐하면 한국형 기독교 자체가 군사독재정부의 국토개발 전략에 맞춰 '천민자본주의'의 정신에 뿌리를 두고 성장해 왔는지라, 그들이 믿는 신이라는 고귀한 가죽 안에는 돈과 권력의 근육과 골격이 자리하고 있기 때문이다.

바로 그 때문에 한국형 (주류) 기독교가 '성장'을 지향하고, 권력자들을 찬양하며, 친자본적인 행보를 보여왔던 것이고, 파괴되는 환경과 짓밟히는 서민들의 입장을 대변하지 않았던 것이다. 순복음교회 조용기 목사 같은 대형교회의 목사들이 군부독재자를 위한 만찬기도회를 열어 민주화에 역행해 온 것이나, 천주교 정진석 추기경 등이 용산참사 같은 비극에는 눈을 감으면서 4대강사업에는 반대하지 않는다는 입장을 밝혀 22조 원의 막대한 혈세를 토건족 수하에 떨어뜨리는 것을 돕는 것도 그러한 맥락이다. 그러면서 그들이 기껏 한다는 일은 쓰레기봉투 들고 휴지 줍고 다니며, 천사 같은 얼굴로 가난한 이들에게 밥 먹여주는 활동이었다.

근본적으로 만물을 잘 경영하는 기독교인의 삶을 살고자 한다면 무엇보다도 저소득·저소유·저소비·저성장의 삶을 추구해야 하고, 권력자의 압제에 신음하며 고통받는 이들을 마땅히 품에 안고, 때로는 함께 울고 함께 싸울 줄 알아야 한다. 왜냐하면 그 압제, 그 고통, 그 신음, 그 몸부림, 그 절망이 바로 성경에서 말하는 자연과 민중의 "수고하고 무거운 짐"이기 때문이다. 그 수고와 무거운 짐을 함께 짊어져 주고 안식을 나누는 일이야말로 기독교인 본연의 임무이다.

(2013. 4)

둥글이의 성전

　　　　　양주의 자재창고에서 묵는 중에 그곳 사장님께서 쌀 한 주머니를 챙겨 주셨다. 그런데 호사다마라고 했던가? 이게 화근이 될 줄이야. 쌀 한 주머니 무게라야 기껏 2킬로그램 정도일 것이다. 하지만 그 무게가 몸에 엄청난 하중을 가하는 것이었다.

안 그래도 짐의 무게를 몸이 버티지 못해 왔기에 무게를 최소화하려고 반찬도 고추장 하나로 축소해야 했던 아픔이 있는 터인데, 갑자기 쌀자루 하나를 더하니 몸에 엄청난 압력이 느껴졌다. 맨몸에 2킬로그램이 추가되는 것과 20킬로그램이 넘는 짐에 그 무게가 추가되는 것은 체감이 너무나 다르다.

어쨌든 양주에서 동두천까지 걸어오는 시간이 기껏해야 두 시간 반이었는데, 온몸이 비비 꼬이면서 허리까지 아파오기 시작했다. 거기다가 우체국에서 캠페인할 전단지까지 찾고 나니, 둥글이는 빈대떡이 되어 바닥에서 한 발을 떼기가 어려웠다. 여기에 저녁밥 하고 양치질할 물까지 통에 채우고 나니, 똑바로 서 있는 것 자체가 중력과의 사투였다. 지구를 받치고 있다는 아틀라스의 고충이 이만 할까? 어서 빨리 짐을 내려놓고 지친 몸을 쉬게 할 곳을 찾아야 했다.

그런데 도무지 야영할 만한 공간이 눈에 띄지 않던 터, 시가 중심부로부터 조금 빠져나오니 한산한 풍경들이 눈에 들어오기 시작했다. 샛길을 따라 나지막한 산 중턱 저 멀리에 작은 암자가 하나 보인다. 끙끙거리며 올라가니 암자 앞에서 다음과 같은 송덕비가 나를 맞아주고 있었다.

"피로한 나그네의 길은 멀다 하였으니 지루하고 고달픈 나그넷길에 잠시 쉴 곳이 있다면 오로지 부처님 궁전일 것입니다……."

오 마이 갓! 아니, 나무관세음보살. 이 암자는 시공간을 초월해서 이날 저녁 내가 지친 몸을 하고 나타날 것을 예견하여 지어졌던 것이다. 부처님의 자비로운 은혜여……. 이제 주지 스님께 내가 얼마나 피로에 지친 나그네인지 말씀드리면, "어디 갔다 이제 오시는가?" 하면서 그 너른 부처님의 품에 받아주시겠지. 가득한 기대감에 짐의 무게마저 가뿐히 느껴지는 터, 마침 산책을 시키려고 개를 끌고 나오시는 스님을 뵌다.

"스님, 여행하고 있는 나그네인데요. 저 앞 공터(주차장)에 텐트 좀 칠 수 있을까요?"

이에 속세를 떠난 자 특유의 흔들림 없는 표정과 말투로 스님은 말씀하신다.

"여긴 없어요. 할 데 없어요."

"네. ㅠ—"

역시 보이는 대로 고승였다. 다른 말이 필요 없었다. 그 한마디에 모든 것이 정리되었다. 갑자기 어깨에 산을 짊어진 기분이다. 하지만 절 주인이 안 된다는데 무슨 설명이 필요할까. 정중히 인사를 드리고 나오다 보니 서서히 분기가 솟구치려 한다.

"지치고 의지할 곳 없는 떠돌이 나그네의 쉬어갈 곳이 되겠다" 함은 이 세상 가장 낮고 미천한 이들과 운명을 같이 하겠다는 의미이다. 이렇게 낮추고 비우고 나누는 자세를 삶 속에서 실천하는 것은 나와 너의 경계를 허물고자 하는 의지의 실현이며, 그 허물어버린 자아의 경계는 저들이 추구하는 견성과 해탈에 이르는 길을 틔워준다. 하여 "그리 하겠다"고 절 앞 송덕비에 떡하니 새겨 놓기까지 하지 않았는가? 그런데 그를 보고 기쁜 마음으로 찾아온 나그네를 품지 못하다니.

암자를 빠져나오며 분기를 참을 수 없어 "왜 그런 실천도 못 할 쓸데없는 말을 써놨는가?" 하고 투덜거리다가 "내가 혹시 뭘 잘못 봤나?" 해서 송덕비 앞에 다시 섰다. 그리고 눈을 한 번 비비고 초점을 맞춰 읽어보고는 내가 크게 잘못 봤음을 깨달았다. 이 암자는 나그네가 '지친 몸'을 쉬어가는 곳이 아니었다.

그랬다. 그곳은 나그네의 '지친 마음'만 쉬어가는 곳이었다. 내가 오독을 했던 것이다. 그럼 그렇지. 이 절은 입산 수도하여 정진하는, '큰 버림'을 이룬 스님들이 사는 곳이기에 하잘것없는 몸의 문제에는 관심을 둘 수 없는 도량이었던 것이다. 그래서 귀한 마음의 문제에만 관심을 갖고 마음이 쉴 곳만 제공하는 거다. 이 깊은 뜻을 모르고서 내가 투덜댔다니…….

종종 예외는 있었지만, 나그네를 박대하는 절과 교회, 성당의 모습은 일반적인 것이었다. 유랑 초반에는 예수의 사랑과 부처의 자비를 구하러 절이나 교회, 성당을 찾아다녔지만, 반복되는 박대를 버티지 못하여 그 후로는 아무리 잘 곳이 없어도 교회와 절, 성당은 찾아가지 않았다. 가진 것 없는 나그네는 더 이상 그런 곳에서 예수와 부처를 찾기는 힘들었다.

그렇다면 재산이라고는 배낭 하나밖에 없는, 말 그대로 '길을 떠도는 거지'가 이 시대 예수의 사랑과 부처의 자비를 느낀 곳이 어디였을까? 교회도 절도 아닌 곳에서 예수의 사랑과 부처의 자비를 느낄 수 있을까? 있었다. 둥글이가 체험한 그곳은 바로 '공중화장실'이다.

그곳은 유랑자가 생리 현상을 해결할 수 있고, 물을 얻을 수 있으며 그 옆에 텐트를 칠 수도 있다. 공중화장실을 지날 때 (직업병인지 몰라도) 왠지 모를 경건함과 신성(?)이 느껴지는 것은 그 때문일 것이다. 교회와 절은 사람을 차별해서 받아들이지만, 공중화장실은 별 볼일 없고 낮은 자라도 차별 없이 받아들인다. 똑똑하고, 있어 보이고, 전도를 많이 하고, 헌금과 시주를 많이 하는 사람이든 아니든 공중화장실은 차별하지 않는다. 또한 믿음이 없다고 혐오하지도 않고, 들어온 순서대로 쌀 수 있다. 이 세상 모든 곳에 차별과 억압이 존재하지만, 단 한 곳 공중화장실에서만큼은 예외라는 사실, 그 하나만으로 화장실은 떠돌이 나그네

에게 신성한 곳이 되었다. 아마 예수와 부처께서도 자신을 믿는다고 말로만 떠벌리는 신도들의 박해를 피해, 그곳 공중화장실에서 수고하고 무거운 짐 진 자들을 위해 팔을 벌리고 계실 듯하다.

결국 이렇게 공중화장실은 유랑자 둥글이의 성전이 되었다. 부디 공중화장실처럼만 살게 하소서……. 화장렐루야~. 나무화장보살~.

그 실효성에 의심이 가는, 천국과 열반으로 가는 티켓을 예매하는 데 모든 시간을 쏟고 있는 이들이여! 이 땅에 실존하는 차별 없는 공평무사함, 예수의 사랑과 부처의 대자대비함을 배우고자 한다면 공중화장실 옆에서 텐트를 치고 하루를 살아볼 일이다.

(2009. 5)

많은 교회와 절이 재력에 비례해 사람을 대우한다. 하여 나처럼 가진 것 없는 유랑자에게는 텐트 칠 주차장 공간도 허락되지 않는다. 그와 달리 공중화장실은 사람들을 오는 순서대로 받아들이고, 차별 없이 싸게 하며, 필요한 만큼 머물게 한다. 이 시대 예수의 사랑과 부처의 자비가 머무르는 거의 유일한 곳.

그렇게 유랑자 둥글이에게 공중화장실은 축복이 넘치는 성전이 되었다. 하여 화장실을 만나면 그 넘치는 은혜와 사랑을 주체할 수 없어 마구 키스를 퍼붓게 된다. 변기 하나 하나와도 딥키스를 하고 싶지만, 일정이 바쁜 관계로 적당히 하기로 한다.

하여간 둥글이의 이러한 화장실에 대한 찬양은 화장신을 모시는 '둥글교'를 창시하게 했고, 둥글이는 그 둥글교의 1대 교주이다.

구정물을 먹고 난 후의 깨달음

초겨울의 쌀쌀함에 텐트를 쳐 놓고 일찍 들어가 잠이 들었지만, 낮 동안의 장고가 진을 빼놓았는지라 타는 목마름에 잠이 깼다. 어둑해진 저녁에 인근 수돗가에서 떠다 놓았던 물을 벌컥벌컥 들이켰다. 꿀물을 마시는 듯한 달콤함이 갈증을 해소한다. 밤새 몇 차례 그 물로 해갈하고 나서, 동이 터오는 아침에 물통을 들여다보고는 깜짝 놀랐다. 물통 안에는 페인트 벗겨진 딱지를 비롯해 온갖 이물질이 들어 있었다. 전날 떠왔던 물은 식수가 아니라 허드렛물인 듯하다. 갑자기 헛구역질이 밀려왔다. 뱃속에 있던 모든 것이 뒤집어져서 솟구쳐 나올 듯한 느낌이었다.

하지만 순간적인 깨달음이 머리를 치고 지나갔다. 밤중에는 틀림없이 맑고 깨끗한 물인 줄 알고 그렇게 달콤히 먹었는데, 아침에 일어나서 보니 아닌 것이다. 왜 이런 일이 발생했는가? 한참을 숙고하다가 나는 손으로 무릎을 탁 쳤다. "그렇다! (깨달음의 순간) 플래시로 물통을 확인해 보지 않은 탓이다."(꼴랑 결론)

나는 이런 큰 깨달음을 얻고, 다음부터는 어둠 속에 물을 떠 마실 때는 한 번씩 플래시로 살펴볼 것을 다짐했다.

원효는 당나라 유학길에 굴 속에서 자다가 해골 물을 들이키고 나서 "모든 것이 자신의 마음 상태에 따라 결정된다"는 정신 현상의 진수를 체험한다. 그리고 난 후 당나라로 유학을 갈 이유가 없음을 확인하고 되돌아와 나름의 깨달음의 체계를 구축했다.

그런데 그후 원효를 오해한 수많은 제자들은 원효의 이러한 발상을 "현실 생활 속에서 아무것도 하지 않고 마음 공부만 하면 된다"는 식으로 이해하고 있는 듯하다. 실제로 사회 현실에 대해서 철저히 무관심한 상당수의 불교도(및 노장 아류)들은 자신들의 '무책임'과 '무실천', '무지'를 합리화하기 위해서 "모든 법이 마음으로부터 나온다"는 원리만 교묘히 갖다 붙이는 데 매진한다. 시대가 흐르면서 이것은 허무적이고 관념적인 방향으로 정교히 다듬어졌고, 이에 많은 불교도들이 사회 현실에 대한 관심과 참여, 실천이 필요 없다는 근거를 들기 위해 원효를 이야기하곤 한다. 이들은 헐벗고 굶주리는 이들의 고통, 약자가 짓밟히는 세상의 참상에 눈감기 위한 방편으로, "현실 사회가 중요한 것이 아니라, 각자의 마음이 중요한 것이다"는 말만 편안히 읊조린다.

더군다나 이런 주장을 하는 이들일수록 대중소비사회의 충실한 구성원으로서 생태계를 파괴하고, 후손들의 존립을 불가능하게 하는 데 일조를 하고 있으니, 그들의 이율배반성에 혀를 차지 않을 수 없다. 이들은 자기 개인의 삶에 있어서는 지극히 현실적이고 계산적이면서, 사회·인간·환경 문제에 대해서는 그 무심함과 무책임을 합리화하기 위해 "각자의 마음이 중요하다"는 따위의 말을 읊조리는 것이다.

원효는 '물질(현실, 실천)의 중요성' 자체를 부인하는 극단적 관념론을 설파한 것이 아니다. 그는 "생각만 하면 모든 것이 이루어진다"는 따위의 이야기로 물질 세계를 부인하기 위해 나선 관념론자이거나 연금술사, 사이비 신비주의자가 아니다. 오히려 전통의 관념을 변화시켜 세상을 사람 살기 좋은 곳으로 만들려는 사회개혁가에 가까웠다. 그는 깨달음을 얻은 후 현실과 인간, 사회의 문제에 대해 더욱 큰 실천적 관심을 기울이고, 저잣거리를 돌아다니면서 포교를 할 때 승복을 벗고 복성거사라 자칭하며 백성들에게 친근히 다가간 이유도 그 때문이다.

원효가 그후에도 동굴에서 자는 일이 있었을 텐데, "모든 것이 마음으로부터 나온다"는 생각으로 동굴 속에 고여 있는 물을 퍼마시거나 바닥에 있는 것을 아무거나 집어 먹지는 않았을 것이다. 그도 해골물의 경험 후로는 먹을 만한 물인지 조심히 살펴보고 먹지 않았을까? 그는 다만 해골물의 깨달음을 통해, 머릿속에 박힌 허구적 관념, 개념, 가치들이 인간 자신을 얽어매고 자유롭지 못하게 한다는 것을 폭로하여 민중들이 그 작위적 억압에서 벗어나기를 바랐을 뿐이다.

(2007. 11)

산 자, 죽은 자, 태어나지 않은 자와의 인연

이번 일지를 빌어, 2013년 5월 7일 밤을 평온히 보낼 수 있었음에 대해 경주 이씨께 무한 감사의 마음을 올리고자 한다.

"옷깃만 스쳐도 인연"이라는 말이 있는데, 유랑을 다니다 보면 '산 자'만이 아니라 '죽은 자'는 물론 '아직 태어나지 않은 자'(엄마 뱃속의 아기)가 나를 중심으로 복합적 관계의 사슬을 만들고 있음을 실감한다. 인생을 '열심히 돈 벌어서 집 사고, 차 사고, 결혼해서 애 낳고, 여가 생활하다 늙어 죽는 것'쯤으로 단순화시키지 않고, 통념을 벗어난 시야로 면밀히 살펴보면 삶이 동심원 같은 것임을 알게 된다.

인생은 나 혼자로서 온전히 존재할 수 있는 것이 아니라, 주변의 다른 동심원에 의해 끊임없이 흔들리면서 간섭되는 그런 모양으로 그려볼 수 있다. 가까이 있는 동심원으로부터는 많은 영향을 받을 것이고, 거리가 멀어질수록 그 영향은 상대적으로 감소한다. 개중에 불순한 파동을 일으키는 동심원이 있다면 나는 덩달아 흔들릴 것이고, 긍정적 파동은 나의 동심원을 더욱 선명히 만들어준다.

그렇다고 '나'라는 동심원이 주변 환경의 영향을 받는 수동적인 존재이기만 한 것은 아니다. '나'라는 동심원의 힘과 폭은 결정된 것이 아니고, 나의 노력에 따라 그 파동의 크기와 질이 달라질 수 있기 때문이다. 그렇기에 내가 불순한 파동이 되거나 긍정적인 파동이 되어서 주변에 영향을 미칠 수 있는 것이다.

상당수의 노장 철학에서는 '무위'를 요구하고, 불교 철학은 '내가 없음'으로, 기독교 철학은 '하나님에게 전부 맡김'으로 극단적인 수동성을 강조하곤 한다. 이러한 수동성은 때로는 정도를 넘어 회의와 극단적인 허무에까지 다다른다. 하지만 그것은 존재 작용의 일부분만을 이해한 편협한 처사이고, 경전을 잘못 해석한 결과이다. '나'라는 존재는 주체적으로 환경을 바꿔낼 수 있는 동심원의 중심이기도 하다. 나는 지금 이 순간에도 산 자와 죽은 자, 태어나지 않은 자와 끊임없이 영향을 주고받으며 관계해 온 것이다.

인간 사이뿐이겠는가? 자연의 모든 것들—존재했던, 존재하는, 존

재할 가능성이 있는 것들과 나는 끊임없이 역동적으로 작용해 왔고, 하고 있고, 할 상황인 것이다. 그것이 이렇게 무덤 옆에 텐트를 치고 쉴 수 있도록 터를 닦아주신 경주 이씨와의 인연에 감사하는 이유이다. 그는 비록 가고 없지만, 그의 파동은 이렇게 흔적을 남겨 내가 안식할 수 있는 공간을 만들어주지 않았는가.

물론 그렇다고 둥글이가 돌아가신 분들께 늘 감사의 마음을 갖는 것이 아님을 밝힌다. 그 다음날에는 남원공설운동장 주변 장례식장 건너편 공원에 텐트를 쳤는데, 그날 만약 장례가 치러지면 밤새 시끌벅적하여 둥글이의 평정이 깨질 판이었다. 하여 둥글이는 제발 이날 밤만은 누구도 돌아가시지 않기를 빌었다. 누군가 죽지 않기를 그렇게 간절히 빌어본 것은 처음이었다.

하지만 그것은 둥글이가 결정할 파동이 아니었다. 이날 한 분이 돌아가셔서 장례식이 있었고, 인생살이 한탄하는 조문객들이 왔다 갔다 하는 통에 둥글이는 밤새 '주체적'으로 뒤척거려야만 했다. 아마 둥글이가 만들어내는 파동 덕에 텐트 주변에 있던 풀벌레들도 숙면을 취하지 못했으리라.

참고로 유랑 중 무덤 옆 야영은 수시로 이뤄지는데, 이에 담력 좋다고 놀라워 하는 분들이 있다. 하지만 진실은 정반대이다. 유랑자 둥글이에게 있어서는 무덤보다 민가 옆에 텐트를 치는 모험이 더욱 두렵고 위험한 일(?)이다. 민가의 주인들은 둥글이를 발견하면 종종 쫓아내곤 하여 그들의 존재가 둥글이의 머리털을 곤두서게 하는 데 반해, 무덤 주인들 중에서는 아직까지 문 열고 나와 둥글이를 쫓아내는 경우가 없었기 때문이다.

(2013. 6)

비 오는 날 밤, 객사의 처마 밑에서

비 오는 날, 나 같은 유랑자가 밤을 지내기 위하여 가장 선호하는 장소라면 바로 '다리 밑'이다. 추적추적 내리는 비를 맞으며 낮에 언뜻 봐 두었던 순창 읍내의 다리 밑으로 부지런히 걸었다. 그곳이 실로 밤을 새우기 적절한 공간인지 아닌지는 확신할 수 없으나, 우천시 피난 공간으로 유일하게 봐 둔 곳이기에 기약 없는 발걸음을 해야 했다. 그런데, 이게 웬 떡인가? 가는 길목에 웬 객사가 있는 것 아닌가.

순창초등학교 운동장 끝에 순창객사가 세워져 있다. 1700년대에 만들어진 이 객사는 널찍하게 드리운 처마로 둥글이가 비를 피해 텐트 칠 수 있는 공간을 제공하는 것 아닌가. 300년 전 선조들의 배려 덕에 하루

를 이리 무사히 보낼 수 있게 되다니!

그러고 보면 예전에는 나그네에 대한 배려가 가득했던 듯하다. 길 가던 나그네들은 이런 건물의 처마 밑에 옹기종기 모여 밤을 보냈을 것이고, 인심 좋은 마을 주민은 허기라도 달래라고 감자를 삶아서 내놓았을 것이다. 국밥 한 끼에 재워주는 주막이며, 정자며, 외양간 한구석이며, 말만 잘 하면 재워주는 사랑방이 곳곳에 있었던 것은 말할 나위 없다.

지금은 돈 없으면 출입 자체가 불가능한 숙박 시설은 물론, 민가에 가서 "하루 재워달라"고 했다가는 정신병자 취급받기 일쑤이다. 현대식 건물에는 처마라는 것이 일절 없어, 지나는 나그네가 비도 피할 수 없다. 없이 살아도 서로의 온기로 하루를 버텨낼 힘을 얻었던 과거와는 달리, 자본주의 문명 속에서 자기 것을 지키기 위해 타인을 배척하는 습속이 고도화된 결과이리라. 이 때문에 현대에는 갈 곳 없는 사람이 묵을 곳은 고작 지하철역인 것이다. 물론 거기에서마저 노숙자들을 쫓아내려고 혈안이 되어 있지만.

하여간, 현대의 실존 인물인 둥글이가 현대인으로부터가 아닌, 지나간 역사를 살다 간 이들이 남긴 유적 덕으로 비 쏟아지는 하루를 견딜 수 있음은 존재의 아이러니가 아닐 수 없다.

(2013. 10)

어른이 아이들에게 줘야 할 것

고창초등학교 앞에서 '지구를 구하자' 전단지를 나눠 주며 보니, 다리에 깁스를 한 아이들이 눈에 띈다.

"너, 다리 왜 그러냐?"

"축구하다 다쳤어요."

"그럼 뒤에 깁스한 애는?"

"쟤도 축구하다 다쳤어요."

이러한 줄부상에도 불구하고 축구를 못 하게 금지시키지 않는 교장 선생님의 뚝심이 돋보인다.

서울의 어떤 학교는 아이들이 축구하다 다칠 수 있다는 것을 이유로 '학내 축구 금지' 조치를 했다. 아이들은 놀다 보면 다치는 법이고, 그러면서 크는 법이다. 그것은 아이들이 성장하기 위한 기회비용이다. 하지만 그 학교 교장은 축구를 금지시킨 이유를 '아이들을 위해서'라고 변명했다. 정녕 아이들을 위해서였다면 방과 후에도 아이들이 축구를 하지 못하도록 공설운동장이나 동네 공터를 순찰하고 다닐 일이다.

그러지 않았다면 그는 아이들을 위해서가 아니라, 아이들 부상에 대한 책임과 문책을 벗어나기 위해서 축구를 금지시킨 것이 분명하다. 그렇기에 밖에서 다치든 말든 상관할 바가 아니고, 학교 안에서만 다치지 않으면 되는 것이다. 그런 조치 결과, 아마도 '축구 하다 사고 안 나는 학교'로서 특유의 명성을 얻기는 했을 것이다.

아이들의 눈높이로 세상을 보면서 아이들의 성장을 위한 거름이 되려 하지 않고, 아이들을 자신의 권위를 실현하기 위한 텃밭으로 알고, 자신이 목표하는 성과를 내기 위해 이용하는 어른들. 그리고 그 어른들에 의한 화석화된 교육을 통해 점점 정서가 메말라가는 아이들. 그나마 이러한 사회의 분위기 속에서 깁스한 다리를 절룩이면서도 "다 나으면 공 찰 거예요" 하며 태연스럽게 웃어대는 아이들을 볼 수 있는 게 참 좋다. 고창초등학교 운동장에는 지금도 공 튀기는 소리가 경쾌하다.

(2013. 10)

이 사람, 성철이 형

성철이 형은 십여 년 전 둥글이가 거리에서 혼자 1인 시위를 할 때, 먼저 다가와 말을 걸어 알게 된 형님이다. 그 후로 다양한 활동을 함께 하면서 우정이 깊어졌다. 더군다나 이 형님은 둥글이 유랑 캠페인을 가능케 하는 일등 공신이다.

둥글이가 각 지역에서 아이들에게 나눠 주는 전단지를 어떻게 준비하는지 궁금해 하는 분들이 있을 것인데, 전단지 발송책이 바로 이 형님이다. 배낭을 짊어진 둥글이는 초등생들에게 나눠줄 전단지를 모두 가지고 다닐 힘이 없다. 그래서 한 지역에서 다음 지역으로 넘어갈 때 형님께 연락해서 전단지를 보내 달라고 요청한다. 그러면 형님이 각 지역 우체국으로 전단지를 보내주고, 나는 이를 받아서 아이들에게 건네는 것이다.

지금까지 전국 170여 개 지자체를 다니는 동안 이 형님으로부터 전단지를 받았다. 야근하고 와서 피곤한 날에도 마다 않고 전단지를 보내주었으니, 감사한 마음은 말로 표현하기 어려울 정도이다. (물론 종종 한 번씩 빵꾸를 내서 잠깐씩 발목을 잡기도 한다.ㅋ) 어쨌든 이 형님이 상시로 뒤치다꺼리를 안 해줬으면 실질적으로 캠페인이 아주 어려웠을 것은 두말할 나위 없는데, 고향 군산에 입성해 아이들에게 나눌 전단지를 이렇게 형님의 손에서 직접 건네받게 되는 순간을 맞는다. 고마워, 성철이 형!

물론 유랑이 가능하게끔 도와주신 분이 성철이 형님뿐이겠는가. 어려운 형편임에도 십 년 전부터 매달 5천 원씩 꼬박꼬박 후원을 해주시며 활동을 격려해주는 국승찬 형님, 군산 금강기획의 노승민 사장님, 김현철 교수님, 초기 원고를 살피고 독후감을 써주신 이성숙 님 가족, 환경운동가이자 신문 편집인인 허정균 국장님은 물론, 성권, 성국, 성덕, 은정 형제들과 설날에 막내삼촌에게 세뱃돈 한 푼도 받지 못하고 오히려 그 일부를 세금(?)으로 뜯겼던 조카들, 허물없이 함께해 온 친구들, 동환, 현호, 정권, 학창시절 동아리 '사색과실천'의 동화, 용민, 덕중, 대연, 수시로 날아오는 법원 서류를 받아 대독해주시는 이종인 노무사님과 훈식 형님, 전단지 땜빵 발송해주는 박선의 님, 사건 현장에서 함께 땀 흘렸던 동료들, 그리고 처음 만난 유랑자에게 아낌 없는 호의를 베풀어주신 많은 분들이 아니었다면 나는 여기까지 올 수 없었을 것이다.

(2013. 11)

방황하는 아이들 이야기

2007년 7월, 진안에서 텐트를 치고 며칠 생활하면서 아이들 둘을 알게 되었다. 하나는 중학생, 하나는 초등생이었다. 학교 수업을 끝내고는 할 일 없이 놀 거리를 찾아다니며 방황하는 아이들이었다.

한 녀석은 얼굴에 항시 땟국물이 흐르고, 깨지고 썩은 이빨에, 팔에는 담배로 지진 흔적, 허리 쪽에는 자그마한 문신도 하나 있었다. 녀석은 허름한 옷에 슬리퍼 차림으로 돌아다녔다. 며칠 그곳에 있는 동안, 녀석이 그 차림 그대로 가방도 없이 등교하는 모습을 봤다.

녀석의 아버지는 막일을 하신단다. 일을 끝내고 오면 온몸의 통증을 줄이기 위해 술을 꼭 한 병씩 마시곤 하셨단다. 그런데 언젠가부터 일은 안 나가시고 술로 세월을 지새운단다. 아버지가 돈을 벌어오지 못하니, 집안 형편이 말이 아니란다. 세 살 때 어머니가 집을 나가서 엄마 얼굴도 기억 못 한다는 녀석은 친구가 옆에 있는데도 이런 얘기를 시시덕 거리며 늘어놓는다. 자신의 불행을 대하는 태도에서 오랜 세월 동안 할 퀴고 찢겨진 마음이 엿보였다.

전날은 집에서 쫓겨났단다. 돌아다니다가 밤 열 시쯤 집에 들어가니, 아버지가 술 취한 기운에 "나가" 하고 소리를 지르셨단다. 그래도 그냥 비집고 들어가서 자려고 했는데, "안 나가면 죽인다"고 소리를 치기에 그냥 나왔단다. 그래서 친구와 함께 길가 의자에서 웅크리고 잤단다.

함께 방황하는 그의 어린 친구도 다를 바 없는 처지였다. 자기 방이 공사 중이라 잘 곳이 없다고 한다. 그러면 다른 방에서 자면 되지 않느냐고 물으니, 아버지 술 냄새 때문에 못 잔다는 것이다. 그래서 집을 나와 밤을 샜단다. 술 냄새는 핑계인 듯했다. 뭔가 말 못할 다른 이유가 있는 듯했다. 더군다나 아버지는 위암 중기라고 하는데, 하지 말라고 해도 자신의 말을 듣지 않고 하루 종일 술과 담배로 보낸다.

이들의 삶을 휘감고 있는 만성적 불안과 축적되는 고통의 경험들, 통제할 수 없는 갖가지 상황이 주는 무기력, 회의, 허무……. 단 한 곳도 마음 놓고 의지할 곳 없는 처절한 상실감은 이들을 타락의 길로 들어서게 하거나, 사춘기의 방황을 유달리 길고 암울하게 만들 것이다.

보통의 평범한 가정에서 자란 아이들로서는 상상할 수도 없는 거듭되는 절망과 좌절, 어둠 속에서의 끝없는 방황이지만, 그래도 녀석들은 지금까지는 착하고 순수한 마음을 가지고 잘 버텨내고 있었다. 하지만, 그 불우한 삶의 환경이 그들로부터 언제 그 순수한 마음을 빼앗아갈지 알 수 없었다. 녀석들 걱정이 되어서 연락처를 받아 두었다가 그 후 몇 번 통화를 했는데, 어느 때부터 연락이 닿지 않아 차츰 녀석들이 기억 속에서 사라져가고 있었다.

그로부터 7년이 지난 지금, 2013년 추석 명절 직전. 가족들 만날 생각을 하다가 문득 녀석들이 뭘 하고 있을지 궁금해진다. 아직도 거리에서 방황을 하고 있지는 않을는지. 그 길고 어두운 방황의 길을 어렵사리 뚫고 나와 온전한 성인이 되었다고 할지라도, 명절이 되어 찾아갈 그들의 아버지는 살아 계실는지.

비 내리는 도서관 현관에 텐트를 치고 함께 라면을 끓여 먹었었다. 그때 허기를 참지 못하고 봉지에 남아 있는 깨진 라면 부스러기를 허겁지겁 씹어대던 녀석들의 모습이 눈에 선하다.

(2013. 9)

도인과의 조우

진해 지리를 익히려고 이곳저곳 돌아다니고 있는데, 거지 행색을 한 할아버지 한 분이 슈퍼 앞 평상에 앉아 있는 것이 보인다. 흰 수염 세 줄 건너 한 줄씩 검은 수염이 보인다. 쓰고 있는 모자는 그나마 챙이라도 성해서 망정이지, 머리 부분 실밥이 터져서 처음에는 걸레로 보였을 정도였다. 한 삼십 년 쓰고 다니면 저 정도 모양이 되리라. 잠바는 빛바래고 때에 찌들어 있었고, 단출하고 허름한 가방 하나가 옆에 놓여 있었다.

지나가는 길에 눈을 마주치니, "한 푼 달라"고 손을 내민다. 단순한 호기심으로 어디서 오셨냐고 물으니, "쓸데없는 것 묻지 말라"고 한다. 그러면서 "당신이랑은 공부하는 분야가 달라. 학과가 달라" 하는 것이다. 뜻밖의 말씀에 움찔했다. 그러고 보니 남루한 것은 확실한데, 그 남루함이 잘 단련된 느낌이 든다. 세상의 풍파를 이겨온 그윽함이 느껴졌다. "그럼, 할아버지는 무슨 학과인데요?" 하고 물으니, 대뜸 "나는 인문학과야"라고 한다. 인문학을 한다면 도를 하는 양반 같은데, 내 몸에 두른 조끼 문구 등을 보고 (환경)공학이나 사회학 계열로 판단했을 수 있다. 말씀 좀 나누려니 도무지 말을 안 붙여준다.

사회학적 시야로 '도' 하는 사람들의 주관주의에 학을 뗀 경우가 한두 번이 아니었다. 그들은 "모든 것이 마음의 문제"라며 세상 일을 마치 저 먼 안드로메다의 사건처럼 무심히 대하곤 했다. 하여 도저히 말이 안 통하겠다 싶어 관심을 끊었던 적은 많았는데, 오늘처럼 먼저 박대받기는 처음이다. 할아버지는 "밥값 안 보태주려면 가"라고 한다. 아무리 그래도 그렇지, 나도 '프로 노숙자'인데, 삥을 뜯길 수야 없지. "라면 있으니 같이 끓여 먹죠"라고 말씀드려도 막무가내다. 너는 너의 갈 길을 가라는 식이다.

하지만 "학과가 다르다"며 말을 안 붙여준 것도 한편으로 수긍이 됐다. 자신의 조촐한 짐과는 달리 산더미 같은 장비를 짊어진 것을 보니 충분히 세상을 버리지 못한 것이요, 옷이 단정함은 타인을 의식해서 옷매무새를 가다듬은 것이며, 이것저것 거추장스럽게 써 붙인 글은 '타인을 변화시킬 수 있다는 아집'에서 벗어나 지 못했음이라~. 이 정도의 이질감을 느 꼈을 만하다. '도' 하는 양반들의 생리로 볼 때는 충분히 그렇게 봤을 수도 있다.

그래도 넓은 견지로 노숙인의 대동단결 을 이루는 차원에서 좀 받아주실 수도 있 으련만 완강하여 도무지 방법이 없다. 아쉬움을 뒤로 하고 할아버지를 지나쳐 내 길을 가야 했다. 다음날, 길 저 건너편에서 담배를 태우시기 에 먼발치로 사진을 하나 찍어 남긴다.

나는 뭐 '도' 하자는 것이 아니고, 나름대로 그간 살아왔던 것을 반성 하고 세상을 배우면서 캠페인차 유랑 활동을 다니고 있기 때문에 그의 삶을 동경하지는 않는다. 하지만, 세상사―핍박 받는 민중의 고통―에 대해서마저 초연할 수 있는 그의 '버릴 수 있음'에 대해서는 상당한 부 러움이 느껴진다. 여기서 "세상사에 대해서 초연하다"는 것은 일반적 으로 '도'를 한다는 이들(혹은 현실의 모순을 외면하는 종교인들)의 사회적 무책임감과는 질적으로 다르다.

도를 한다고 나서는 많은 이들이 사회 속의 구성원으로 살면서 그 사 회가 주는 온갖 풍요와 이익을 탐닉하면서도 사회 문제에 대해서만은 무관심하다. 그러면서 그것을 '세상사에 대한 초연'이라 떠벌린다. 이 는 참으로 이율배반적인 것이다. 왜냐하면 '세상사에 대한 초연함'에 는 '자기 자신의 욕망에 대한 초연함'까지 포함되어야 하는데, 자신의 필요와 욕망을 채우는 것은 당연시하고 타인의 그것에 대해서만 무관심한 것이다. 그것은 초연함이 아니라, 무지가 바탕이 된 무책임, 극단의 개인주의, 이기주의, 관념주의의 현현일 뿐이다.

'도'를 하는 이들, 혹은 '신'을 믿는 이들이 정말로 세상사에 대해 초연해지려 한다면, 타인의 눈을 통해서 자신을 바라보는 습성부터 버려야 한다. 그런 습성을 버리면 우선 외모에 무심해진다. 옷에 일부로 똥을 묻혀서 돌아다니지는 않겠지만, 복장은 일반적으로 말하는 '거지 수준'으로 평준화된다. 남루한 누더기가 되어도 신경 쓸 바 못 된다. 바람만 가리고 악취만 나지 않으면 된다.

먹고사는 문제에 대해서도 역시 초연해져 내일 먹을 것, 모레 먹을 것을 걱정하지 않는다. 배가 고프면 먹고, 먹을 게 없으면 굶으면 그만이다. 어떤 밥을 먹고 어떤 집에 살아야 할지, 삶의 기준이 체면과 형식, 다른 사람들의 평가에 얽매이지 않는다. 있는 그대로의 현재에 맞추어 사는 것이 바로 초연함의 정수이다.

진정 초연한 이들이 이웃과 사회에 대한 관심이 없는 것은 무책임하기 때문이 아니다. 그들에게 있어서는 무책임함 자체의 의미가 없다. 그들은 다만 자신이 추구하는 보편타당한 초연함을 자신의 삶으로 살아내고 있을 따름이다. 길거리에서 만난 저 할아버지처럼 말이다.

길을 떠나 유랑하기 전에는 길바닥에서 생활하는 이들이 전부 거지로 보였다. 이제 보니 거지 중에는 '고수'들이 상당히 되는 듯하다. 눈을 부릅뜨고 볼 일이다.

(2007. 5)

애써 찾아간 화장성전 문이 닫겨 그 앞에서 신음하는 둥글 교주의 모습. "화장신이시여! 당신의 성전을 찾지 못하게 막는 저들(공원관리자)을 용서하소서! 저들은 스스로가 무엇을 했는지 모르나이다!" 하여간 괄약근을 조이며 고통에 신음하던 둥글 교주는 오리걸음으로 5백 미터 떨어진 다른 화장실을 사용하였다.

신의 자비를 체험하며

10월 말, 갑자기 들이닥친 추위. 이날은 밤새 뒤척이며 추위에 시달려야 했다. 습도가 높다 보니 둥글이의 몸에 추위는 더욱 극적으로 다가왔다. 흡사 소금물로 배추를 절이듯, 온몸 곳곳에 한기가 스며드는 것이었다. 사실 배추도 아닌 이들이, 둥글이가 글로 표현하는 이 추위를 상상하는 것은 부도덕한 일이다.

하여간 텐트에서 나와 보니 세상 천지가 된서리를 맞아서 허옇게 변해 있었다. 세상이 사과라면 서리 덕분에 당도라도 높아질 텐데, 이 서리는 전국 각지의 역에서 노숙하는 이들과 농작물 피해를 입은 농부들의 시름을 가중시킬 듯하다.

손과 얼굴이 꽁꽁 언 상태에서 짐을 꾸려 행차 준비를 하는 과정도 만만치 않은데, 이날 최대의 악재는 따로 있었다. 이미 그 재앙은 아침에 침낭에서 몸을 일으켜 세울 때부터 몸속에서 부글거리고 있었다. 하지만 추위 때문에 미처 깨닫지 못하다가 행장을 꾸린 직후 그 사실을 알게 되었다. 뒤에서 신호가 왔던 것이다.

근처에는 볼일 볼 수 있는 산도 없고, 풀숲도 없었다. 사방이 트인 논바닥뿐이었다. 일곱 시가 조금 넘은 시간이라 마을 안에 있는 관공서가 열렸을 리는 없고, 바짓가랑이 붙잡고 사정할 마을 주민도 눈에 띄지 않았다. 다행히 저 멀리 주유소가 있는 듯해서 초인적인 힘으로 뒤를 조이고 걸었지만, 도착해 보니 주유소 간판과 비슷한 모양의 현수막이었다. 밤새 한기에 떨면서 약해진 정신이 헛것을 본 것이다.

절망감은 더더욱 무겁게 둥글이의 마음을 내리눌렀고, 내리눌러진 아침 먹고 배불러 뒤가 무거운 자들아, 다 내게로 오라.
내가 너희를 싸게 하리니……. 마을 공용화장실 위로
아침의 서광이 비춘다.

절망은 장내 압력을 더욱 고조시켜 그 내용물을 금방이라도 세상을 향해 퍼부을 기세였다. 둥글이 뇌를 불신하게 된 후미 산출기관에서 "더는 못 해먹겠다"고 투덜대며 바람 빠지는 소리를 몇 차례 발생시킨다. 바야흐로 상황은 비극으로 치닫고, 둥글이는 인생의 쓴맛을 봐야 할 터였다. 하지만 이때…… 신의 자비가 마을 공동화장실 위로 두 팔을 벌리고 있는 것이다.

하여간 그렇게 쪼그려 앉아 '참된 쌈'의 행위를 통해 신의 자비를 경험하고 나서, 200그램 정도 가벼워진 몸으로 다시 힘찬 여정을 잇는다.

(2010. 10)

정겨운 초등학교의 밤

진주 가람초등학교의 한 구석이 그나마 텐트 치고 잘 만한 곳이었다. 야영할 만한 다른 적당한 자리가 없어서 이틀 후 다시 가람초등학교로 향한다.

학교 진입로에 있는 슈퍼에서 맥주 캔을 하나 사서 챙겼다. '술 적응 훈련'의 일환이다. 술 먹으면 잠을 잘 못 자는 체질을 바꾸려면 시간 날 때 이렇게 훈련을 해야 하리라. 그런데 슈퍼 주인 아주머니가 말씀하시길, 어제 아침에 가람초등학교 수위 아저씨가 슈퍼까지 찾아와서 내 행방을 물었다는 것이다. 가람초교에서 하루 묵었던 그젯밤 순찰하다가 나를 발견하고는 너그러이 야영을 허락해 주셨던 아저씨는 고생하는 내 모습이 안쓰러워서 다음날 아침밥이라도 챙겨 주려고 했는데, 내가 벌써 짐을 꾸려 떠난 것을 알고는 아쉬워서 슈퍼까지 찾아와 보셨다는 것이다.

하루가 지난 일이지만, 그 말씀을 들으니 너무나 반가웠다. 그래서 아저씨를 뵐 수 있을까 해서 교무실 쪽으로 갔더니 마침 알아보고 나오신다. 저녁에 또 텐트 치러 왔냐며 대뜸 숙직실에서 함께 자자고 하신다. 참으로 허심탄회하고 격의 없으신 분이었다.

교사들이 모두 퇴근할 때까지 볼일 좀 보다가 여덟 시쯤 되어 정문 앞에서 문단속하는 아저씨를 만나 함께 학교로 들어갔다. 밥을 냄비째 주서서, 상추에 된장국에 배 터지게 먹고 나서는 아저씨의 과거를 청해 들었다. 전북 진안이 고향인 아저씨는 40년쯤 전에 진주로 와서 젊을 때는 돈도 꽤나 벌었단다. 한때는 의류 관련 사업으로 진주에서 최고의 판매액을 달성하기도 했단다. 자제들도 훌륭하게 성장해서 여러 지역에서 교사를 하고 있다고 한다.

저녁 순찰을 도는 시간이 되었다. 나는 바람도 쐴 겸 어둑한 운동장 등나무 아래에서 어슬렁거리고 있었는데, 학생 둘이 플래시를 깜빡이며 나타난다. 처음에는 일진 녀석들이 아
닌가 했다. 유랑을 다니는 중에 초등학교
구석에 텐트를 치고 나면, 담배 피우는 애
들, 술 먹는 애들, 후배 군기 잡는 애들, 싸
우는 애들 등등 다양한 '흑역사'를 쓰는 아
이들을 접했기 때문이다.

하여 그 아이들을 보며 약간 경계를 했다. 그런데 아저씨가 나오니
아이들은 인사를 하고 나서 함께 학교를 순찰하는 것이다. 이 학교를
졸업한 학생들이라고 하는데, 모교 사랑의 마음으로 종종 이렇게 아저
씨와 함께 야간 순찰을 도는 것이었다. 참, 보다 보다 이런 친구들은 또
처음이다.

학교 주사님들 중에는 학교 구석에 몰래 텐트를 치고 있는 둥글이를
발견하고는 다짜고짜 신경질부터 부리면서 나가라고 하는 분들도 있
고, 소극적으로 활동을 지지하면서 "학교에 불 내지 말고 조용히 있다
가라" 며 허락해주는 분들도 있다. 그리고 반찬을 가져다주며 끼니 걱정
까지 해주시는 적극적 관심형도 간간이 있다.

또한, 세상살이 이야기를 들려주면서 근무 시간의 단조로움을 벗어
날 기회로 여기는 분들부터, "쉬었다 가라" 며 숙직실로 유인한 후 경찰
을 불러 신원조회시키며 간첩 신고 포상금을 노리는 분들까지 정말 다
종다양한 분들을 만났다. 그 무수히 지나쳐간 주사님들 중에서 이렇게
넉넉한 인품을 가진 분은 뵙지 못했다. 아마 아저씨의 넉넉한 인품이
아이들의 마음까지 움직인 듯했다. 아이들과 함께 학교 순찰을 도는 모

습이 참으로 특별한 기억으로 남을 듯하다.

그렇게 순찰을 마치고 숙직실로 들어가 이런저런 살아가는 얘기를 나누다가 잠이 들었고, 다음날 아침 짐을 꾸려 인사를 드리고 다시 여정을 이었다. 남은 유랑 기간 중에 또다시 이런 분을 만날 수 있을지……. 푸근한 기분에 마음이 가득 충전되어 발걸음이 사뿐하기까지 하다.

둥글이는 홀홀 단신으로 고독한 유랑을 다닌다고 허세를 떨고는 있지만, 사실 이런 분들과의 만남이 주는 포근한 감동을 징검다리 삼지 않았으면 어찌 여기까지 왔겠는가.

(2007. 6)

아이들로부터 받은 대접

공주도서관 휴게실에서 노트북과 핸드폰을 충전하면서 자료 정리를 하고 있는데, 오누이로 보이는 5, 6학년쯤 되는 꼬마 녀석들 둘이 살갑게 인사를 하는 것이다.

"아저씨 알아?" 하고 물었더니, 여자아이가 "학교 앞에서 스티커를 받았어요" 하는 것이다. 그러자 옆에 있던 남자아이가 갑자기 뭔가 떠오른 듯 "독수리가 기다리는 아이가 너무 불쌍해……" 하고 소리를 지르고, 여자아이도 "너무 불쌍해" 하며 따라서 안타까운 표정과 몸짓을 한다. 내가 나눠준 스티커의 내용을 떠올리며 하는 소리였다. 유랑 초반 3년 동안 열 종류의 스티커를 만들어 나눠주었는데, 그 중 하나를 받은 아이들이었다.

"너희는 스티커 안 버렸니?" 하고 묻자, "받아서 국어공책하고 수학 공책에 하나씩 붙였어요" 하며, 어떤 아이들은 책상에 붙이다가 선생님 에게 혼났다고 한다.

아이들이 싹싹하고 내가 하는 일에 관심을 보이기에, 책상에 앉아 이 런저런 환경교육 관련 플래시 파일을 보여주며 설명해주고, 별 사진 같 은 것들도 보여주었다. 마침 아이들이 도서관에서 컵라면을 받아다가 물을 부어 먹기에, 좀 빼앗아 먹으면서 ^^

그러고 있는데, 사내 녀석이 대견하게도 제 용돈으로 자판기에서 음 료수를 하나 뽑아 오더니, "마시면서 하세요" 하는 것이다. 아이들이 고사리 같은 손으로 그런 정성을 보인 것은, 내가 나눠준 스티커에서 무언가 느낀 바가 있었다는 것일 게다. 나는 이렇게 내가 뿌린 씨앗(?) 의 효과를 종종 길바닥에서 확인한다.

(2007. 10)

그래도 삶은 계속된다

오전 아홉 시경. 여수 시내를 향하는 대로변을 걷는데, 시골 마을 정류장에 버스가 멈추더니 한 무리의 할머니들이 버스에서 내린다. 할머니들은 저마다 짐이 잔뜩 담긴 무거운 다라이를 끙끙대며 버스에서 끌어내린다. 그 중에는 푸대를 서너 개 끌어내리는 할머니들도 있다. 새벽시장에 나갔다가 다 못 팔고 가져온 채소들이다.

누구 하나 성한 걸음을 걷는 이들이 없다. 게다가 집으로 가져 가야 할 짐의 무게는 더더욱 그들의 걸음을 불편하게 만들었다. 못 팔고 되가져온 채소들은 대충 나물을 무쳐 먹을 것이고, 그래도 다 처리하지 못하면 두엄자리에 던져질 것이다. 그럴 때면 여태껏 텃밭에서 들인 공이 한숨으로 뿜어질 것이다.

하지만, 집으로 향하는 그들의 표정은 지쳐 있어도 절망이 보이지는 않았다. 그들은 내일을 살아야 하기 때문이다. 한평생을 그렇게 살아왔듯이 '그럼에도 불구하고' 내일을 준비할 것이다.

다른 마을에서 보았던 할머니의 모습이
떠오른다. 정류장에 버스가 멈추더니, 지
팡이를 든 할머니 한 분이 힘겹게 내렸다.
마치 지리산 천왕봉에서 하산하듯 한없이
무거운 걸음이다. 버스 기사는 이제나 내
려갈까 저제나 내려갈까 백미러로 힐끔거
린다. 할머니는 허리가 안 좋은지 복대까지 하셨다. 그런데 한 손에는
장바구니가 들려 있었다. 장에 가서 물건을 팔고 거둬온 알록달록한 보
따리들이 그 안에 꾸깃꾸깃 쑤셔 넣어져 있을 것이다. 몇 발짝 불안하
게 걷던 할머니는 더 걷지 못하고 자리에 주저앉아 주변을 두리번거렸
다. 버스를 갈아타려고 기다리는 듯하다. 괜한 걱정으로 자꾸 시선이
그리로 쏠렸다. 텃밭에서 뽑아 장에 들고 간 채소를 다 팔 때까지 저런
모습으로 하루를 견뎌왔을 것이다. 마음 한편에 안쓰러움도 밀려왔다.

그때 지나는 차 한 대가 멈추더니 할머니에게 아는 체를 했다. 동네
사람인 듯하다. 할머니는 잘됐다는 표정으로 구부러진 허리를 어렵게
펴서 힘겹게 차에 올라탔다. 차는 이내 사라졌지만 할머니의 잔상은 그
곳에 그대로 머물러 있었다. 버스를 타고 물건 팔러 장에 오고 간 지난
오십여 년 동안 아마 그 자리에서 그 모습은 되풀이되었을 것이다. 그
날은 지인을 만나 무사히 하루를 끝냈지만, 다시 내일이, 모레가 계속될
터이니 어찌할꼬.

(2013. 5)

어머니들의 세월

시골 의원 앞이 아침부터 할머니들의
행렬로 분주하다. 할머니들이 의원을 찾는 횟수는, 자식들 먹여 살리려
밭에 나가고, 자식들 잘 돼라 잔소리하고, 눈에 안 보이는 자식들 걱정
에 애타 하던 시간의 누적된 양에 비례한다.

어린 시절에 우리는 막강한 권력자였던 엄마의 힘을 꺾어 보려고 무
던히도 그 속을 태웠었다. 거짓말과 계략과 술수와 짜증은 엄마를 이겨
내기 위한 우리들의 몸부림이었다. 하지만 세상의 모진 풍파에도 철옹
성같이 굳건하던 우리의 엄마는 어느새 병들고 늙어 있다. 세월은 그렇
게 언제까지나 든든한 장막이 되어줄 것 같던 우리의 엄마를 앗아갔다.
하루라도 주사나 찜질이나 약이 없으면 몸을 가눌 수도 없는 나약한 존
재로 만들었다. 세월은 이제 곧 그들을 흙으로 되돌려 놓을 것이다. 그
들이 한 줌의 흙이 되어 바람에 뿌려진 후에야 그 감사의 마음을 되새
길 터이니, 이것이 우리네 인생인가.

아침부터 비가 쏟아져 내린다. 쏟아지
는 빗속을 뚫고 산골을 두루두루 돌아온
버스가 그 안에 꼭꼭 들어찬 사람들을 읍
내 터미널에 털어낸다. 그 중 할머니 한 분
이 버스를 몇 번이나 오르락내리락하며 보
따리들을 내린다. 먼 텃밭에서 캐왔을 나
물 보따리를 손수레에 쌓아 올린다. 이 쏟아지는 빗속에서 어디로 가져
가 좌판을 벌이려는 것일까. 저녁 무렵, 비 맞은 채소를 떨이로 사가라

고 해도 손사래 치는 사람들의 무리 속에서 긴 한숨을 내쉬지는 않을지. 집에 돌아가는 손수레에 팔지 못한 채소 더미가 아니라, 적적한 가을밤을 달랠 군것질거리와 손자들에게 줄 장난감이 가득하기를……

알록달록한 코스모스 길 끝에서 할머니가 버스를 기다리신다. 한 번씩 차 오는 것을 살피고는 다시 주저앉아서 뭔가를 만지작거린다. 줄콩을 까는 것이다. 이렇게 잠시의 짬도 쉬지 않고 손을 놀리니 피부가 남아나겠는가. 자식들이 돌아가신 어머니 앞에서 뒤늦게 철이 들어 어머니의 손을 마지막으로 잡았을 때, 딱딱한 거북 껍질 같은 손은 이렇게 그들이 살아 생전 도무지 손에서 일을 놓지 않았기 때문이리라.

(2014. 9)

동정하지 말고 싸워야 하는 이유

천안삼거리의 중국집에 들어가서 볶음밥을 시켜 먹고 있는데, TV에서 흔히 말하는 '불우이웃'을 위한 모금 프로그램이 진행되고 있다. 화면 위쪽에는 전화번호와 모금 액수가 찍혀 있는데, 방송되는 애절한 내용에 감동한 이들이 전화번호를 누르면 천 원씩 올라가는 시스템이다. 그렇기에 이 프로그램은 필연적으로 사연의 주인공을 불쌍하게 만들어야만 한다. 시청자들의 눈물이 떨어지는 만큼 모금액이 올라갈 것이기 때문이다. 한숨이 뿜어진다.

2002년 월드컵 당시 이 프로그램이 특별 방송으로 편성되었다. 한국을 찾은 세계인들에게 '한민족의 따뜻한 감성'을 과시하기 위해서였다. 누군가 보고 있다는 생각에 너도나도 경쟁적으로, 혹은 애국심의 발로로 시청자들은 전화기를 눌러댔고, 상당히 기록적인 금액이 모아졌다고 한다. 이에 우리는 한국인으로서 뿌듯한 자긍심을 느꼈다.

그렇다면 이를 보는 외국인들의 반응은 어땠을까? 놀라워하는 이들이 몇몇 있기는 했겠지만, 대체로 "왜 저런 것을 하냐?"는 것이었다고 한다. 사람을 불쌍하게 만들어서 돈을 털어내는 프로가 이해되지 않았던 것이다. 빈곤층을 돕는 '제도'를 만들면 되는 것인데, 그들에게 전국적인 수치감을 주면서까지 돈을 구걸시켜서 되겠냐는 것이다.

아마 이 글을 읽으며 "정이 없다", "좋은 게 좋은 것 아니냐?", "그 나라 정서와 우리 정서는 다르지 않느냐?", "불쌍한 사람 돕는 게 뭐가 문제냐?" 하며 발끈하실 분들이 있으리라 믿는다. 그런데 보라. 다른 나라와 달리 저런 프로를 줄기차게 방송하는 이 나라의 모습이 어떤지를. OECD 복지 혜택 최하위, 소득 분배 최하위, 청소년 삶 만족도 최하위, 청소년 자살률 1위인 나라가 우리나라이다. 그러니 "이런 나라에서 자식 키우기 힘들다"며 아이를 낳지 않아 출산율까지 최하위가 되었다.

어째서 남에게 자선을 베푸는 마음은 이리 넉넉한데, 실제로는 정반대의 사회 분위기가 빚어지고 있는 것인가? 그것은 단순한 이유이다. 논리적이고 합리적인 시각으로 앞뒤 상황을 보지 않고 '온정의 마음'으로, 감상적으로 문제를 판단하기 때문이다. '감상'의 특징은 보일 때는 울컥하지만, 안 보일 때는 생판 잊어버린다는 것이다. 그러니 그런 프로그램이 나올 때만 이웃에 대해 아파하고 평소에는 아예 잊는 것이다. 일 년 내내 한산하다가 크리스마스 때만 복지시설에 물품이 쇄도하는 것도 그 때문이다.

이제 이런 온정주의적인 시각에서 벗어나, 제도적으로 소외계층에 대한 지원 방식을 정착시킬 필요가 있다. 그렇다면 저런 프로그램을 통해서 사람들을 눈물 짜게 할 이유도 없고, 국가의 책임 방기를 서민의 주머니로 땜빵할 필요도 없다.

문제는, '사회 소외계층에 대한 지원을 제도화시키려는 노력'이 한국 사회에서는 참으로 기괴하게도 '국가경쟁력을 떨어뜨리려는 것'으로 규탄받고, 심하게는 '공산주의, 종북좌파적 발상'으로 낙인 찍힌다는 것이다. 내 경우에도, 사회복지사로 장애인시설에서 근무하며 장애를 가진 이들을 밥 먹여주고 목욕시켜주고 할 때는 '천사' 소리를 들었다. 하지만 백날 그래 봤자 정부에서 복지예산 축소하면 한순간에 장애인들이 오갈 데 없는 신세가 되는 처지를 확인했다. 하여, 사회 · 제도적 차원에서의 복지사회 구현을 위한 고민과 실천을 하고 다니니 '사회 불만 세력', '국가 발전을 저해하는 세력'이라는 낙인이 찍혔다.

비근한 예로, 해마다 많은 사람들이 '소외계층에게 따뜻한 겨울을'

이라는 표어를 내걸고 거리를 돌아다니면서 모금 활동을 한다. 그런데 이명박 정부 들어 저소득층 겨울 난방비 지원 500억 원을 삭감했었다. 백날 천날 수천의 사람들이 떨면서 모금 활동을 하고 다녀도, 위정자들이 손가락 하나 까딱해서 예산조정 하면 수백 배 더 큰 부정적 파급력을 가져오는 것이다. 이런 문제를 제기하며 규탄했던 단체들은 이명박 정부로부터 단체보조금마저 삭감당했다. 박근혜 정권 들어서는 이러한 수법이 더욱 교묘해지고 있다.

이러한 상황들의 지속은 단순히 재벌 위주의 정책, 사회 불평등을 조장하는 몇몇 정치인과 관료들 때문만이 아니다. 그것은 근본적으로 '온정주의적 시각'으로밖에 세상을 살필 여력이 없는 국민 여론의 결과이기도 한 것이다. 온정주의적(혹은 감상주의적) 시각은 종합적이고 비판적으로 사회 문제를 살필 여력을 빼앗음은 물론이거니와 그러한 '비판적 활동' 자체를 좋아하지 않는다. 그들의 표어는 "좋은 게 좋은 거야"이고, 집합주의는 그 형제이다. 이렇기에 온정주의에 찌든 많은 국민들은 국가에서 추진하는 정책이나 제도를 반대하는 세력에 대해 반감이 유난히 높다.

여기에 수구 언론이 가세해서 "국가경쟁력을 높이기 위해서는 복지비 지출을 줄여야 한다"는 등 제멋대로의 기사들을 남발한다. 그러니 가뜩이나 잘 먹고 잘사는 데 목매는 병에 걸린 이들이 보기에는 '복지 축소'야말로 자기 주머니를 한 푼이라도 더 채울 수 있는 우호적 정책이고, 이를 반대하는 이들에게는 적대감이 드는 것이다. 이 결과, 대한민국의 노인 빈곤율 역시 OECD 최고가 되었고, 온갖 질병에 시달리면서도 하루 종일 폐지를 주워 5천 원 벌이를 하러 길바닥에 나서야만 하는 노인들이 늘어났다. 냉방에서 옷을 열몇 개를 껴입고 자다가 동사한 후 6개월 만에 발견되는 참혹한 일도 발생했다. 하지만 그들마저도 자신의 손으로 복지 축소 정책을 추진하는 정치인을 거듭 뽑게 만드는 왜곡된 현실인 것이다.

하여간 사회소외계층에 대해 '실질적' 관심을 가지려거든, 그들을 불쌍히 여기거나 (계란으로 바위 치기 격인) 자기만족적 자선 활동으로 끝낼 일이 아니다. 소외된 이웃 전반에게 최소한의 인간적 삶을 보장해줄 수 있는 제도 정착에도 힘써야 한다. 그것이 바로 동정 남발하는 것을 그치고, 나서서 비판하고 싸워야 하는 이유이다.

(2014. 10)

백의종군로를 걸으며

구례군 산동면에서 광의면 넘어가는 지방도 한편에는 '백의종군로'라는 표지가 중간 중간 세워져 있다.

민초들의 안위와 민족의 미래를 위해 사심 없이 자기를 내던진 이순신. 한민족 역사를 통틀어 최고의 전쟁영웅이자, 애절한 휴머니스트요, 베스트셀러(『난중일기』) 작가인 이순신은 억울한 누명을 쓰고 선조가 내리는 모진 국문을 받았다. 이원익, 이억기가 선조를 만류하고 정탁이 목숨을 걸고 신구차(伸救箚, 구명 진정서)를 올려 이순신은 극형을 면하고 도원수 권율 밑에서 일개 군관으로 복무한다. 그렇게 삭탈관직 당하고

한양에서 충청도, 전라도를 거쳐서 경상도 합천까지 이르며 병사들을 모았던 길이 바로 백의종군로이다.

조정이 해준 것이라고는 거듭되는 전승에 훈장은커녕 시기와 질투, 곤장, 사사건건의 시비였고, 왜와 싸워 빨리 죽을 수 있는 기회뿐이었기에 제 한 목숨 걱정하는 소인배 같았으면 "더러워서 못해 먹겠다"고 다 때려치고 산속으로 들어갔을 것이다. 하지만 그에게 중요한 것은 일신의 영달이 아니라 풍전등화에 놓인 나라를 왜로부터 지키는 것이었다. 전세를 뒤집을 수 있는 유일한 방법은 수군을 재건해서 왜의 병참로를 끊는 것이었다. 당시 왜군들은 부산포로 들어와 남원과 전주를 함락하고 충청도까지 올라온 터였으나, 그 외의 지역은 길이 험하고 산발적 저항이 계속돼 나라 전반에 세력을 미치지는 못하였다. 이에 왜군들은 수륙병진을 통한 한양 공격을 꾀했는데, 결국 수군을 이길 수 있는지 여부가 이 전란의 승패를 결정짓는 것이었다.

하지만 이순신이 한양에 끌려가 국문을 당하던 당시, 수군은 칠천량에서 대패하여 거북선이고 뭐고 다 침몰하여 이미 궤멸되다시피 했고, 이에 덩달아 육군의 사기도 떨어진 터였다. 임금인 선조까지 백성들을 버리고 의주로 피난갔던 상황에서 왜가 선단을 이끌고 서해로 진출하기만 하면 그걸로 국운은 다하는 것이었다.

이때 민족의 앞날에 대한 걱정이 가득한 흰 두루마기의 노구가 국문(鞫問)의 후유증으로 성하지 않은 몸을 이끌고 바로 이 길을 걸으며 전장에 함께 뛰어들 백성들을 찾아 나섰던 것이다. 이순신은 되는 대로 병참과 사람을 긁어모았다. 칠천량 해전에서 대패하고 남은 열두 척의 크고 작은 함선이 있었다. 이 함선들은 칠천량 해전 당시 경상우병사 배설이 불리한 전세를 확인하고 도망해서 회령포에 버려두다시피 한 배였다.

이러한 궁색한 상황을 살피던 선조는 이순신에게 수군을 폐지하고 권율 휘하의 육군으로 들어가라는 교지를 내린다. 하지만 이순신은 다음과 같은 유명한 문구가 포함된 장계를 선조에게 올린다.

"지금 신에게는 아직도 전선 열두 척이 남아 있나이다. 죽을 힘을 다하여 막아 싸운다면 능히 대적할 수 있사옵니다."

왜군은 얼마 전 칠천량 해전에서 140척의 조선 함선을 격파했던 지라 사기가 하늘을 찌르고 있었다. 조선 수군이 열두 척의 배를 가지고 자신들의 330여 척 대선단에 어찌해 볼 도리가 없을 것은 자명했다. 이렇기에 왜군은 이순신이 지휘하고 있을지라도 전세를 뒤집을 수는 없을 것이라고 얕본다.

하지만 그것은 왜의 오판이었다. 이순신은 '죽음을 각오한 결의'와 울돌목의 조류를 전술적으로 이용하여 왜군 330척의 선단을 대파한다 (명량해전). 이 전투에서 수군의 피해는 선박 0척, 사상자 백여 명 정도로 추산되는 데 비해, 일본군의 피해는 완파 31척, 반파 90척, 사망자 8천여 명에 이르렀다고 한다. 이로 인해 일본군의 수륙병진 작전은 완전히 무산되었는데, 명량해전은 그렇게 조선이 왜군의 기를 꺾어 정유재란의 승리를 일구어내는 교두보가 되었다.

세계 해전사의 4대 해전으로, 살라미스해전, 칼레해전, 트라팔가해전, (이순신의) 한산도해전이 기록되어 있는 바, 명량해전이 기록되지 않은 이유는 지극히 단순하다. 이 전투가 너무도 극적이고 12대 330이라는 엄청난 수적 불리를 극복한 신화 같은 이야기라서, 저들 서양의 사가들이 믿을 수 없다는 이유이다. 특히나 다른 해전은 국가의 전폭적인 지지 속에서 이룬 성과였지만, 이순신의 명량해전은 왕 이하 고관대작들의 암투와 병참의 절대 부족을 이겨내고 이뤄낸 성과로 그 유례를 찾아볼 수 없다. 이런 사실을 서양의 사가들은 신화로밖에 여길 수 없었던 것이다.

하지만 이것이 부인할 수 없는 역사적 사실임은 그 패전의 당사자 일본인들의 증언을 통해 뒷받침된다. 일례로, 1907년 당시 세계 최강을 자랑하던 러시아의 극동함대와 싸워 이겨 동아시아 제해권을 장악한 일본의 도고 헤이하치로 제독은 전승축하연에서 자신이 영국의 넬슨 제독을 능가한다고 우쭐댔다. 이에 다른 기자가 "조선의 이순신과 비교해서는 어떤가?" 하고 물으니, "이순신에 비하면 나는 부하 장교에 불과하다. 만일 이순신이 나의 함대를 가지고 있었더라면 세계의 바다를 제패했을 것이다"라고 대답하였다. 또한 2차대전 중 일본 해군이 진해 앞바다로 들어올 때마다 제를 지내고, 심지어 일본 함선 내에 이순신의 사당이 있었던 것은 그들이 이순신을 신으로 여기기 때문인데, 이는 명량해전을 겪은 그들 선조들에게 각인된 공포와 경외의 결과일 것이다.

한발 한발 백의종군로를 내딛는 내내 눈앞에 흰 도포를 입은 사내의 환영이 어른거리는 듯했다. 그렇게 걷는데, 한 무리의 어르신들이 길 한편에 모여 있다. 공공근로를 위해서 모인 마을의 어르신들이었다. 700여 년 전, 남루한 백의 차림으로 이 마을을 지나간, 오직 나라를 구하기 위한 일념으로 가득 차 있던 인물을 따라 함께 사지로 뛰어든 이들의 후손이리라.

(2013. 5)

행락객 예의범절

　　강원도 정선 가는 길. 중간 중간 농지로 만들어져 밭갈이가 된 곳을 보니 이건 완전히 자갈밭인 거다. 밭갈이가 된 곳은 거의 이런 몰골이었다. 이런 밭에 어떻게 작물을 심는지 궁금해서 마침 일하고 계시는 대기리 마을 어르신에게 여쭈었다.

　어르신은 땀을 훔치며 오시더니 이야기를 풀어놓는다. 자갈을 골라내고 싶지만, 골라내면 낼수록 끝없이 나오기 때문에 그럴 수가 없단다. 그래도 이 자갈밭이 강원도에서는 A급 밭이란다. 또한 자갈밭 농사가 농부에게는 수고스럽지만 작물에는 오히려 도움이 된단다. 물도 잘 빠지고 낮 동안 데워졌던 자갈이 밤에 식으면서 결로(結露) 현상이 생겨 뿌리에 좋은 영향을 준다고 한다. 강원도 산골이 아니면 들을 수 없는 생생한 이야기를 듣는다.

　어르신은 둥글이가 지역 풍토에 대해 관심을 갖는 것에 고마워하셨다. 여태껏 지나는 사람들 중에 다가와서 이런 것을 물어온 사람은 없었다는 것이다. 그러며 '행락객 예의범절'에 관해 중요한 말씀을 하신

다. 행락객들이 차 안에서 창문만 빠끔히 열고 묻는 태도는 대단히 실례라는 것이다.

논밭에서 일하는 중에 차창 밖으로 목만 내민 사람으로부터 질문을 받아본 적이 없었던 둥글이는 그렇게 질문을 받는 심정이 어떤지 생각해본 적조차 없었다. 그런데 어르신 말씀을 들으니 그 심정이 느껴졌다. 안 그래도 뜨거운 햇살 아래 고되게 일하고 있는데, 갑자기 차가 멈추고 차 안에 편안히 앉은 행락객이 고개만 쏙 내밀고 뭔가를 물어오는 것은 얼마나 기분 상하는 일인가? 더군다나 차창 밖으로 목만 내밀고 뭔가를 물어오는 이의 질문을 제대로 듣기 위해 일하던 농부가 일어서서 그에게 다가가야 하는 경우도 있다. 이러한 부조리가 어디 있는가? 한 인간이 다른 인간을 대할 때에는 최소한 상대방에 대한 존중의 마음을 보여야 하는 것이다. 앞으로 혹여나 들녘에서 일하고 있는 농부님들에게 길을 물으려거든 꼭 차에서 내려 다가가서, 땀 흘러내리는 얼굴을 마주 대하고 공손히 물어야 할 일이다.

(2010. 6)

문명의 충돌

앞서 한 초등학생이 둥글이에게 가출하지 말고 집에 돌아가라는 쪽지를 텐트에 두고 갔다는 이야기를 한 바 있다. 그 다음날 새벽 그 꼬마에게 답장 쪽지를 남기고 떠나기 직전이었다. 여섯 시 반경에 잠이 깨서 비 떨어지는 소리를 듣고 있는데, 누군가 텐트 주위를 서성인다. 서성이던 발걸음은 옆으로 바짝 붙더니 텐트를 들썩이기까지 한다. 깜짝 놀라 "예?" 하고 나가려 하니 40대 중반의 목소리가 "왜 여기서 주무시죠? 여긴 공원이에요!" 하고 사무적인 투로 한마디 던진다. 공원 관리인이 새벽 순찰을 도는가 하여 텐트 밖으로 나가니, 이미 저만치 가고 있다. 지나가던 산책객이다.

화창한 대낮에 산책객들의 발에 치일 곳에 텐트를 쳐서 통행을 방해하는 것도 아니고, 비 좀 피하기 위해서 발길이 거의 안 닿는 적막만 공원 한편에 텐트를 치고 잤을 뿐인데, 무슨 잘못이란 말인가. 내가 담배꽁초를 버리거나 침을 뱉는 5만 원짜리 중범죄를 저질렀다면 그러한 지적이 이해가 된다. 그런 것도 아닌데, 왜 텐트를 들썩거리고 시비를 거는가? 또 한 번 이렇게 정착민과 유랑족의 이질적 문명은 충돌한다. 더군다나 그런 잔소리는 내가 그들에게 하고 싶은 것 아닌가.

대중소비사회에서 욕망의 결과물을 쌓아두고 자신의 지위를 과시하기 위해 독점하고 사는 집. 그 집은 그들의 배타적 욕망이 문어발식으로 뻗어나가는 교두보로 작용한다. 사회의 구성원들이 그렇게 욕망을 극대화하려 기를 쓰니, 세상에 갈등과 전쟁, 살육이 끊이지 않고, 후손들의 존립 가능성이 위협을 받는 것이며, 자연이 무참히 도살되는 것이다. 집이 있으면 그 안에 쌓아둘 물건을 사들이게 되고, 집이 크면 클수록 많은 물건이 들어찬다. 그만큼 자연과 후손들의 미래가 착취된다.

하여 이러한 삶에 대한 반성으로 나는 집도 없이 배낭을 꾸려서 길바닥 삶을 살고 있는 터다. 나는 무언가를 더 사서 배낭에 챙겨 넣을수록 내 팔다리가 고생해야 하는 운명이기에 집을 가진 이들의 욕심은 흉내도 낼 수 없다. 바로 이것이 내가 그간 대중소비사회에 적응해 온 삶을 참회하는 방식이다. 그런데 내 눈에는 반성해야 할 삶을 사는 정착민이 유랑자인 둥글이에게 "똑바로 살아라" 하고 잔소리를 하는 것이다.

한편으로 그들의 불편함은 어쩌면 당연하다는 생각도 든다. 그들이 가지고 있는 일상의 도식에 내 삶이 들어맞지 않기 때문이다. 평일에는 열심히 일해야 하고, 야영은 유원지에서만 해야 하는 것이 사회를 잘 굴러가게 하기 위한 구성원의 미덕인데, 둥글이는 이러한 미덕을 저해하고 있기 때문이다. 물론 물질문명사회에 적응한 이들이 이질감을 더 많이 느끼도록 하는 것은 둥글이가 지향하는 바이기는 하다. 둥글이의 주 임무 중 하나가 바로 현대 문명의 중심부에서 그 문명을 뒤흔드는 것이기 때문이다. 비록 그 시도가 비루하고 보잘것없고, 흔들기보다는 오히려 흔들리는 데 정신없지만.

하여간 비가 잦아들 조짐을 보여 서둘러 짐을 꾸려 피난길에 나선다. 하지만 "왜? 여기서 주무시죠?" 하고 잔소리하는 목소리가 무서워서가 아니다. 가출한 아저씨에 대한 꼬마 녀석의 걱정을 덜어주기 위해서다. 그나저나 오늘밤은 또 어디서 어떤 문명의 충돌을 접할 것인지……

(2014. 4)

내 여태껏 오랜 유랑을 통해 터득한 사실 중의 하나는 '진지하게 사색하기'와 '코 파기'는 손가락 하나 차이라는 것이다.

자기 존재를 잊고 몰아의 사색에 잠긴 모습.

정신없이 코 파는 모습.

실로 인생의 많은 것이 이렇게 손가락 하나 차이다.

평화의 낮잠

동두천에서 연천군을 향해 북상하고 있는데, 거리의 간판이 온통 영문으로 도배되어 있고 외국인들이 점점 더 많이 눈에 띈다. 그리고 이내 미군 부대가 눈에 들어온다. 미군의 주요 야전기지 및 훈련장은 경기도 북부 지역에 주로 몰려 있는데, 대표적인 미군기지 도시가 바로 이곳 동두천이다. 1, 2여단이 각각 430여만 평의 엄청난 대지에 세워져 있는데, 총 11,000여 명의 미군 장병이 주둔해 있다고 한다.

하나라도 더 쟁취하려는 비타협과 무력의 상징 '군'. 겹겹의 무력이 평화에 오히려 걸림돌이 된다는 것은 인류 역사에서 실증되고 있지만, 그들은 아랑곳하지 않는 듯하다. 강력한 군사력은 상대국의 군사력 증강을 불러일으키며, '힘에 의해 만들어지는 평화'는 필연적으로 더 큰 힘에 의해 그 평화가 깨지는 아이러니를 빚어내고, 군사력을 유지할 능력이 없는 나라를 끊임없이 피폐하게 만들지만, 그들은 이에 전혀 관심이 없는 듯하다. 절대 우위의 군사력을 가지고 있는데, 약소국의 입장을 배려할 필요가 무엇이 있겠는가.

많은 사람들이 총 들고 전쟁에 나가는 것을 용기라고 착각하곤 한다. 그것은 용기가 아니고 공포이다. 진정한 용기는 총을 내려놓는 것이다. 이로 인해 상대편이 총을 내려놓을지 아니면 공격해 올지는 50대 50이지만, 현재와 같이 군비 경쟁을 한다면 종국에는 인류는 100퍼센트 멸망할 것이기에 '먼저 총을 내려놓는 용기'가 크게 남는 장사임이 분명하다. 그런 의미에서 전 세계 최고의 무기판매상인 동시에 전 세계 각

종 전쟁의 최대 수혜자인 미국이 '무기를 내려놓는 미덕'을 먼저 보여야 한다. 80년대 소련에서 아무 조건 없이 먼저 무장 해제를 하여 동서 냉전을 종식하고 평화의 시대가 잠시 도래했듯이, 이제는 미국에서도 그러한 미덕을 보여야 한다.

하여 둥글이는 진정한 평화란 무장을 해제하는 여유로운 마음에 있음을 보여주기 위해 동두천 미군 부대 앞 통로에 배낭을 내려놓고 바닥에 누워 평화의 낮잠을 한숨 자준다.

자본주의의 첨병 미국. 쉴 새 없이 자연을 착취하고 약소국을 쥐어짬으로써 자국의 사회 경제가 유지되는 그 야만적인 시스템을 떠받들기 위해 조직된 미군. 이들에게 가장 필요한 것은 마음의 여유, 즉 비움이리라. 그 여유와 비움의 상징적 행위인 '대낮 길바닥의 낮잠'을 통해서 인류 화합과 세계 평화의 뜻을 전해본다.

통행자들이 유난히 많은 토요일 오후. 헌신적인 '평화의 사도' 둥글이는 지나는 미군들의 군홧발에 채일 위험을 감수하고, 혈혈단신으로 미군 부대 앞에 침투해 들어가 낮잠을 감행하는 영웅적인 행위를 치러낸다. 지나는 미군들이 뭐라 뭐라 궁시렁거리는데, 학문이 짧아서 한 마디도 알아들을 수 없는 와중에도, 다만 '퍽유', '갓뎀' 등의 말이 튀어 나오는지에만 귀를 곤두세운다. 만약 그런 말이 미군들의 입에서 튀어 나온다면 즉시 일어나서 "Reflection(반사)!" 하고 한마디 해주리라.

둥글이는 이후로도 시청, 경찰서, 도서관, 학교는 물론 인도와 도로, 주차장 등 곳곳을 찾아다니며 '평화의 낮잠'을 실행하고 평화혁명의 불꽃(?)을 전국에 불사르고 있는 중이다. 남들이 알아주든 말든.

(2009. 5)

강원도 화천 가는 길

철원에서 화천 가는 길은 길도 꼬불꼬불하려니와 교차로에 이정표가 안 세워진 곳이 많다 보니 대충 짐작으로 가다가 낭패를 볼 수도 있는 상황이었다. 길을 물으려 작은 동네 입구의 카센터에 들어가니, 일하던 분이 갑자기 활짝 웃으면서 반가워하신다. "어? 저번에 노동당사 앞에서 봤는데……."

화천 노동당사. 정부의 설명에 의하면 이 건물은 1945년 해방 이후부터 6·25 전까지 북한이 공산주의 이념을 전파하기 위해 사용했던 건물이라고 한다. 그런데 한편으로는 친일 잔재를 청산하고 민족 정기를 세우기 위한 목적으로도 쓰인 건물이다. 친일파들을 죄다 끌어안았던 이

승만 정권과 공산주의 세력과의 격전의 중심지가 될 운명을 안은 건물
이었다. 이 건물은 당시 철원읍 시가지에 자리하고 있었는데, 치열한
격전 중에 다른 건물들이 대부분 무너졌지만 견고하게 만들어진 덕에
전란을 버텨내고 지금까지 남아 있다고 한다. 그때의 총포탄 흔적이 곳
곳에 남아 있다.

내가 그 노동당사 건물 옆에서 잠시 쉬
었었다. 그런데 여장을 꾸려 출발하기 전
다리 운동을 하다가 삭은 개량한복 바지가
찢어졌다. 청테이프를 바지 안쪽에서 찢어
진 곳에 붙이고 출발했는데, 그때 주변에
몇몇 사람들이 있었다. 아마 옆에서 그 모
습을 지켜봤던 분인 듯하다. 반가운 마음에 전단지를 꺼내 하나 드린
다. 아저씨는 미소와 함께 물 한 잔을 건네며 자세히 길을 알려주신다.
가벼운 마음으로 화천으로 향하는 발걸음을 옮긴다.

고지를 오르는 길에 작업을 끝내고 부대로 복귀하는 군인들을 맞닥
뜨렸다. 선두에 선 중위에게 "수고하십니다~" 하고 인사를 했더니, 대
꾸도 없이 그냥 간다. ㅠㅡ 간첩같이 보여서 그런가? 중위이면 둥글이
랑 최소한 열 살 차이는 날 것이고, 미래가 안 보이는(제대할 날짜가 까마
득한) 인생을 살 텐데, 이렇게 안면을 까다니. 젊은 군인이 인사하는 어
른에게 고개 뻣뻣이 들고 가는 이 처참한 현실이, 남북분단이라는 특수
한 상황에서의 '군인과 민간인의 접촉'이었다는 이유만으로 용서될 수
있단 말인가! 아, 슬프도다! 내 인사 물러 줘.

화염을 뚫고 이십여 킬로미터를 걷다 보니, 이제 화천까지는 사십여 킬로미터가 남았다. 주변에 산과 계곡이 많아서 좋기는 한데, 길가에 누워서 쉴 공간이 없다. 45분 걷다가 15분씩 쉬는 것을 반복하는데, 여기서는 한 시간을 계속 걸어도 쉴 만한 나무 그늘이 없으니 참으로 힘들다. 더군다나 갑자기 충격적인 전경까지 접해야 했다.

허걱! 이게 뭐야? 민통선 13구역 초소!

길을 잘못 온 것이다. 예정대로 왔으면 민통선 지역에 들어올 리가 없는데, 지도를 다시 보니 사거리에서 길을 잘못 들어온 것이다. 사거리에 표지가 없어서 공사하는 인부에게 물었던 것이 사달의 시작이었다. 땡볕에서 일하느라 제정신이 아닐 이에게 지도를 보이며 "이 길이 이 길입니까?" 하고 물어보았으니……. 그의 "네" 하는 대답을 철썩같이 믿고 걸어왔건만, 덕분에 엉뚱한 길로 접어들어 강원도 산고개를 두 개 더 넘어야 할 운명에 처했다.

하여간 초소가 있으니 어쩐다? 민간인 통제구역이어서 아마 통행증 없이는 못 지나가겠지만 사정 얘기 좀 해야겠다. 아니면 6, 7킬로미터를 돌아가야 한다. 다행히 신분 확인 후에 통과시켜준다.

안도와 함께 긴장이 풀리면서 갈증이 밀려온다. 물통이 바닥난 터라 물 좀 달라고 하니, 검문소에는 물통이 없단다. 근무자들은 물도 못 먹는가 보다. 그런데 병장쯤 되어 보이는 선임병이 쫄따구에게 근처 부대에 가서 물을 떠 오라고 시킨다. 내가 군대 있을 때는 주머니에 건빵이며 음료수에 라디오까지 넣어 다니며 소일했는데, 근무지에서 물도 못 먹게 하다니. 하여간 심부름 갔던 병사는 꽉 채운 물통을 건네주면서

수고하시라고 격려까지 해준다. 이거 너무 미안하지 않은가?

　이 미안함이 마음속 오래된 채무감과 맞물린다. 군생활하던 시절, 외부에서 작업을 하고 돌아오는데 민간인이 지나가다 수고한다며 내게만 원짜리를 쥐어준 일이 있었다. 그 당시 물에 된장만 풀어서 간도 제대로 안 보고 끓이는 일명 '똥국'(된장국)에, 먹어도 배가 차지 않는 통일벼로 지은 밥은, 철망에 갇혀 자유를 향해 늘 허우적거리는 나의 심리적 허기까지 배가시키고 있었다. 그런 터에 길 가는 행인이 쥐어준 만원짜리 한 장은 피엑스(PX)의 풍요로움으로 나를 이끌었다.(그날 무슨 작업을 하고 돌아왔는지는 군사 기밀이기 때문에 전부 밝힐 수는 없어도, 하여간 오른손에는 삽을 들고 있었다.)

　당시 받은 금액에 물가상승률 감안해서 나는 두 장을 꺼내 "이거 뭣 좀 사드세요" 하며 위병소 근무자에게 전한다. 그런데 이를 본 근무자들이 기겁을 하면서 뿌리치는 것이다. 위병소 근무자로서의 특수성이 있는 듯했다. 하지만 간첩이 찔러주는 것도 아니고, 과거의 빚을 갚으려는 것이기에 좀 받아줬으면 하는 심정이었지만, 군율이 그렇다면 어쩔 수 있는가. 그냥 수고하라 격려하며 돌아서 걷는다. 젊은 친구들이 참 기특해서, 후에 육군 홈페이지에 들어가서 "한 달 휴가 및 1계급 특진 상신문ㅠㅜ"을 올리는 것으로 그 고마움을 대신했다.

13구역 위병소에서 한 시간쯤 걸어 마현 2리의 '승리전망대 매표소' 옆에 텐트를 세운다. 하루 종일 강행군에 몸이 떡이 되다시피 하고 발바닥이 뭉개져 죽처럼 흘러내릴 지경이었는데, 그나마 한 뼘의 쉴 곳을 얻으니 안도감이 밀려온다.

그런데 마을 입구에 '입주기념비'라는, 다른 지역에서는 듣도 보도 못한 특이한 기념비가 하나 세워져 있었다. 그랬다. 이곳은 1960년대 후반 박통 때, 민통선 북방 전략촌 건립 계획과 유휴농지 개발을 목적으로 만들어진 마을이었다.

인근 가게에서 물을 길어 오려고 하는 중에 말씀을 나누시는 어르신 두 분이 계셔서 그간의 인생 여정을 여쭙는다. 한 분은 비교적 최근에 들어오셨지만, 나이가 더 많은 어르신은 1968년 당시의 입주 1세대라고 하신다. 1세대 입주 어르신의 말씀으로는, 이곳 민통선에 입주 희망자를 모집한다고 하여 신청했더니, 군 막사를 지어 놓고 거기 살라고 하면서 구획을 나눠줬다는 것이다. 물론 그때는 지금과 같은 평평한 땅이 아니라 그야말로 거친 자연 그대로의 산과 천밖에 없었단다. 처음에는 삽과 곡괭이로 돌을 캐내고, 논과 밭을 다지면서, 손발이 부르트도록 밤낮으로 일만 했단다. 그때에는 동네에 편의시설은커녕 상점도 없었다

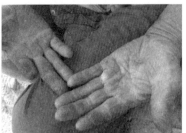

고 한다.

그렇게 초반 십 년간은 막사 생활을 하면서 논과 밭을 일구었단다. 1970년대가 지나서야 경운기가 등장했는데, 마을마다 한 대씩 지원이 되었다. 연세가 일흔여섯이라는 어르신은 그렇게 간략한 마을 개척사를 들려주시고는 "일하러 가야겠다"고 일어나신다. 부지런함이 평생 몸에 밴 결과인지 젊은이처럼 날래시다.

어르신의 노고로 개간되었을 마현리의 논과 밭이 예사롭게 보이지 않는다. 중장비를 동원해서 순식간에 자연을 갈아엎는 개발의 풍경에 적잖이 반감이 있었던 터이다. 하지만 이렇게 한 인간이 삽 한 자루를 들고 자연과 맞서서 만들어낸 풍경은 정말 경이롭다. 그렇게 삽 한 자루로 일구어진 산골 마을에서 고요한 밤을 지냈다.

다음날 다시 짐을 꾸려 떠난다. 너른 산야에서 포대 훈련하는 장면을 지나쳐 조금 더 걸으니, 초장부터 시작되는 말고개의 험한 여정이 심리적 압박을 더한다. 입에 소금을 털어넣고 한발 한발 지옥을 걷는 듯한 고갯길 여정. 길을 잘못 든 대가이다. 한 시간 동안 고개를 기어오르면서 땀으로 몸을 절인 시지프스의 노고는 생략하겠고, 고개의 정상이 철원과 화천의 경계이다. 그 경계를 넘어 내리막길을 타고 미끄러지면서 주변을 두리번거리는 중 시원한 개울이 눈에 들어온다. 그래, 강원도 유랑은 이 맛이 있다.

목욕한 지 일주일이 넘었기에 매일 밤 찌든 땀 때문에 잠자리가 껄끄러웠던 터다. 국도에서 벗어나 짐과 옷을 홀러덩 벗어 한쪽에 던져 놓고 개울에 뛰어든다. 다만 주변을 지나던 선녀가 옷을 강탈해 가지 않을까 허겁지겁 씻는다. 설화를 많이 듣고 자랐는지라, 옷을 빼앗기고 평생 몸종 생활을 해야 할까 봐 겁이 났기 때문이다.

이날은 아침도 제대로 챙겨 먹지 못하고 일곱 시부터 행군을 시작했다. 거기다 현역 군인들도 벌벌 떠는 말고개를 넘어 다섯 시간을 걸었더니 몸에 저장된 모든 에너지가 소진되면서 연료 공급을 요구하는 경적이 꼬르륵거렸다. 하지만 좌우로 군부대만 보이고 마을이 눈에 띄지 않는다.

너무도 배가 고픈 나머지, 군부대에 딸린 절에 찾아 들어가 밥 한 끼 얻어먹을 수 있을지 여쭌다. 주지 스님은 없고 군종병만 있는데, 자기도 밥은 부대에 들어가서 먹는다고 미안한 심정을 표한다. 알았다고 인

사하고 뒤돌아서니 눈앞에 부대의 위병소가 들어온다. 길 따라 계속 내려가도 식당이 있는 마을이 나온다는 확신도 없고, 배는 너무 고파서 결단을 내린다. "짬밥이라도 얻어먹어야겠다!"

사실 둥글이는 구걸해서 먹고 사는 사람이기는 해도 사회적 체면이 있어, 군대 짬밥 얻어먹을 생각은 이날 오전까지 단 한 번도 해본 적이 없었다. 하지만 아사 직전의 상태는 여태껏 쌓은 명성이고 뭐고 다 필요없이 둥글이를 군부대 위병소로 이끌었다. "저기 밥 한 끼 얻어먹어야겠는데, 일직사령(그날 당직 서는 장교)님 계신가요?"

새파랗게 어린 위병근무자는 "살다 살다 별일도 다 겪네" 하는 표정으로 "일직사령님 나가셨습니다. 밥은 줄 수 없습니다" 하고 단호히 답변한다. 잠깐 동안 머릿속 뉴런의 움직임이 활발해진다. "영양실조를 가장해서 쓰러지면 밥 한 끼는 먹여서 보내지 않을까?" 잔머리를 굴려보지만, 의무대 차량에 실려 민간 병원으로 보내질 수도 있기에 선뜻 실행하기도 어려웠다.

어쩔 수 없이 입맛을 다시며 다시 내리막길을 걷는데, 종합테마마을(?)이 나타난다. 30여 미터의 간격을 두고 여관, 잡화상, 철물점, 약국, 분식점은 물론 암자까지 세워져 있다. 번영을 구가했던 마을이지만 그것은 과거의 기억일 뿐, 집집마다 채워진 자물쇠들은 녹이 슬어가고 있

었다. 시대가 좋아져서 웬만한 물품은 부대 내에 비치되는 한편, 교통편이 좋아져서 군인들이 읍내까지 쉽게 오가기 때문에 장사가 안 돼 문을 닫은 듯했다. 혹시나 가게에서 과자 부스러기라도 팔지 않을까 잔뜩 기대를 하며 기웃거리다가 실망만 하고 돌아섰다.

계속 내리막길을 걷다가 갓길에서 어렵사리 찾은 그늘에 배낭을 내려놓고 한숨 돌리려는데, 탱크들이 왕왕거리며 지나는 통에 안식을 취할 수 없다. 곳곳이 군부대이고, 지뢰밭 표지는 물론, 부대의 천리행군을 축하하기 위해 상가회에서 내건 현수막 등 일상에 어우러진 군의 문화가 이채로운데, 쉬는 길 옆으로 탱크까지 지나가니 전쟁통 속에 있는 느낌이다.

그렇게 어수선한 기분으로 잠시 쉰 후 다시 국도를 따라 하염없이 걷는데, 뜬금없는 표지를 하나 접한다. "좌익폭력 몰아내어 민주안정 이룩하자." 화천경찰서에서 세워 놓은 것이다. 1960~1970년대 박통 때나 어울리는 표지가 서 있음에 깜짝 놀라지

않을 수 없다. 그것도 화천경찰서 이름으로. 치안을 담당하는 공권력의 보루라면 "간첩 잡자", "무장공비 섬멸하자" 따위의 간판은 내걸 수도 있다. 그런데 "좌익폭력 몰아내자"라니. 마치 좌익의 폭력이 사회

를 계속 불안하게 만들고 있고, 이들을 몰아내고 우익만 남아야 민주 안정이 가능하다는 투다. 가스통과 모형총기를 들고 발포 협박을 하며 설치는 우익 할배들의 폭력은 방조한다는 의미인가? 차라리 "사회폭력 몰아내자"라고 하든지.

휴전선을 맞대고 있는 지역의 독특한 정서가 만들어내는 풍경들을 접한 뒤 산길을 하루 더 걸어 화천 읍내에 도착한다. 그리고 겨울에는 '산천어 축제'로 북적대지만, 여름에는 한산한 화천 천변에 텐트를 치고 하루를 묵었다. 여느 지역에서와 마찬가지로 이곳에서도 며칠 묵으면서 이곳 아니면 경험할 수 없는 다양한 사건들을 경험할 것이다.

(2009. 5)

우리는 부자다

길 한쪽에 산딸기가 풍성히 열려 있다. 목이 타던 차라 걸음을 멈추고 정신없이 털어 먹는다. 물 받을 곳이 막막한 산길에서 이렇게 갈증을 해소할 수 있도록 아낌없이 스스로를 내주는 산딸기가 너무 고맙다. 그 고마움에 대한 보답으로 씨가 씹히지 않도록 혀로 눌러서 즙만 터뜨려 먹는다. 그리고 20여 미터 벗어난 풀밭 사이에 씨를 뱉어낸다. "퉤이~ 퉤이~!"

나는 그 달콤함을 맛봐서 좋고 산딸기는 자신의 종족을 좀 더 넓게 퍼뜨릴 수 있으므로, 서로 남는 장사를 한 것이다. 더군다나 내 뒤를 따라올 이들도 내 덕에 그 달콤함을 맛볼 수 있음에랴. 자연을 쥐어짜서 그 엑기스를 통장에 쑤셔넣으려 혈안이 되어 있지 않는 한, 이렇게 우리는 자연 안에서 함께 부자다.

길에서는 다양한 풍요를 접한다. 밤나무, 감나무, 배나무, 대추나무는 기본이고, 수확을 끝낸 포도나무에 붙어 있는 포도송이들도 지친 몸에 생기를 불어넣는다. 두엄자리에서 자라는 개구리참외는 물론이거니와 산중에는 종종 머루덩굴도 발견되어 풍요를 더한다. 인심 좋은 농부님들은 밭에서 키우는 사과, 가지, 자두 등도 따서 건네신다. 밭에서 캐고 있는 고구마를 하나 얻어 수돗가에서 씻어 한입 베어 먹는 그 시원함과 고소함은 지친 몸을 확 풀어준다.

둥글이가 유난히 좋아하는 길거리 열매 중의 하나가 오디이다. 시골 마을 어귀에 자라는 오디는 주민들이 아예 손도 대지 않는 경우가 많다. 어느 날인가는 장정(長程)으로 갈증이 나던 터에 하천 옆 뽕나무에

실한 오디가 다닥다닥 붙어 있는 것이 눈에 들어왔다. 열매가 실한 것은 하천 바닥에 뿌리를 뻗고 있다 보니 항시 수분과 양분을 취할 수 있기 때문인 듯했다.

십여 분 동안 정신없이 오디를 따 먹어 뽕나무는 거의 초토화되었다. 이러한 둥글이의 식사를 방해하는 것은 오직 딱정벌레였다. 허겁지겁 오디를 따먹다 보면 뭔가 "바삭" 하며 씹힌다. 하여간 배가 부를 정도로 정신없이 열매를 따 먹고 돌아서는 길에는 입가를 적신 달콤함을 혀로 빙 둘러 닦아낸다.

아마 이날 둥글이와 정면으로 마주쳐 지나간 차들의 운전자들은 둥글이의 모습을 보고 깜짝 놀랐을 것이다. 오디를 따느라 손이 보랏빛으로 물들었을 정도인데, 허겁지겁 주워 먹다가 오디즙이 터져 입가에 흘렀을 것이고, 그것을 또 염색된 혓바닥

으로 빙 둘러버렸으니, 보랏빛으로 빛나는 둥글이의 입술이 얼마나 섹시하게 보였을 것인가? 당시 이 사실을 눈치 채지 못하고 "환경을 지키자"는 조끼를 입고 시종일관 결연한 표정으로 걸었으니, 보는 이들의 충격은 얼마나 컸겠는가?

이렇게 길 위에서 벌어지는 다양한 먹거리의 향연이 나를 풍요롭게 만든다.

(2013. 7)

여행을 떠나온 자의 미덕

2011년 초, 모 중앙방송국으로부터 메일이 왔다. 방송작가가 보낸 메일에는 자신들의 프로그램이 한 달 정도 찍어 만드는 수박 겉핥기식 프로가 아닌, 한 인간의 생을 조망하는 거대한 프로젝트란다. 일 년을 찍어서 연말에 특집으로 방송된다고 한다. 그래서 내 인터넷 카페를 계속 모니터링해 왔는데, 이번에 취재하고 싶단다. 유유자적 산하를 유랑하면서 초등학교 앞에서 캠페인하는 모습을 취재하고 싶다고 한다.

나는 탐탁지 않았다. 방송국에서는 내가 유랑을 다니며 초등학교 앞에서 전단지를 나누는 '이쁜 모습'(?)만 찍어 갈 것이 우려되었기 때문이다.

사실 둥글이는 이쁜 짓도 하지만 사납기도 하다. 그리고 나름대로는 그러한 야성을 연마하고 있다. 왜냐하면 자라나는 새싹을 포근히 잘 다독여주기도 해야 하지만, 어긋나 자라는 가지에 대한 가지치기 역시 병행해야 하기 때문이다. 이 말은 보수적인 시각으로 기존에 존재하는 것들을 보듬는 활동도 필요하지만, 개혁적인 시각으로 잘못된 것에 단호히 목소리를 내고 투쟁을 하기도 해야 한다는 이야기이다.

2대에 걸쳐 병역을 기피한 것이 드러난 비양심적인 국회의원을 상대로 전단지 3만 장을 만들어 뿌리며 퇴진을 위한 캠페인 활동을 하다 고소까지 당하고, 비리 혐의로 공무원직 그만둔 전직 시의회 사무국장이 지방선거에 시의원 후보로 나온다고 해서 규탄 활동을 하고 다니다가 선거법 위반으로 처벌되기도 하고, 용산참사 현장에서 6개월, 강정마을에서 2년 동안 머물며 부당한 국가공권력과 싸웠던 것 등은 바로 그 때문이었다.

하여 둥글이는 작가에게 답장을 보내 "내가 하는 사회비판적인 활동까지 함께 다뤄주지 않는다면 취재에 응하고 싶지 않다"는 입장을 밝혔다. 작가는 피디와 상의해 보겠다고 했다. 하지만 역시 방송국은 아름답고 포근하며 누가 봐도 수긍할 만한 학교 앞 '인간사랑 자연사랑' 캠페인과 목가적이고 낭만적으로 느껴지는 유랑에만 관심을 가진 듯했다. 그 후로 연락이 끊겼다.

한편으로 아쉬움이 밀려왔다. 특집 프로에 얼굴 한번 나가면 유명세 덕분에 앞으로 텐트 치고 자다가 쫓겨날 일이 없을 것은 물론이거니와 이래저래 잡다한 먹을거리가 생길 것이다. 하지만 이는 일상을 떠나온 자(유랑자, 여행자)가 갖춰야 할 미덕이 아닐 것이다.

'여행을 한다'고 함은 세상의 곳곳을 직접 자신의 발로 밟아 걸으며 가장 느리고 낮은 자세로 세상과 하나 되는 기회를 얻는 것임을 뜻한다. 이러한 여행자는 이방인으로서 각 지역의 문화와 사회, 풍토를 접하고, 그곳 민중의 생활부터 자연 환경에 이르기까지 모든 것을 편견 없이 체험적으로 받아들인다. 그리고 수많은 경험을 통해서 그의 마음속에는 바람직한 생존과 삶에 대한 어떤 가치가 형성될 것이다. 진정한 여행자의 미덕은 바로 이를 통해서 '인간과 자연이 존재해야 할 가장 긍정적인 원형'을 구축하고, 그 앎과 경험을 통해 얻어낸 에너지로 세상을 풍요롭게 만들기 위해 나서는 데 있다.

결국 진정한 여행자는 평화주의자이고, 인권운동가이며, 환경운동가인 동시에 사회개혁가여야 한다. 진정한 여행자는 그 경험을 통해서 자기 자신의 영혼을 살찌울 뿐만 아니라, 세상의 질병을 치유하고 세상을 풍요롭게 한다. 이러하지 못한 이들은 기실 여행자나 유랑자이기보다는, 다만 구경꾼일 뿐이다. 그러기에 나는 내가 꿈꾸는 진정한 여행자가 되기 위해 서투르게라도 노력해 왔던 것이고, 내가 여행을 통해서 얻어낸 가장 중요한 통찰을 훼손하여 방송에 보여줄 수 없었던 것이다.

그러한 결단을 하며, 이 나라에서 가장 유명한 여행가를 떠올린다. 40킬로그램의 배낭을 메고 지구를 몇 바퀴 걸어서 탐험했다는 무용담을 부풀리는 것이 주요 임무인 듯 보이는 그는 허구한 날 방송과 언론에서 마치 자신이 여행가의 진정한 표상인 것처럼 포장해 왔다.

진정 그가 여행자로서의 미덕을 체득했다면, 이 땅의 수많은 불의와 부조리, 반인권, 반민주, 반환경에 대해 이야기하지 않을 수 없었을 것이다. 하지만 그가 이에 대해 한마디의 이야기라도 했다는 소리는 들어보지 못했다. 용산참사, 4대강사업, 쌍용자동차 사태, 강정마을, 밀양과 청도, 촛불집회, 핵발전 정책, 세월호 등등 사회적 갈등 사안과 이슈에 대해 그가 사적인 장소에서라도 거론했다는 이야기를 찾아볼 수 없었다. 인터넷을 뒤져 봐도 그러한 문제에 대해 단 한 줄의 사적인 푸념도 없다. 그러한 얘기를 입에 담는 즉시 방송과 언론에서는 의심의 눈초리를 보내고, 주가가 떨어지며, 섭외가 뜸해지다가 심하면 퇴출까지 됨을 그도 알았으리라.

하여 나는 그가 여행 전력을 자신의 유명세를 높이는 데에만 이용하는, '여행자의 미덕'을 조금도 갖추지 못한 이임을 확신한다. 대신 그는 교묘하게도 아프리카의 헐벗고 굶주리는 이들을 자신의 이야기에 끌어들인다. 헐벗고 굶주려서 밥 한 끼 먹지 못해 죽어가는 아이들을 자신의 이야기 소재로 만들어서, 보편적인 인류애에 불타고 있는 것처럼 스스로를 포장한다. 참으로 대단한 기술이다. 그렇게 아무런 정치적 편향이 없고 위험 부담이 없는 보편적인 문제를 거론함으로써 그의 주가는 끝을 모르고 상승한다.

그는 굶어 죽는 아이들이 발생하는 원인이 강대국의 패권주의와 식민지 전략, 신자유주의적 질서 때문이기에 "근원적으로 제3세계 아동의 고통을 줄이기 위해서는 그러한 부조리까지 개선해야 한다"고 문제의식을 확대하지 않는다. 그렇게 문제를 확대하여 조금이라도 정치적 편향(?)을 띠게 되면, 방송과 언론은 더 이상 그를 부르지 않을 것을 누구보다 잘 아는 것이다.

그가 누구보다도 탐험심이 강하고 용감한 것은 인정한다. 하지만 그렇게 장시간 여행을 다녔음에도 여행자로서의 미덕을 갖추지 못한 인물은 지극히 찾기 힘들 것이다. 참으로 아이러니칼한 것은 이러한 인물이 최고의 여행가를 넘어 탐험가로까지 칭송받고 있다는 사실이다. 소외계층에 대한 동정심을 최고의 미덕으로 아는 상당수 한국인들로부터는 성녀 비슷하게까지 취급받고 있다. 그가 구호팀장으로 있던 단체가 후원금 상당 부분을 선교 사업에 쓰고, 불교 국가에 선교하러 들어가 말썽을 일으켰다는 사실 등은 전혀 문제가 되지 않는다. 특히 인도에서 한국인 실종자가 천여 명을 넘으면서 "그의 무분별한 오지 여행 부추김과 속속들이 밝혀진 거짓말을 그대로 믿고 추종한 결과도 이에 일조한다"는 비판의 목소리가 높지만, 이 역시 문제되지 않는다. 이미 국민적 영웅이 되었기에 그러한 잡음들은 자연스레 걸러지는 것이다. 또한 OECD 최고의 노동 시간을 자랑하는 한국인들의 '떠나고자 하는 열망'이 이런 문제를 살필 수 있는 냉정함을 가로막은 탓도 있으리라.

부디 이 땅에 진정한 여행의 미덕을 체득한 인물이 여행을 논하는 시기가 오기를 바랄 뿐이다.

(2014. 8)

나도 명색이 혁명가다! ㅠ—

모 도서관 열람실에 들어가서 시험 공부나 취업 준비를 하고 있는 학생들과 일반인들 옆자리에 '인간사랑 자연사랑 — 지구 구하기' 전단지를 하나씩 올려놓았다. 잘 먹고 잘살기 위해 공부하는 사람들에게 "잘 먹고 잘살기 위한 노력을 포기하라"는 메시지가 담긴 전단을 나눠주는 것도 일종의 혁명인지라, 혹여나 저항 세력이 들고 일어나 등에 볼펜을 꽂을까 봐 전단지를 나눠주는 내내 식은땀이 흘렀다. 하지만 명색이 혁명가로서 그 정도의 위험은 감수해야 하지 않는가!(비장, 결연)

홀로 배낭을 짊어지고 도심을 휘저으면서 정착민들이 탄탄히 짜 놓은 조직적 삶의 구조에 저항하는 둥글이. 도로가나 번화가 혹은 국가기관과 군사기지 정문 앞에 배낭을 내려 놓고 벌러덩 누워 잠을 청하거나 야영을 하는 그 공격적인 활동은, 고도로 제도화되고 규격화된 일상에 대한 폭격이고, 그가 뿌리는 전단지는 대 중소비문화라는 악령이 씌워진 좀비 사회에 발사하는 은탄환이다.

물론 둥글이가 낮잠 자는 옆을 지나치며 "전쟁통이야?"라고 수군거리는 아가씨들이나, 받아든 전단지를 구겨서 둥글이 발 앞에 버리는 초딩들로 인해서 그 혁명의 가치는 폄하되고 고비를 맞곤 한다. 하지만 둥글이의 투쟁이 여느 혁명가들의 그것과 비견되는 영웅적(?) 활동임은 그 혁명의 반발 세력들이 끊임없이 창궐하고 있음에서 간접 증명된다. 오늘 새벽에도 모 건물 한편에서 텐트 치고 늦잠 좀 자려다가 경비 아저씨에게 걸려서 쫓겨났다.ㅠ― 하지만 그러한 탄압이 내 혁명 활동을 방해할 수 없음을 알라!

(2013. 6)

아름다운 공생

화순 도착 20여 킬로미터 전인 한천리의 구멍가게. 문 앞에 종이박스가 놓여 있고, 그 안에 작은 동물들의 똥이 난사된 흔적이 눈에 들어온다.

주인 아주머니에게 왜 걸리적거리게 가게 입구에 이런 걸 놓았냐고 물으니, 가게 처마를 손으로 가리키신다. 제비가 하필이면 가게 입구 위에 둥지를 튼 것이다. 아마 그 아래를 지나는 사람 여럿이 똥 세례를

맞았을 듯하다.

제비 어미는 먹이를 가져다주기 위해서 분주했고, 새끼들은 어미가 나타날 때마다 그 탈모 환자 같은 머리를 가누려고 안간힘을 쓰면서 "찍찍" 대며 입을 벌리고 흔들어댔다. 가게 처마에 제비집이 지어져서 장사하는 주인 아주머니의 불편이 없지 않을 텐데, '똥 폭탄 세례의 위협'에도 불구하고 제비와 함께 살기로 작정한 그 마음에 나까지 푸근해진다.

내가 어렸을 때만 떠올려도 우리는 자연과 공생하는 삶을 살았고, 이런 모습은 흔히 볼 수 있는 풍경이었다. 하지만 지금은 지극히 예외적이다. 도로를 만들기 위해서 아무런 가책도 못 느끼고 무수한 생명의 숨통을 덮어버리고, 건물을 세우기 위해서 산을 깎고, 땅을 넓힌다면서 강과 바다를 메우는 세태. 그렇게 우리 시대는 '자연에 대한 살육'이 '능력'으로 칭송받는 야만의 시대가 되었다.

이렇다 보니 시골 농부와 바닷가 어민들이 돈 한 푼에 자신이 평생을 살아온 땅과 바다를 미련 없이 팔아넘기기도 한다. 이렇게 생명에 대한 배려를 찾아보기 힘든 흉흉한 시대에 시골 가게에서 발견한 따뜻한 풍경은 여간 반가운 것이 아니다.

다음해에 이 제비가 '박씨'를 물어 오지 않더라도, 이 풍경이 바로 제비가 주인 아주머니에게 준 아름다운 선물인 듯하다.

(2013. 6)

모래알의 기쁨

울진 죽변항을 지나 내려오면서 길 옆으로 손에 잡힐 듯이 해변이 펼쳐진다. 봉평리 해변에는 눈부신 파도 위로 갈매기들이 한가로이 노닐고 있었다.

갈 길이 먼 둥글이. 여태껏 강원도 고성에서부터 속초, 동해, 삼척 등의 동해안을 타고 내려오면서 단 한 번도 맘 편히 바닷가 모래를 밟아볼 생각을 못 해봤지만, 길 바로 옆에 바다와 해변이 펼쳐져 있는 이 장면을 그냥 놓고 지나기는 아까웠다. 그래서 발자국 놀이를 하다가 갑자기 몰려온 파도에 허벅지까지 흠뻑 젖었다.

아우, 내가 미쳐! 가던 길, 그냥 갈 것이

지······. 털고 짜고 해도 소용이 없었다. 바닷물을 가득 머금은 신발을 철퍽거리며 걷는다.

날이 어둑해져서 작은 마을 한쪽 해변의 모래밭 위에 텐트를 친다. 파도 소리가 마음에 찌든 때를 쓸어내리는 듯하다. 날도 쌀쌀하고 바람도 차서 일찌감치 텐트 안에 들어가서 누워 파도 소리를 듣고 있으니, 한 마리의 물고기가 되어 바닷속으로 빨려드는 듯하다. 그러다 밤이 깊어서 텐트 밖으로 볼일 보러 나왔는데······ 동해의 밤바다로부터 달이 휘영청 떠올라 있다.

다음날 아침, 푹 자고 일어나 텐트를 열어 보니 어젯밤 달이 떠오르던 바로 그곳으로부터 다시 태양이 떠오른다. 그리고 그 태양빛에 모래 알들이 반짝인다.

영겁의 세월 동안 출렁인 푸른 파도와 그 앞에 쓸려갈 듯 말 듯 위태위태한 모래 알갱이들. 저 천겹의 심해 속에 일단 빨려들어가 버리면 그것으로 존재가 마감되는 자잘함의 사연들이, 그래도 어느 가을 청아한 대기를 뚫고 내리쬐는 태양빛에 마음껏 반짝이기라도 한다면······.

그래서 해변에 뛰노는 아이들이 보석이 아닐까 하고 손 끝에 올려 놓고 비벼본다면……. 그것은 모래알로서의 기쁨이 아니겠는가. 하여 저 파도에 쓸려, 절대의 어둠과 고요의 심해에 내던져지더라도, 그 따스한 한 때의 기억은 영원의 침묵을 더더욱 풍성히 만들어내지 않겠는가.

나도 한 알의 모래알이 되어 찬란한 태양에 반짝이리라.

(2010. 9)

개의 온기

　　　　　원수 같은 배낭 하나만을 벗 삼은 외로운 발걸음이 계속되고 있다. 캠페인 첫 두 달 동안은 이래저래 노숙의 기술을 몸에 익히느라고 정신이 없어서 딴 생각할 여유가 없었는데, 이제 마음의 여유가 생기면서 조용히 스스로를 돌아볼 수 있는 기회가 생긴다.

　중학생 시절. 고개를 들어서 그 칠흑의 어둠 속에서도 초롱초롱 빛나는 별을 올려다본 순간 나를 찾아온 외로움……. 그렇게 영롱하게 반짝이며 나를 찾아온 외로움은 이제는 오래된 연인의 표정을 하고 나타나 어깨동무를 하고 앉아 가을에서 겨울로 넘어가는 싸늘한 촉감을 입맞춤한다. 눈을 가늘게 뜨고 앉아서 조용히 나 홀로 있음을 바라보고 있을 때면, 약간은 서글픈 감정이 밀려오기도 한다. 하지만 누가 그랬던가? 견뎌낼 수만 있다면, 처절한 고독은 사랑의 깊이를 더해 준다고. 풀벌레 찍찍거리는 소리마저 한없는 그리움을 몰고 오는 이런 가을밤은 분명 내 영혼의 깊이와 폭을 넓히는 소중한 시련이리라.

　하여간 그 덕분인지 이 외로운 인간의 마음속에는 생명에 대한 끝없는 그리움이 늘 가득 차 있다. 길 가는 중에 접하는 사마귀, 메뚜기, 거미, 지렁이, 애벌레, 민달팽이, 개구리, 뱀, 다람쥐, 고양이, 오리, 거위, 참새, 돼지, 삵, 소, 사슴, 고라니, 말 등에 대한 지대한 관심은 도무지 거두어들일 수가 없다.

　하여 내가 가는 길 앞에서 그들이 위기에 처해 있는 모습을 볼라치면 나는 언제나 그들의 든든한 대변인이 되어 만사를 제쳐두고 다가가 도움의 손길을 뻗곤 한다. 물론 딱히 그들을 위해서만이라고 하기에는 무리가 있는 것이, 손가락으로 '톡톡' 건드려 보지 않고는 참을 수 없는 반가움이 거기에 있기 때문이다.

그 중에 개에 대한 관심은 유별나다. 자신의 경계 구역이 침범당한 것에 대해 격렬히 항의하는 녀석들이나 쏟아지는 졸음을 참지 못해 눈동자가 풀어진 녀석들 빼고는, 이들은 인간의 호의에 대해 호의로 답하기 때문이다.

풀려나 돌아다니는 녀석들은 서너 마리 중 한 마리 정도가 고개를 조아리고 다가와 쓰다듬어 달라고 목을 내민다. 그 중에는 우호적인 표정으로 꼬리를 치면서도 손이 닿을락 말락한 거리까지만 와서 조바심을 부추기곤 하는 녀석들이 많다. 줄에 묶인 녀석들은 그 얽매인 영혼의 자유에 대한 결핍 때문인지 두어 녀석 중의 하나는 목을 내밀고 다가온다. (반면 고양이는, 자유롭게 돌아다니는 녀석들은 스무 마리 중 한 마리가 다가올까 말까 한데, 묶여 있는 녀석들은 백 퍼센트 다가오는 특성이 있다.)

하여간 길을 가다가 녀석들이 눈에 띌 때는 어김없이 마주하며 "어여여여~" 하고 주의를 환기시킨다. 특히나 삐쩍 말라 영양실조 상태에 있는 녀석들에게는 군것질거리를 좀 집어던져 주고, 마른 물그릇 앞에 헐떡이는 녀석들에게는 물을 나눠주는데, 그럴라치면 녀석들은 총총한 눈을 하고 격렬히 꼬리를 흔들면서 나를 반긴다. 그때마다 외로운 길동무를 할 친구 녀석을 하나 만들까 하는 고민에 빠지곤 한다.

하지만 끼니도 제대로 챙겨주지 못하고, 녀석에게는 아무런 의미가 없을 질편한 고생만 시킬 이 길을 함께 가자는 것은 나만의 욕심. 더구나 위험한 도로에서 만의 하나 불의의 사고를 당해 달라붙었던 정을 함께 떼어가지고 저승으로 간다면 유랑자의 고독은 배가 될 터. 녀석들과의 동반 유랑은 실현될 수 없는 바람일 뿐이다.

아마 그런 이유로 길에서 개를 만났을 때는 다음번 개를 만날 때까지 여운이 남을 만큼 격렬히 쓰다듬어 녀석들의 온기가 내 가슴에 들어차게 한다. 이는 핸드폰 충전이나 물통 보충을 하는 것과 같은, 유랑을 위한 필수 충전 작업이다.

물론 개들의 입장도 나와 별반 다를 바 없다. 길가에 묶여 있는 개들은 대부분 식용 내지는 경비견으로 키워지는 녀석들이다. 하여 정에 굶주린 터라, 자신을 쓰다듬어줄 다음 사람이 올 때까지 그 정을 좀 더 쏟아놓고 가라는 듯 애원의 눈빛을 보내며 꼬리를 살랑인다. 결국 이 때문에 우리들은 그렇게 길바닥에서 외로움을 달래다가 아쉬움 가득한 표정으로 서로를 떠나 보내는 일을 반복해 왔다.

오늘밤에도 길을 걷는 중에 살가운 개 한 마리를 만났으면 좋겠다. 모든 것을 얼려버릴 듯한 이 냉기 가득한 초겨울밤의 을씨년스러움을 개 한 마리의 온기가 녹여줬으면 한다.

(2007. 11)

사람들은 평소 내가 혼자 상황 설정하고 찍어서 올리는 사진들을 보며 "어찌 셀카일 수 있냐?"며 전속 사진사가 있지 않느냐는 의혹을 여과 없이 드러내곤 한다. 하지만 그에 대한 의혹은 다음의 사진 한 장으로 말끔히 해소되리라.

낑낑거리며 고갯길을 올라오는 모습을 '셀카'로 찍은 사진이다. 이 사진을 찍기 위해 나는 고개 위에 카메라를 설치하고 자동 셔터를 누른 뒤 고개 아래쪽으로 십여 미터 다시 내려가서는 올라오는 체하며 폼을 잡아야 했다. 얼굴에는 고갯길을 오르면서 겪은 노고를 다 털어내고 득도한 듯한 표정이 서려 있어야 한다. 쌩똥 싸며 고개에 올라와 헐떡이기도 힘든 마당에, 배낭 짊어진 채로 바닥에 엎드려 카메라 구도 설정하고, 다시 오르락내리락하며 카메라 셔터가 눌러질 때까지 태연히 고개를 올라오는 듯한 폼을 내는 기술! (이러한 영업 비밀을 아낌없이 공개하는 이 자애로움……)

이를 위해서는 지구력, 집중력, 모델 포스, 예술적 감각, 전천후 넉살, 고강도 생뚱맞음, 창조적 생성력 등등이 필요한 바, 극한의 상황에서 이러한 능력이 잘 훈련되다 보니(그것도 9년째ㅠㅠ) 평소 셀카를 전속 사진사 둔 듯 찍을 수 있는 것이다. 끊임없는 훈련과 개발만이 정답이다. ㅠㅠ 당신도 셀카를 잘 찍고 싶으면 둥글이를 따라 유랑길에 오르라!

　　　　　　　　　　　　　　　　　　　　　　– 셀카 기술 훈련의 명가 '둥글엔터테인먼트'

3

길 위의 죽음

인간을 인간으로 대하지 않는 사회

2009년 유랑 중, 용산참사 현장에 잠시
분향하러 갔다. 그런데 유가족들은 물론이요 노구를 이끌고 싸우시는
문정현 신부님의 모습을 뵙고 차마 발이 떨어지지 않아서 6개월간 머물
며 잡일을 거들었다.

그러던 어느 날이었다. 희생된 다섯 분의 영정이 모셔진 남일당 건물
앞 평상에는 여느 때와 다름없이 유가족들이 상복을 입고 경찰의 진압
작전에 대비하고 있었다. 헌데 말쑥이 차려입은 신사가 서류가방을 들
고 나타나서 그 앞에 앉는다. 그러더니 자신을 개발조합에서 파견한 변
호사라고 소개를 하고는 서류 하나를 꺼내 놓는다.

유가족들은 무슨 일인지 살피기 위해 주위에 모여들었다. 그 중에는
남편은 망루에서 불타 돌아가시고 철거민대책위원장이었던 아드님은
옥살이를 하고 있던 전재숙 여사도 있었고, 경찰에게 팔목이 비틀려 인
대가 늘어나 깁스를 하고 있던 유영숙 여사도 있었다.

서류의 정체는, 유가족 등이 재개발 사업에 방해가 되고 그로 인해

 수억 원의 피해가 발생했으니 이를 물어내라는 손해배상청구서였다.

생존권 보장을 외치며 망루에 올라갔다가 하루도 안 돼 경찰과 용역깡패의 살인진압으로 참화를 당한 후 아직 장례도 못치른 채 상복을 입고 길바닥에서 절규하고 있는 용산 유가족이 아닌가. 그 유가족들에게 "개발 지체 비용을 물어내라"는 취지의 손해배상청구서를 천연덕스럽게 보내는 사회라니! 진정 이것이 내가 살아가는 세상의 참모습이었단 말인가?

하지만 그것이 끝이 아니었다. 나는 그 후로도 이 야만의 세상이 절규하는 유가족들을 어떻게 대하는지 곁에서 똑똑히 지켜봤다. 유가족들은 참사 후 일 년 동안 하루를 쉬지 못하고 용역과 경찰들에게 시달렸다. 현장 소장급 용역 하나는 상복을 입은 유가족에게 "우리가 죽였냐? 니들이 신나 뿌리고 죽었지?"라고 악담을 퍼부었고, 경찰들은 하루가 멀다 하고 유가족들을 할퀴고 잡아 꺾고 실신시켰다. 그 현장에 '인간에 대한 예의'라는 것은 찾아볼 수 없었다.

유난히 길고 험했던 참사 후 일 년이 지난 그해 겨울, 유가족들을 더 이상 길바닥에서 방치해서는 안 된다는 사회적 합의가 이루어져서 일단 장례가 치러졌다. 그에 따라 분향소가 철거되면서 현장투쟁이 마무리 되었다. 하지만 그 후로도 용산참사의 진상을 규명하기 위한 투쟁들이 이어졌는 바, 유가족들은 아직도 틈만 나면 길바닥에 나와서 싸우며, 진상 규명과 책임자 처벌을 외치고 있다.

이에 화답이라도 하듯 박근혜 정부는 용산참사의 실질적 책임자인 김석기 전 경찰청장을 2013년 공항공사 사장으로 앉혔다. 이에 대해 시민사회단체들은 "용산참사 진압에 대한 낙하산식 보은인사"라고 규정하고 있다. 자본가의 이권을 위해서 공권력을 동원해 힘없는 서민의 목소리를 틀어막아 주기만 한다면 그 와중에 사람이 몇 명 죽어나가더라도 그에 대한 노고는 잊지 않을 것임을 보여주는 보은인사. 이러한 '의리 인사' 덕분에 앞으로도 공권력은 권력자들의 지시에 물불을 안 가리고 움직일 것이고, 같은 야만은 되풀이될 것이다.

(2010. 1)

서민의 피눈물을 담보로 한 개발과 산업화

여수는 전남 동부에 위치한 인구 30만의 도시로, 특이한 지역성을 보이는 곳이다. 우선 여수는 지형 자체가 바다로 둘러싸여 있는데, 농지와 산지가 많고 그 중간 중간의 평지에 건물들이 들어서 있다. 마치 여러 개의 섬들이 작위적으로 묶여 있는 듯한 느낌이다. 이러한 특성은 시청소재지를 중심으로 하나로 통합되는 여느 지역과 달리 마을간에 세(勢) 싸움을 불러일으키고, 힘없는 군소 지역은 큰 지역의 희생양이 되는 결과를 만들곤 한다.

그러한 모습은 구례에서 여수로 걸어오는 내내 발견할 수 있었다. 여수 국가산업단지는 1960년대 후반 정부의 중화학공업 육성계획에 따라 조성되어 현재는 100여 개가 넘는 업체가 가동 중인 국내 최대의 석유

화학산업단지라고 한다. 여수시 중흥동, 평여동, 월하동, 적량동, 월래동, 낙포 등이 간척되어 국가산업단지가 만들어졌고, 율촌면에는 지방산업단지가 만들어져 있는데, 현재도 공장부지의 부족으로 개간사업이 계속해서 이뤄지고 있다.

이렇게 급속한 산업화가 진행된 여수. 소라면 신기마을을 지나는데, 정류장에서 버스를 기다리는 할머니 어깨 너머로 산업단지의 공장 굴뚝에서 매연이 뿜어지는 모습이 보인다. 공장 매연 탓인지 아니면 공장에서 바다에 뭐를 쏟아붓는지, 이곳을 걸으면서는 화공약품 냄새 때문에 숨쉬기를 중단하고 싶을 정도였다. 들녘에서 농부가 논일을 보고 있는 풍경도 여유로운 그것과 거리가 멀었다. 퀴퀴한 화공약품 냄새가 코를 찌르고 있다고 생각해보라. 이 광경은 결코 보이는 대로의 평화로움이 아니었다. 논 사이를 송전탑이 가로질러 가는 것만큼의 불쾌함이 엄습했다.

정류장에서 버스를 기다리고 있는 마을 어르신들께 이렇게 냄새 나는데 어떻게 견디시냐고 여쭸더니, 관련기관에서는 "별 문제가 없다"는 판단을 내린 후에 손을 놓고 있어서 답답하다고 토로하신다. 신문기사를 뒤져보니 몇 년 전 여수산단 주변 마을에 대한 환경조사 결과가 있었고, '주거 부적합' 결과가 나와 여수시에서는 이주대책을 세웠다고 한다. 하지만 시간 끌기를 하면서 예산 투입을 몇 년간 계속 미뤄왔단다. 그러니 산단에서 일정 거리가 떨어져 있고 힘도 없는 마을의 피해까지 관심을 가져줄 리 없는 것이다.

좀 더 걸어 도착한 해산동에서도 마찬가지의 상황이 벌어지고 있었다. 주민들의 "40년을 보상하라"는 깃발의 의미가 이해되고도 남았다. 이곳 주민들은 왕복 8차선의 대로가 생겨 마을이 두 동강 나는 아픔을 겪었고 끊임없이 지나는 차량의 위협과  소음에 시달려야 했는데, 버스는 하루에 고작 세 차례 운행된단다. 마을을 고사시키려는 전략일까? 피해는 피해대로 받고, 혜택은 오히려 줄어들었다니……. 더군다나 얼마 전(2013년 3월 15일)에도 산단의 폭발 사고로 여섯 명이 숨지고 열한 명이 다치는 등 한 해에도 몇 차례씩 사고가 발생하기 때문에 산단에서 불과 2킬로미터도 떨어지지 않은 마을의 주민들은 불안에 떨 수밖에 없다.

이러한 상황이라면, 기업은 철저한 환경 기준에 맞춰 공장을 가동하고, 자치단체는 피해 받는 이들의 복리 후생에 힘쓰고 기업을 대상으로 철저한 환경 지도를 해야 한다. 하지만 현실은 전혀 다른 양상으로 전개된다. 기업은 시시때때로 환경 규정을 어겨가며 매연과 폐수를 내뿜고, 자치단체는 기업들의 뒤를 봐주기에 바쁘다. 개발과 산업화의 아이러니란 바로 이러한 것이다. 개발하는 사람들은 힘이 있고, 자신의 이익을 위해서 피개발자의 생활 환경을 파괴하는데, 힘없는 원주민들은 소리도 없이 밟혀 죽는 것이다.

그렇다면 이렇게 서민들이 곳곳에서 몸살을 앓고 있는 현실에서 여수시는 이에 대한 타개책으로 무엇을 추진해 왔는가? 고통받는 서민들을 위해서 실질적인 정책을 추진한 흔적은 보이지 않고, 거대 국제행사로 지역 불균형을 단번에 해결하려는 허황된 야심만 가진 것 같다.

이러한 착각에서 비롯된 '여수엑스포'가 여수를 들썩였다. 부대시설비에만 2조원이 투입된 이 사업은 건설업자들만 수지 맞고 관계자들에게만 떡고물이 떨어지는 프로젝트였을 뿐, 여수 시민 모두가 잘사는 대박의 꿈은 현실이 되지 않았다. 기대 효과로 들뜬 시장이 가라앉은 후 서민들의 형편이 더 좋아졌다는 말은 들리지 않았다. 하지만 여수시는 아직 그 헛된 꿈에서 깨어나지 못한 채 성공한 행사라고 자화자찬하는 표시물들을 거리 곳곳에 세워 놓고 있다. 그도 그럴 수밖에 없는 것이, 김 모 시장이 사활을 걸고 추진했던 사업인데 공짜표와 버스 대절로도 목표 인원을 못 채웠다고 하면 앞으로의 정치적 행보가 난항이 예상될 것이기 때문이다.

산단 주변 지역들의 아픔을 보듬을 생각은 하지 않고, 한 방이면 모든 게 끝난다는 대박의 꿈 여수엑스포를 성공한 행사로 우기는 김 시장의 행보가 균형을 잃은 지는 오래된 듯 보인다. 일례로, 여수지역 시민단체들이 시장의 시청 공금 80억 원 횡령 사건을 규탄하고 시장 아들 명의의 땅에 들어서게 돼 있는 문수동 아파트 건립을 반대하며 5개월간 매주 화요일 촛불집회를 했다. 이에 여수시장은 "화요일만 되면 촛불을 들고 나오는데 이런 망신, 이런 일이 대한민국에 어디 있나? 자다가도 벌떡 일어난다. 성질대로 한다면 비틀어버리고도 싶고 밟아버리고도 싶고 때려버리고도 싶지만 시장이란 직위 때문에 그렇게 못 해서 참고 있자니 참으로 미치고 환장할 노릇이다"(2013년 4월)라고 공식석상에서 말했다가 언론에 두들겨맞고 시민단체들의 반발을 샀다.

시민들이 행정의 부조리를 지적하면 지자체 장은 객관적 자료를 가지고 합리적으로 이해를 구해야 한다. 무한한 정보 공유와 시민과의 소통을 통해서 '함께 만들어가는 사회'를 표방하는 것이 지방자치이다. 하지만 여수시장은 지방자치를 하고 싶은 마음이 없는 듯하다. 그런 현실이 고스란히 지역의 분위기에 반영되고 있었다.

공장 시설의 위용 뒤에는 민초들의 신음이 끊이지 않고, 한 방을 꿈꾸는 대박 행사 후에는 거의 예외 없이 그 후유증에 시달리는 서민들이 양산된다. 개발도상국형 거대토목공사를 통한 경제부흥의 기대와 그에 걸맞은 전제적 통치자의 행보는 언제까지 계속될 것인가. 문제는 이것이 여수만의 문제가 아니라, 이 사회 전반의 문제라는 것이다.

(2013. 5)

현대문명이 자유를 줬는가

　　　　　　　야영지로 봐둔 담양군 금성면 면사무
소 앞 정자에서 쉬고 있는데, 눈앞에서 작은 교통사고가 있었다. 후진
하는 트럭과 그 뒤로 지나던 승용차가 부딪친 것이다. 사고가 나자 서
로들 불편한 표정으로 나와 상대편의 과실을 지적했다. 큰 사고가 아니
어서 언성이 높지는 않았으나 상당한 신경전이 오갔다. 다행히 이 광경
을 보고 있던 아저씨가 대충 상황 정리를 해주고, 보험회사 직원이 와
서 갈무리를 했다. 그러기까지 40여 분 가량의 번잡함이 있었다.

　자동차로 인해서 예상치 못한 시간상·재산상·인명의 피해가 발생
하는 바, 국내에서만 하루에도 천여 건의 교통사고가 발생하여 열다섯
명이 죽고 천여 명이 부상과 장애를 당한다고 한다. 현대사회의 문명이
인간에게 편리를 제공하는 것은 부인할 수 없지만, 과연 그것이 궁극적
으로 인간에게 득이 되는 것인지는 미지수이다. 사람들은 자동차가 주
는 혜택으로 "땅 끝에서 한양까지 걸어가려면 몇 달이 걸렸는데 지금은
대여섯 시간이면 떡을 친다"고 말한다. '속도'가 우리를 자유롭게 만들
었다는 것이다. 하지만 그 자동차의 할부금을 내려면 일주일에 5~6일
은 죽도록 일을 해야 한다. 하여 자유롭게 이동 가능한 장비인 자동차
를 갖추기는 했어도 그 자동차를 끌고 기껏해야 집과 직장, 가까운 공
원을 오갈 뿐이다. 더군다나 그 와중에 외제차라도 들이받으면 인생 종
친다. 곰곰이 따져보면 좀 더 자유를 얻기 위해서 자동차를 구입했다기
보다는 자동차산업의 부흥을 위해서 소비되고 있을 뿐이다.

　반면 운전면허증도 없는 터벅터벅 둥글이는 전국 가고 싶은 곳을 마

음껏 돌아다니고 있다. 사고 나서 보험료 할증될 일도 없고, 외제차 들이받고 신세 망칠 일도 없다. 누가 더 자유롭고, 누가 더 빠른가?

물질문명과 소유물들이 주는 혜택이 있음을 부인할 수 없지만, 그 효과를 착각하면 안 된다. 세상의 그 어떤 편리도 그 뒤에는 기회비용이 잠재해 있고, 이를 살필 명징한 정신이 없으면 우리는 대중소비사회의 부품으로 전락하는 것이다.

안양의 슬픈 이야기

안양은 초등생 유괴 살인이라는 끔찍한 사건이 발생했던 지역이다. 종적을 감춘 우예슬 양의 시신이 사건 뒤 2개월여 만에 훼손된 채로 발견됐다. 다른 피해 어린이인 이혜진 양의 시신 역시 그 얼마 전 수원 호매실지구 인근 야산에서 발견되었다.

2007년 12월 이후로 경기도 지역을 지나는 중에 두 아이의 현수막과 포스터 사진이 거리에 내걸린 것을 접할 수 있었다. 그때까지만 해도 한 가닥 희망을 가지고 있던 가족과 친구들은 처참하게 유린된 모습으로 돌아온 그들 앞에 오열을 터뜨렸다.

이 사건으로 인해서 유랑하는 나그네는 안양으로 넘어오기 전부터 막대한 중압감을 가져야 했다. 지역민들의 낯선 이방인에 대한 경계심이 높을 것이 자명하기 때문이다. 이에 떠도는 나그네의 입장에서 안양 진입이 상당히 부담스러울 수밖에 없었다.

이의 전조는 안양 직전의 의왕에서부터 체감했다. 모 초등학교 앞에서 유달리 많은 아이들이 전단지도 받지 않고 쌀쌀한 표정을 보이는 것이다. "인간과 자연을 사랑해주세요"라고 말을 하며 뭔가를 건네면, 받아가지는 않을망정 어떤 반응이라도 할 만한데, 많은 아이들이 본 체도 않고 지나치는 것이다. 처음에는 아이들이 주입식 교육에 시달리다 보니 인간에 대한 예가 부족해서 그런가 생각했다. 하지만 너무 심했다. 안타까운 마음에 교장 선생님께 그런 말씀을 전했더니, 사려 깊게도 직접 전화를 해서 설명해주신다. 흉흉한 사건이 발생하여 불안하다 보니, 학교에서 "모르는 사람이 말을 걸면 답변 하지 말고 그냥 지나가라"는 식의 지도를 하고 있다는 것이다.

갑자기 가슴이 저며왔다. 학교에서도 그런 지도를 할 수밖에 없는 처지가 이해되었다. 사탕 주면서 아이들을 꼬드기고, 엘리베이터까지 따라와서 머리끄덩이를 잡아당겨 유괴해 가는 사건이 백주 대낮에 벌어지는 현실 속에서 부모와 교육자들은 '최악의 사태'를 막기 위해 그런 식의 극단적 지침을 내렸을 것이다. 이러한 폐쇄적 반응은 아이들뿐만이 아니라고 한다. 안양에 사는 분의 말에 의하면 사건 후 지역 주민들이 급격한 불안과 경계 증세를 보인다고 했다. 길을 걷던 여성들은 뒤쪽에서 남자가 따라오는 상황이 되면 황급히 달아난다고 한다.

둥글이도 비슷한 경험을 했다. 횡단보도에서 신호 대기를 하고 있던 아가씨에게 다가가서 길을 물었다. 그런데 아가씨는 아예 쳐다도 안 보고 앞만 보면서 아무 대답을 하지 않는 것이다. 못 들어서 그런가 해서 다시 물어도 여전했다. 대꾸할 필요가 없다는 표정이었다. 갑자기 너무 기분이 나빠져서 혼잣말로 욕이 나올 뻔했다. 너무하다는 생각이 들었다. 어두운 밤거리도 아니고 백주대낮의 사거리 횡단보도인데, 누군가 길을 물으면 아는 체라도 해주는 것이 사람 사는 도리이건만…….

인간된 도리보다는 만의 하나 일어날 수 있는 범죄를 피하는 데에만 온 신경을 쓰는 세상. 이런 세상이라면, 나 같은 나그네는 사람들에게 길을 물어 목적지를 찾아갈 방법이 아예 없는 것이다. 이것이 비단 나에게만 일어난 일이겠는가? 할아버지 할머니들이 길을 물어도 모른 체하고 지나칠 아이들의 모습이 눈에 선하다.

이 사건 후 사회 전반의 대응은 대책없는 호들갑 일색이었다. 언론들은 선정적인 제목의 기사를 쏟아냈고, 국민들은 '아동 유괴, 살인 사건'의 제목을 달고 쏟아지는 기사에 광적으로 흥분했으며, 현장 검증이 있는 날에는 얼굴을 공개하라며 공개 처형을 하자는 주장까지 있을 정도였다. 이러한 여세를 몰아 검찰에서는 일산 성폭행 미수범의 신상을 공개해달라는 의견서를 재판부에 전달했고, 국회에서는 상습 성폭행범에 대한 전자발찌 부착을 시행하고 부착명령 허용 기간을 최장 십 년으로 연장하는 내용의 특정 성폭력범죄자 위치추적전자장치 부착법 개정안을 통과시켰다. 학부모들은 앞다투어 골목마다 CCTV 설치에 열을 올렸고, 돈 좀 있는 부모들은 아이들의 사설 경호원을 고용했다.

더 큰 문제는 이러한 근시안적인 대응이 오히려 범죄 가능성을 높일수 있다는 사실이다. 그 메커니즘은 대략 이렇다. 성범죄는 성적 결핍을 강제로 채우려는 과정에서 발생한다. 특히나 사회적인 경쟁에서 낙오한 이들의 성폭력은 권력욕, 지배욕, 그리고 분노와 상실감이 복합적으로 작용된다. 옥살이를 하고 나오더라도 그런 이들은 사회에서 끊임없이 상처를 받고, 이로 인한 단절감과 소외감, 열등감은 그들의 병리적인 성욕을 더욱 부추긴다. 이러하다 보니 성폭력범의 재범률이 60퍼센트를 웃도는 것이다. 물론 거기에는 개인의 기질적인 문제도 있기도 하겠고, 개중에는 도무지 부러울 것 없는 부잣집 자식의 범죄도 있지만, 그들 영혼 안에 공허와 상실이 들어 차 있는 것은 공통된 요소이다.

안양 유괴 사건을 일으킨 정 모 씨도 그런 사례이다. 불규칙한 수입으로 생계를 유지하며, 사회에서 인정받지 못하는 삶을 살아온 그 역시 소외자였다. 게다가 역시 그를 인정해 주지 않았던 동거녀들로부터 연달아 배신을 당한 후 여성에 대한 극도의 모멸감과 공격성을 갖게 되었고, 이로 인해 자신보다 약한 아동들을 대상으로 끔찍한 범죄를 저지른 것이다. 2003년 대구 지하철 참사 역시 마찬가지 아닌가. 지하철 안에 신나를 뿌리고 불을 질렀던 그는 장애인으로서 차별적 대우를 받아왔고, 홧김에 방화를 저질렀다. 그런데 그에 대해 분개하고 손가락질했던 이들 중 한 번이라도 장애인복지시설에 스스로 봉사 활동을 가봤던 이는 얼마나 될까? 휠체어가 다닐 수 있는 통로가 없는 차별적인 현실에서 장애인의 입장을 대변해본 이가 얼마나 될까? 오히려 장애인 시설이 들어온다고 하면 땅값 떨어진다고 데모나 하지 않았던가.

기실 우리 사회는 그렇게 소외자, 이탈자, 낙오자들을 더더욱 압박하여 그러한 사건을 부추기고 있다. 그들 상처받은 영혼들을 감싸안을 수 있는 사려 깊은 수용력이 점점 줄어들고 있고, 그 결과 억압되고 무시당하는 욕망과 자아는 거듭 비정상적인 돌파구를 찾을 수밖에 없는 것이다. 힘에 무시당하고 억눌린 그들이 '힘없는 아이들'을 처참히 유린하는 것은 그들이 '힘의 원리만이 통용되는 사회'에서 얻은 상처의 깊이를 드러내는 것이다.

도시화가 진전되면서 끔찍한 범죄가 증가하는 현상을 보라. 신자유주의 경제의 가속화를 통한 사회복지·공공부문의 축소, 노동자들과 사회적 약자에 대한 홀대는 이러한 문제를 더욱 심화시킬 것이다.

우리는 '악인'인 그들을 손가락질하면서, '정의'가 보호받을 수 있는 잘 통제된 사회를 꿈꾸지만, 실은 우리가 그 범죄의 일익을 담당하고 있음을 기억해야 한다. 우리의 '소유', '소비', '우월', '힘'을 향한 끊임없는 욕망의 생산지인 대중소비사회 자체가 바로 범죄의 온상인 것이다. 자신의 몫을 조금이라도 더 차지하기 위한 경쟁주의·물질만능주의 사회의 폭력성이 그들에게 어떤 상실과 불안을 만들어내고 비정상적인 욕구를 강화하는지 그 특성을 면밀히 들여다보아야 한다.

이러한 고민 없이 눈에 보이는 흉악 범죄 당사자들의 물리적 범죄만 엄하게 따져 손가락질을 하거나, 이러한 '흉악한 세상'에서 자기 자식만을 철통 보호 속에서 키우려 해봤자, 그 피해는 결국 고스란히 우리의 자식들에게 전가되는 것이다. 운 좋게 우리의 자식이 그 가능성을 피해 갔더라도, 그 자식의 자식이 그 대가를 받아야 하는 것이다.

부디 이러한 끔찍한 사건에 놀란 아이들의 마음이 그 두려움과 상처로 인하여 닫히지 않고, 그 아픔까지 포용하는 넓은 이해와 평화와 사랑의 마음으로 거듭나기를 바라며.

(2008. 5)

버스 안 대모험

유랑은 99.99퍼센트 도보로 이뤄진다. 하지만 둥글이가 평생 차를 안 타고 다닐 것을 결의한 것은 아니다. 갑자기 고향 등에 긴급한 사건이 생겼을 때는 오가는 교통수단으로 대중교통을 이용한다. 그러나 그때마저 둥글이의 이동은 모험의 연속이다.

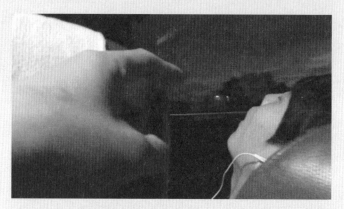

모르는 사람이 앞자리에 입을 벌리고 자고 있을 때, 그 입 속에 손가락을 집어넣는 행위는 참된 용기와 모험심을 필요로 하는 행위이다. 더군다나 그의 팔에 용문신이 새겨져 있을 때는 더더욱 그러하다.

– 둥글이 투쟁록 중

느리게 살도록 놔둬라

자연을 벗 삼아 살아가는 서민들은 자연의 속도대로 자신들의 삶을 영위하고 있는데, 그들이 살아갈 자연을 파괴하여 이익을 챙기는 이들은 엄청난 중장비를 쉴 새 없이 굴려대며 그들의 평화를 방해하고 있다.

4대강사업으로 만들어진 제방을 따라 경남 합천을 향해 걷는 중, 한산한 농촌 풍경에 이질감을 느끼게 하는 껄끄러운 그림자가 드리워진다. '불법경작금지' 푯말.

예전부터 하천 인근의 경작은 가난한 우리네 농민들의 생존 수단이었다. 하천 인근 땅은 경작의 최적지 중 하나였다. 억만 년 물길이 만들어낸 땅이라 개간을 할 필요가 없고 농수도 확보되기 때문이다. 그런데 국가에서 이를 못 하게 막는다. 왜 그럴까?

MB정부 시절 정치인들과 건설업자들의 최대의 향연 '4대강사업'. 현재 속속들이 그 불법과 사기, 야합과 부정이 드러나고 있는 4대강사업 현장이었던 것이다. '단군 이래 건설 재벌들의 최대 이권사업'을 추호도 방해받지 않기 위해, 호미 들고 깔짝대는 힘없는 서민들을 멀찌감치 쫓아냈던 것이고, 저렇게 공식협박장을 세워둔 것이다. 그 둑 너머로는 중장비로 흉측하게 파혜쳐진 강변 습지가 드러나 보였다.

창녕과 합천을 경계 짓는 낙동강 적포교를 걸으며 접한 풍경은 4대강사업의 본질을 말해주고 있었다. 낙동강 왼편은 자연 그대로이고, 오른쪽은 제방공사가 이루어져 있다. 왼편 습지는 사람들이 산책하거나 경작할 수도 있고, 야생 동물들이 뛰어놀기도 한다. 반면 오른쪽 제방은 어느 바위산을 쪼개다가 축대를 쌓아 놓았기에 그 위에서 기웃거리다가는 발을 헛디뎌 데구루루 굴러 강에 빠지기 십상이다.

제정신이 10퍼센트만 채워져 있으면 누구라도 문제가 되는 사업임을 알 수 있지만, 건설업자들과 정치인들의 모의만 있으면 이러한 사업은 기꺼이 반복된다. 그 과정은 지극히 단순하다. 비싼 중장비 썩히지 않고 건설업체를 부도내고 싶지 않은 재벌들이 정치인들에게 로비를 해서 대규모 토목사업을 하도록 부추긴다. 그러면 정치인들은 '국토개발' 운운하면서 필요도 없는 간척 · 개간 · 도로공사 안을 입법한다. 거대 국책사업의 경우 국회의원들이 입법할 것이고, 자잘한 지자체 사업은 자치단체장들과의 교감하에 자치단체 의원들에 의해서 이뤄진다.*

사업 중간에서 빚어지는 다양한 부정과 비리, 기준 미달, 환경 파괴 등의 문제는 행안부 · 건설교통부 · 환경부 · 감사원 등에서 벽을 쳐준

---

* 2014년 빚어진 서울시의원의 수천억 원대 재력가 살인 사건도 이러한 관계 때문에 발생했다. 재력가 송모 씨는 서울시의원 김모 씨에게 5억을 건네면서 강서구 자기 부지의 용도 변경을 청탁했다. 하지만 김 시의원의 입김으로 순조롭게 진행될 것 같던 도시계획변경안은 서울시의 반대로 무산되었다. 그러자 재력가 송 씨는 김 시의원을 압박하기 시작했고, 이미 5억 원을 다 써버린 김 시의원은 결국 친구를 시켜 송 씨를 살해했던 것이다. 이는 서울시에서 도시계획변경안을 거부해서 발생된 사건이지만, 수도 없는 재개발 · 도시계획사업 · 그린벨트해제의 상당 부분은 순조롭게 진행된다. 지자체의원, 국회의원, 자치단체장이 입안한 계획에 의해 발생하는 개발 차익을 입안자와 사업자가 서로 나눠먹는 이권의 역학이 있는 한 이러한 일은 끊이지 않을 것이다. 이 나라에 유독 무분별한 개발사업이 많은 이유이다.

다. 그들 역시 그렇게 충실히 건설업자들의 뒤를 봐주면 뇌물 내지는 승진, 훈장의 기회가 보장되기 때문이다.*

그뿐만 아니다. 불법부당하게 추진되는 사업에 대해 양심 있는 시민과 단체들이 나서서 객관적인 자료 증거를 들이대며 고소·고발 조치를 취할라치면 사법부(검찰, 법원)는 면죄시켜준다. 법원에서는 4대강사업 관련해서 "불법적인 요소가 있으나 공사를 중단할 수 없다"는 어처구니없는 판결도 냈다. 그도 그럴 수밖에 없는 것이, 판검사들 상당수도 재벌들의 로비를 받고 움직이는 장학생이었음은 이미 알려진 사실이다. 이렇게 입법·사법·행정 관료들이 부패해 있는 판에, 다른 선진국과 달리 건설 경기로 20퍼센트의 경제부양 효과를 누리고 있는 대한민국의 현실은 난개발이 끊이지 않는 최적의 조건을 제공한다.(선진국은 건설경기로 인한 경제부양 효과가 5퍼센트 미만이라고 한다.)

문제의식을 가진 수천, 수만의 시민들이 궐기를 하고, 양심선언을 하고, 관련 학술대회와 검증토론회를 열어도 소용없다. 건설업자들과 정치인들의 모의만 있으면 사업은 강행된다. 더군다나 그 사업은 '합법'으로 포장되기에 이러한 부당한 사업을 막으려는 시민들이 오히려 '법의 심판'을 받게 된다. 이런 이유 때문에도 한국은 아시아 선진국 중에 최악의 부패국가라는 오명을 얻고 있다. 홍콩의 정치경제리스크컨설턴시(PERC) 보고서(2013)에 따르면, 아시아 17개국이 얼마나 부패했는지에

---

* 4대강수질개선 사업에 참여한 업체가 담당 공무원들에게 10억 원을 뇌물로 건네고 수질개선 합격을 받은 사건 등 4대강 비리 사건이 끊임없이 터져나오고 있다.

대한 설문조사 결과 우리나라는 말레이시아와 태국에 이어 10위를 기록했고, 싱가포르·일본·호주·홍콩 등에 비해 최소 두세 배 더 부패한 것으로 드러났다.

이뿐인가. 국제투명성기구의 '2012년 부패 인식 지수 조사'에서 우리나라는 176개국 중 45위를 했는데, 국제투명성기구 한국 본부는 "부패 인식지수가 이렇게 낮은 이유는 국가청렴도 조사에서 꼴찌를 차지한 검찰 때문"이라고 밝혔을 정도이다. 이러한 총체적 부실의 배경에 사법부가 자리하고 있음은 아픈 현실이다. 이런 현실에서 애꿎은 서민과 자연만 몸살을 앓고 있는 것이다.

하여간 주민들에 대한 경작금지 푯말을 접하고 빚어진 상념 속에 걷는 내내 골재 차량이 쉴 새 없이 낙동강변 도로를 질주한다. 공사 차량이 뿌려대는 흙먼지를 털어내며 고개를 반대편으로 돌리자 한 측량기사가 아직 건설 장비의 손을 타지 않은 낙동강 건너편 습지를 측량하느라 바쁘다. 그는 강 건너편에서 깨알같이 움직이는 사람과 무선을 주고받으며 계측기계를 조작하기에 여념이 없다.

그래, 저 윗선에 있는 인간들은 이렇게 일하는 현장 노동자들의 측량 자료를 첨부해 보고서를 만들어 그럴싸한 개발 청사진을 꾸밀 테고, 정치인들은 이를 받아서 "지역 발전" 운운하며 지역민들을 헛된 꿈에 부풀게 하여 또 다른 개발 사업을 지지하게 만들 것이다. 건설 재벌들이 사주인 경우가 허다한 언론은 물류비용 절감 효과를 떠벌리고, 일자리 창출, 교통정체 해소, 관광효과 극대화, 주민들의 숙원사업 등의 미사여구를 동원하여 개발 사업의 필요성을 떠벌릴 것이다. 그리고 지역에서 '방귀 좀 뀌는' 이들이 모여 박수 몇 번 치면 분위기는 그냥 그렇게 떠밀려 가는 것이다. 여느 도시개발 사업이나 재개발 사업은 물론, 새만금사업, 4대강사업 등 각종 거대 국책사업의 대부분이 그렇게 추진되었다.

산을 깎고 강을 파헤쳐서 골재를 조달해야 하는 이러한 사업에 자연 파괴, 생태계 연쇄 오염에 의한 총체적 환경 비용 등은 고려되지 않는다. 왜냐하면 그러한 후유증까지 고려해 작성해야 하는 '환경영향평가서'는 일반 시민단체들이 만드는 것이 아니라, 사업을 추진하는 건설업체에서 만들도록 법규정이 되어 있기 때문이다. 따라서 어떠한 실질적인 환경 피해가 발생하더라도 환경영향평가서에서 이를 빼고, "환경평가 준수함"이라는 문구만 명시하면, 사업은 법적으로 보장받아 강행할 수 있는 것이다. 결국 그들 건설 재벌이 원하면 사업은 어떻게든 강행된다. 강원도 골프장처럼 토지를 강제수용하고 조상들 묘소까지 파헤칠 수 있다. 그렇게 추진하던 사업이 이익이 날 것 같지 않으면, 파괴된 산하를 방치하고 도중에 사업에서 손을 떼도 처벌받지 않는다. 이것이 바로 대한민국이 건설업자들의 천국이라고 불리는 이유이다.

하여간, 낙동강 미개척지를 넘보는 측량업자들의 모습에 한숨이 길게 뿜어진다. 지금 이렇게 열심히 밑그림을 그리고 있으니, 다음번에 이곳을 지날 때는 저 강변 습지는 골재로 팔려나가고, 가파르게 깎인 강변에는 어느 산을 깨서 가져왔는지 알 수 없는 돌무더기로 제방공사가 이루어져 있을 것이다. 강을 가로질러 다리가 하나 생겨날 수도 있고, 아파트 단지가 늘어설 수도 있다.

　가득한 상념이 몸에서 한숨을 뿜어낼 때, 그 습지를 한가히 산책하는 농부와 소 한 마리가 눈에 들어온다.

(2013. 4)

대중소비사회의 함정

　　　　하루하루 살아갈수록 대중소비사회 속 인간의 삶이란 한바탕 떠들썩한 장난이라는 확신이 굳어진다. 그 장난 같은 삶 속에는 인간에 대한 진지한 성찰과 사회·역사에 대한 통찰, 미래에 대한 비전이 보이지 않는다. 오직 '잘 먹고 잘살 욕망'만 충만하다. 거기에 그럴싸한 권위와 형식, 허세가 동반되니 사람들은 그 안에 뭔가 특별한 것이 있지 않을까 하고 기꺼이 그런 삶에 뛰어들고, 그런 분위기에 휩쓸려서 폼잡는 데 혈안이 되어 있다. 더군다나 한국식 획일주의는 '다른 삶'을 생각할 수 있는 가능성을 귀띔해주지 않기에 많은 이들은 고민 없이 그 삶을 맹목적으로 좇는다.

문제는 이 '장난'은 어릴 때 하던 소꿉장난과 다르게 남에게 피해를 준다는 것이다. 하나라도 더 갖기 위해 자연을 파헤쳐야 하고, 조금이라도 높아지기 위해서 다른 사람을 짓밟아야 한다. 집단 내의 끊임없는 갈등과 국가간의 전쟁, 생태계 붕괴로 치닫는 인류의 역사는 그렇게 머리 큰 어른들의 장난이 불러일으키는 폐해이다.

참으로 해괴한 것은, 이 장난은 진지하지는 않으나 치열하다는 것이다. 재화와 기회는 한정되어 있는데, 너도 나도 많이 갖고 높아지려고 하니 끊임없이 서로 싸울 수밖에 없다. 사람들이 인생 여정에 겪는 대부분의 고뇌는 바로 이 때문에 생긴다. 이는 어린 시절 딱지치기 하는 수준을 벗어나지 못하지만, 때로는 강도, 살인, 대규모 학살, 전쟁도 감수하는 실로 치열함을 갖는다.

일단 이 함정에 빠지면 자기 삶을 진지하게 성찰할 기회를 잃을 뿐 아니라, '남만큼(혹은 남보다 더) 잘 먹고 사는 것'에만 매달리게 된다. 그러면 이와 다른 생각들(생명운동, 평화운동 등)에 저항하게 되고, 그렇게 만들어진 여론은 사회를 점점 더 획일화된 방향으로 이끈다. 그리고 그 종국은 생태계 파괴, 인류의 자멸이다.

중요한 것은, 대중소비사회의 힘이 워낙 막강하고 교묘하고 집요한지라, 우리는 각자가 어떻게 휩쓸리는지도 모르고 그 속에 내던져져 부품으로 전락한다는 것이다. 특별한 노력으로 그 속에서 빠져나왔다고 하더라도 잠깐 한눈 파는 사이에 자신도 모르게 다시 빨려들 정도로 흡입력이 엄청나다.

대중소비사회의 함정에 저항하는 방법에 왕도는 없다. 늘 스스로가 어느 곳에 위치해 있는지를 면밀히 확인하면서 끊임없이 저항하는 수밖에. 그것이 바로 인생을 '치열한 장난'으로 살지 않고, '진지한 성찰'로 살아낼 수 있는 유일한 길이다.

(2013. 10)

합법적 강도의 천국, 대한민국

상당수 도로 공사는 시민 혈세를 낭비하고 환경을 파괴해서 건설업자와 정치인들만 먹여 살리는 사업이다. 건설 경기가 국가 경제의 20퍼센트를 차지하는 토건족의 사회에서 자연이 끊임없이 파헤쳐지고 그 위에 아스팔트 도로가 깔리는 것은 그들의 탄탄한 공모 덕이다.

담양—순창 간 도로 확장공사 현장을 걷는다. 이곳은 왜 도로를 확장해야 하는지 그 이유를 알 수 없을 정도로 차량 통행이 한산한 곳이다. 2013년 10월 2일(평일) 오후 6시 10분부터 20분까지 십 분간 이곳 국도를 오가는 차량을 세어봤더니 여든 대가 채 되지 않는다. 일 분에 여덟 대가 오가는 것이다. 어떤 때는 도로 한가운데에서 고스톱 한 판 끝날 때까지 차량 한 대 지나다니지 않는 이 한산한 도로를 왜 확장하는 것인가?

국토교통부가 제출한 국정감사 자료에 따르면, 최근 7년간 예산 부족과 보상 지연 등으로 국도건설 사업에서 늘어난 사업 비용이 총 83개 사업장에서 2869억 600만 원이라고 한다. 이는 현재 83개 사업장에서 도로공사를 하고 있다는 말이 아니라, 수백여 곳의 도로공사 사업장 중에서 '이런저런 공사 지연'이 있는 곳이 83곳, 추가 비용이 3천억 원에 이른다는 말이다. 그리고 이런 막대한 혈세 낭비를 불러일으키는 공사 지연의 원인은 대부분이 '예산 부족'(67.47%)이었다.

그렇다면 왜 이런 멍청한 문제가 생기는가? 꼭 필요하고 가능한 사업을 그때그때 시행하면 환경에도 경제에도 무리가 따르지 않을 텐데, 왜 예산도 없는 사업을 무리하게 강행해서 환경 파괴는 물론 3천억 원에 육박하는 혈세를 낭비할까? 그 이유는 간단하다. 건설업자와 그들의 로비를 받는 정치인의 입장에서 보면, 우선 예산이 없더라도 무리하게 사업을 시작하는 것이 무조건 이익이기 때문이다. (담양–순창 간 도로 확장 공사가 설마 그런 사업은 아닐 것이다.)

"되든 안 되든 우선 삽부터 갖다 꽂으면 이익"이라는 말이다. 예산이 편성되어 사업이 즉시 추진되면 자금 회수가 빨라서 이익이요, 만약 그렇지 않더라도 어차피 추가 비용, 공사지연 비용은 세금에서 나오는 것이기에 장기적으로 더 많은 떡고물을 받아 챙길 수 있는 것이다. 더군다나 신중한 자세로 사업성을 따지다가는 정권이 바뀌면서 이런저런 효율성의 문제로 사업취소 결정이 내려질 수 있다.

따라서 건설업자들은 정치인들에게 로비를 해서, 예산이 있건 없건, 그 사업이 꼭 필요한 것이든 아니든 상관없이 사업 계획을 입안하도록 하고, 일단 사업 계획이 입안되면 불도저부터 끌고 와 산을 찍어내고 보는 것이다. 산하를 복구하기 힘들게 훼손해 놓으면 사업성 약화로 사업이 취소될 일도 없고, 일단 삽질해 놓은 사업장은 언젠가는 자기들 밥그릇이 되는 것이다. 최근 7년 사이(주로 이명박 정권 당시) 도로공사비만 12조 원이 투입된 현실을 보면, 어마어마한 세금이 낭비되었음은 물론이거니와 이 돈으로 우리의 산하를 얼마나 심각하게 파괴했는지 가늠할 수 있다.

건설업자, 재벌들을 먹여 살리기 위해서 법이 만들어지고 국가 운영 체제가 재편되는 이 야만의 시스템. 특히나 '개발과 발전'이라는 말만 나오면 환장하고 박수치는 여론이 바뀌지 않는 한 내일은 오지 않을 터이니, 시대에 타협하지 않고 지금을 살아가려는 자들의 어깨가 무거운 이유이다.

(2013. 10)

그들이 서민을 갈취하는 법

김제에서 만경강을 건너 군산으로 들어온 후, 강변 마을을 따라 걷다 보니 새만금 간척지 안에 울타리가 쳐있는 것이 눈에 들어온다.

새만금은 민물과 바닷물이 만나는 곳으로, 갖은 종류의 물고기들과 갯벌 생물들이 숨쉬던 곳이다. 철새들의 쉼터이기도 하고, 수산물이 끝없이 쏟아지는 풍요로운 밭이기도 했다. 이곳은 어민들의 일터일 뿐만 아니라, 가난한 할머니들의 생존의 터전이기도 했다. 갈퀴 하나만 있으면 하루 벌이를 할 수 있었던 곳이다.

이렇게 자연과 서민이 자유롭게 공존하던 이곳에 정치와 국가, 건설업자가 개입한다. 국립공원에 서 있던 산 하나를 박살낸 돌들을 바다에 던져 넣어 방조제를 세우고 물길을 막아, 말라가는 갯벌 위에 농지와 공장을 조성한단다. 새만금 부지 위에 세워질 농지와 공장은 누구의 것이 되는가. 권력 없고, 돈 없고, 빽 없는 이들은 꿈도 꿀 수 없다. '단군 이래 최대의 간척사업'을 추진하고 있는 기업들이 하나같이 대형 건설사들인 것처럼, 그 농지와 공장은 기업농, 재벌, 투기꾼들의 몫이기 때문이다.

더군다나 새만금 부지에 대한 투자 타산성이 없어 삼성의 새만금특별팀도 해체한 상황에서 정부는 "해외 투자 환영한다"며 국제 투기자본에까지 손을 벌리고 있다. 이렇다 보니 새만금 농지에는 다국적 기업이 들어와 GMO 농작물을 키울 것이라는 풍문도 떠돈다.

결국 이러한 거대 국책사업에서 국가가 한 일이라고는 뭇 생명과 서민들이 공유하던 생명의 공간을 강탈해서 건설업자들과 투기꾼들의 사적 소유 공간으로 바꿔 놓은 것이다. 이렇게 정부가 강도 역할을 하고 있던 십수 년 동안, 정치인들은 허울뿐인 '천지개벽 새만금의 꿈'을 부풀려 각자 재선의 입지를 공고히 했고, 대박의 꿈에 취한 가련한 이들은 이곳에서 무슨 일이 벌어지고 있는지 파악하지 못한 채 달콤한 환상에서 깨어나지 못하고 있다. 자연이 주던 현실적인 일자리와 소득보다는 '바닷속으로 막대한 세금이 수장되는 길'을 택한 이들은 아직까지도 '새만금'이라는 단어 하나에 화색이 돈다. 이렇게 없는 자들의 것을 빼앗아 있는 자들에게 퍼주는 망국 사업에 박수치는 것은 현실에 대한 분별력을 잃고 새만금을 종교로 추앙한 결과이다.

새만금 갯벌에는 '조개 중의 조개'라 불리는 백합을 비롯해 가무락·갯지렁이·게 등 371종의 저서생물이 서식해, 전국 조개류 생산량의 50퍼센트 이상을 차지했다고 한다. 또한 조기·웅어·전어 등 우리나라 서해안에 출현하는 어류 70퍼센트 이상의 서식지와 산란지이며, 치어들의 이동통로였다. 전라북도의 자료에 따르면 해마다 이곳에서 6천 톤의 어류가 잡혔다고 하니, 이를 환산하면 새만금 갯벌과 인근해 어민들의 소득이 한 해 1천억 원에 다다랐다는 것이다. 직접적 어로 소득만 그렇다는 것이고, 만경강과 동진강을 통해 흘러나오는 오염수의 정화를 통한 새만금 외해의 어장 촉진 효과까지 합하면 그 이익은 상상을 초월한다.

세계적인 과학잡지 『네이처』도 "갯벌의 가치가 농지의 250배"라고 가늠했다. 하지만 갯벌은 자신들의 자산이 아니므로 "가치 없음"으로 규정한 농림부는 해양수산부와 환경부의 반대를 무릅쓰고, 막대한 건설자본과 썩어빠진 정치인들과의 야합을 통해 사업을 강행해 왔던 것이다. 그 대가로 어민들의 삶이 황폐화되든, 환경이 파괴되든, 각종 생물들이 서식처를 잃든, 그들이 상관할 바가 아니다. 안타까운 사실은, 그들이 막대한 자본과 언론을 통해 전방위적으로 이루어낸 여론화 작업의 결과 뒤통수를 맞고 있는 서민들이 오히려 이 '국책 사기극'을 쌍

수 들어 환영하고 있다는 것이다.

자, 정신 차리고 눈 뜨고 보라. 뭇 생명과 서민들의 생존 터전이 저리 망가져서, 가진 자들만의 사적인 공간이 되어 있는 것이 보이지 않는 가! 더 이상 우리가 드나들 수 없도록 말뚝과 펜스가 쳐 있는 것이 눈에 보이지 않는가!

(2013. 11)

전직 어부의 뒷모습

부안에서 출발한 후 해찰을 하다가 2박 3일 걸려 군산 만경강 하구에 막 도착한 터였다. 예전에는 어촌이었던 마을의 제방에 앉아 흙으로 뒤덮이는 옛 갯벌을 보며 생각에 잠겨 있는 데, 경사로의 밭에서 돌을 고르고 계시던 어르신 한 분이 다리를 절며 다가오신다. 어르신은 새만금 현장을 바라보는 나의 표정을 보고는, 예전에 학생 때 왔었냐고 물으신다. 갯벌이 방조제로 막히기 전부터 자주 왔다갔다 했다고 말씀드리니, 옆에 앉아서 회한을 털어놓으신다.

"그때는 물이 여기까지 넘쳐 도로까지 출렁거렸어요."

그랬다. 과거에 마을 주민들은 저 방향으로 고개를 돌리면 어느 때나 드넓은 강과 바다의 조우를 볼 수 있었고, 눈을 감으면 갯벌의 비릿하지만 신선한 내음을 맡을 수 있었다. 하지만 지금은 공사장 펜스가 흉물스럽게 마을을 두르고 있고, 그 너머로 간간이 중장비들의 소리와 먼지만이 넘어올 뿐이다.

　"황금어장였지. 나가면 돈이었어요. 어떻게 해도 한 번 나가면 7, 8만 원 값은 잡았지요."

　하지만 바다가 막힌 후에 상태가 말이 아니었다. 어르신은 이 동네의 95퍼센트는 새만금사업으로 형편이 더 어려워졌고 앞으로 먹고살 길이 막막해졌다며 한탄하신다.

　"보상금이라고 나온 돈도 수협에 융자 갚기도 힘든 수준예요."

　어르신은 새만금사업 추진의 바람몰이를 해댔던 당시 전북도지사 등의 사탕발림에 속아 새만금추진 결의대회 등에 참여했던 것에 깊은 한숨을 쉬셨다.

　그런데 말씀을 나누던 어르신이 왠지 내 얼굴이 낯이 익단다. 나 역시 어르신이 낯익었다. 새만금을 찬성하던 사람과 반대하던 사람으로서 충돌 현장 어디선가 우리는 마주 대했는지도 모른다. 하지만 새만금이 메워지는 십 년의 세월은 찬반 활동에 대한 구체적 경험을 증발시키고, 이렇게 나란히 앉아 흙먼지만 날리는 갯벌에 대한 아픔을 공유하게 만들고 있었다.

"연안에서 피해를 당하는 사람들은 피부로 느끼는데, 도심 안쪽에 있는 사람들은 이 실태를 전혀 몰라. 새만금사업으로 몇몇 가진 사람들만 떼돈을 벌지, 이게 뭐 서민에게 도움을 준단 말이야."

국책사업이 그렇게 서민들 생계의 터전을 파괴하고 지역공동체를 파괴하는 현실에 대한 토로가 오갔다.

"그럼, 더 이상 고기잡이가 불가능한 어촌계는 해산되었나요?"

"아니, 아직 어촌계는 있어요. 계원이 아직 60여 명이 남아 있어. 뭐, 말만 어촌계지. 예전에는 어촌계에 기본적으로 수천만 원씩의 여유자금이 있었는데, 지금은 한 푼도 없어요. 잡아오는 고기가 있어야지. 그냥 이름만 있어요."

유명무실해진 어촌계의 간판을 내리지 못하는 것은 그들의 상실이 감당할 수 없을 정도로 컸기 때문이리라. 공사장 펜스 너머의 소음과 함께 밀려오는 먼지 바람 속에서 어촌계 간판은 그나마 마지막 자존심이고 위안일 것이다. 그 속에는 불과 십 년 전까지도 떠들썩한 번영을 구가하던 마을의 모습이 담겨 있는 것이다. 이들은 강한 여운이 남는 소설의 마지막 페이지를 넘기지 못하고 계속 만지작거리는 사람처럼, 더 이상 고기 한 마리 잡을 수 없는 어촌계 공동체 속에서 그렇게 살아오고 있었던 것이다.

어르신은 회한 가득한 표정으로 바지를 걷어올려 보이신다.

"제가 월남참전전우회 소속인데……. (과거에 이 단체와 몇 차례 엎치락뒤치락했던 기억이 떠오른다.) 부상당해서 무릎을 이렇게 수술했어요. (십여 센티미터의 길쭉하고 섬뜩한 칼자국이 무릎 위로 나 있었다.) 그래서 무릎이 아

픈데, 이렇게 뚝방 경사로 오르락내리락거리면서 생전 안 해보던 농사
를 지으려니 힘들어요."

그러고 보니 우리가 얘기를 나누던 뚝방 길은 불과 몇 년 전까지만
해도 수풀이 우거졌었다. 고기잡이에 바쁜 마을 주민들이 이 길로 다닐
이유가 없어서 잡초가 머리 높이로 자랐었다. 그런데 지금은 뚝방과 경
사로, 그리고 아래쪽 배수로 주변 평지가 깔끔히 정리되어 탁 트인 공
간이 되었다. 새만금사업으로 졸지에 실업자 신세가 된 전직 어민들이
한 푼이라도 벌어 먹고살기 위해서 그간 버려졌던 땅을 밭으로 일군 것
이다. 하지만 농사일도 서툰 데다가 토질도 좋지 않아서 애로가 많은
듯했다.

"이번에 심은 콩도 다 죽었어."

토질이 안 좋은 뚝방 경사로에 콩을 심었다가 잘 안 돼서 쳐내버린
흔적들이 흉측하게 드러나 보인다.

그렇게 20여 분간 뚝방에 앉아 우리는 이야기를 나눴다. 어르신은 마
음에 맺힌 회한을 그렇게라도 풀고 싶었던 듯했다. 새만금 갯벌을 살리

자고 이곳을 자주 왔었다는 젊은이에게 작은 위로를 받으셨는지도 모르겠다. 그 당시는 잘 몰랐으나 시간이 지나고 보니 고마웠던……

일상에 지친 표정이 역력했던 어르신의 얼굴이 이야기 도중 유난히 생기가 돌고 말에 힘이 실렸던 순간이 있었다.

"그땐 뭐, 생합, 조개, 준어, 갈치가 올라와. 산란기 때 민물과 짠물이 만나니까 새끼 까려 올라오고. 삼치, 멸치, 알아도 무지하게 고기가 많았어요. 고기 반절 물 반절, 이 앞이 그런 어장이었는데……."

예순이 가까운 나이에 시작해 아직 서툰 농사일이 힘들다는 전직 어부의 회한과 시름은 가을과 함께 그렇게 깊어지고 있었다. 이야기를 마친 후 다리를 절면서 돌아가는 어르신의 그림자가 그의 경사지고 토질이 엉망인 뚝방 밭에 드리워진다.

(2013. 11)

빼앗은 철새들의 땅

원래 이곳 새만금 갯벌과 둑 건너편 옥구염전은 봄, 가을 도요새들의 중간 기착지이기도 했다. 해마다 수십만 마리의 철새들이 이곳에서 풍부한 영양분을 공급받았다. 지구적 생태 이동을 가능케 하는 에너지의 충전소였던 것이다. 인간의 욕심은 그들이 수천, 수만 년 향유해 오던 생존의 공간을 빼앗았다. 그렇다면 우리 인간은 그들로부터 빼앗은 땅을 온전히 소유할 수 있을까?

분명한 사실은 그 결과 철새들은 멸종의 확률이 높아졌다는 것이고,

인류 역시 그 생태의 흐름을 끊은 대가를 그대로 받게 된다는 것이다. 아니, 현재 '지구 기후변화'의 이름으로 그 대가를 이미 받고 있는 중이다. 유엔 산하 IPCC(기후변화에 관한 정부간 협의체)의 2007년 기후변화 4차 보고서에 의하면, 지구 기후변화의 결과로 인류의 파국이 시작되고 있음을 기술하고 있다. 기상이변과 이에 따른 식량·에너지 고갈, 나머지 자원을 서로 차지하기 위한 전쟁으로 인해 21세기 말에는 인류의 80퍼센트가 사라지며 멸종의 수순으로 치달을 것이라고 당시 언론에서는 대서특필 기사를 쏟아내기도 했다. 1도 기온 상승에 농작물의 수확이 10퍼센트 감소한다는 것이 식량학자들의 주장인데, 이번 세기가 끝날 때 최소 3도에서 최고 6도가 오른다고 하니 그 파국은 어마어마할 것이다. 문제는 이것이 단순히 농작물 생산의 감소만이 아닌 모든 동식물류의 고사를 뜻하는데, 이로 인해 지구는 모래바람만 불어대는 사막이 될 것이고 기상 격변으로 머지않아 금성처럼 펄펄 끓게 될 것이라는 것이 상당수 과학자들의 주장이다.

이에 세계적인 과학자 스티븐 호킹 박사도 작금의 기후변화 결과로 인하여 인류는 최악의 위기에 처해 있고, 인류의 종말을 막는 길은 200년 내에 화성으로 이주하는 길뿐이라고 경고하고 있다.('빅싱크'와의 2010년 10월 인터뷰) 실제로 해마다 수천 명이 모이는 화성학회에서는 인류를 화성으로 보낼 초기 단계의 논의를 진행 중이다.

이러한 암울한 디스토피아적 미래상이 인간의 과도한 욕망이 대규모 토목 공사를 통해서 무분별하게 생태계의 흐름을 끊은 결과로 발생하고 있는 것임은 두말할 나위가 없다. 이렇게 모든 객관적 데이터들은

자승자박의 결과를 경고하고 있는데, 개발과 발전의 꿈에만 빠져 있는 이들은 아직까지도 새만금사업 같은 대형 토목 공사의 꿈을 떠벌리고 있다.

우리는 철새들로부터 빼앗은 땅을 소유할 수 없다. 우리가 빼앗은 것은 지구의 미래이기 때문이다. 그리고 그 결과는 혹독하게 인간에게 되갚아질 것이다. 새만금의 변치 않을 진실이 있다면 바로 그것이다.

인류에 대한 심판이 시작될 그 죽음의 갯벌 위에 텐트를 치고 하루를 묵으며 뭇 생명들의 절규에 귀를 기울인다.

(2013. 11)

사람들은 지구는 특별한 사람만 지키는 것으로 알고 있다. 하지만 그것은 잘못된 생각이다. 우리는 일상에서도 자유와 정의를 위해 싸우는 지구 영웅으로 살아갈 수 있다. 젓가락 세 짝과 김 한 장이면 충분하다.

사진: 지구를 지키는 영웅 둥버린!
주의: 식당 아주머니에게 걸리지 않도록 조심하시오!

절망 위에 우뚝 선 그들

점심을 먹으러 식당에 들어갔다가 식탁 위에 펼쳐진 신문에서 쌍용차 해고 노동자들의 기사를 접한다(2013년 6월 7일자 『한겨레』). 쌍용자동차 부품 2만 개를 조립해서 차를 만들었단다. 조립된 차 앞에서 환하게 웃고 있는 그들 하나하나의 모습이 여태껏 쌍용차 사태 이후 산산이 분해된 몸과 마음을 잠시라도 추스린 듯해서 반갑기 그지없다.

한번씩 시간 되는 대로 평택 현장과 대한문 앞 농성 천막에 들러서 그들의 사연을 듣고 투쟁하는 모습을 접하며, 공권력에 막혀 절규하는 모습을 보며 속앓이를 해야 했다. 하지만 내가 딱히 해줄 수 있는 것도 없고 나는 나대로 해야 할 과업이 있어 슬그머니 그들 사이에서 빠져나올 때마다, 그들의 수심 가득한 표정이 걸음마다 밟혀서 여간 불편한 것이 아니었다. 길바닥에서 가끔씩 접하는 쌍용차 소식이라는 것도 참담하기 그지없는 절망적인 것들뿐이라 더더욱 그랬다. 하지만 저리 환히 웃는 모습을 보니 체증이 내려가는 듯하다.

그들은 공장 지붕 위에서, 길바닥에서, 송전탑 위에서 공권력의 폭압을 견디며 추위와 더위, 눈비와 폭풍을 이겨내고, 30여 명 동료들의 죽음을 지켜보며 살아왔다. 첨단 설비 없이 렌치 하나만으로도 차를 완성할 수 있는 기술자인 그들이 왜 길바닥에서 수도사의 삶을 살아야 했는가? 왜 노동자들이 공장이 아닌 길바닥에서 렌치 하나로 2만 개 부품을 조립해 만든 차를 자동차 판매장이 아닌 국회 앞으로 끌고 가야만 하는가?

하지만 한계 상황에서도 좌절하지 않고 웃어 보일 수 있는 그들의 긍정의 힘은, 그 모든 불확실과 억압자들의 폭력에도 '불구하고' 혹은 '상관없이' 그들의 존재 가치가 그 자신에게 있음을 강변한다. 자기 존재에 대한 혹독한 담금질을 통해서 대지 위에 스스로 우뚝 선 것이다. 대중소비사회에서 이들은 '해고된 노동자'이지만, 역사 속에서 이들은 거대 권력과 자본에 당당히 맞서 자기 긍정을 하기 시작한 '새로운 유형의 인간'들로 기록될 것이다.

쌍용차 해고 노동자들을 비롯해 지금 이 순간 여러 현장에서 자신들의 투쟁을 무한긍정하며 새로운 시대를 써나가고 있는 이들에게 경의를 표한다. '온전한 사람'으로 살기 위해 적당히 타협하지 않고 자본과 권력의 폭압에 맞서는 것은 인간의 가장 숭고한 존재 가치이고, 그 자체로 아름다운 것이다. (2014년 11월 13일, 대법원은 고등법원의 판결을 뒤집고 "해고가 정당했다"는 취지로 원심파기환송 판결을 내렸다. 박근혜 시대이기에 나온 이 판결로 쌍용차 노동자들의 그 험한 투쟁의 여정은 기약 없이 늘어나게 되었다.)

(2013. 6)

핵폐기장을 지나며

포항에서 울산 가는 길. 부득이하게 경주를 관통하는 중 이정표 하나에 눈이 퍼뜩 뜨인다. '월성원자력발전소' 표지였다.

경주는 이전부터 핵발전 문제 때문에 시끄러운 상황이었다. 핵발전소가 이미 있는 지역으로서 추가 증축 사업이 진행되고 있는 터에 2005년 핵폐기장 유치까지 결정된 상태였다. 거기에 얼마 전 일본의 핵발전소 사고까지 일어나고 보니 지역은 술렁거리고 있었다. 그 핵발전소와 핵폐기장 유치의 중심 지역인 양북면과 양남면을 거쳐 지나가며 만감이 교차한다.

그런데 해변 도로로 가려고 길을 들어선 후에 '핵발전소 출입 금지' 팻말에 이어 그 말 많은 '핵폐기장 건설현장' 표지를 접한다. 형용할 수 없는 엄청난 중압감과 시대를 초월하는 그 어떤 책임감이 감정의 깊은 곳을 흔들어 놨지만, 이 거대한 부조리의 상징 앞에 내가 할 수 있는 일이라고는 긴 한숨을 내뿜는 것뿐이었다. 그렇게 핵폐기장 건설현장 입구를 지나쳐서 조금 더 걸으니 핵발전소 입구가 나타난다.

경비들은 구호가 새겨진 둥글이의 조끼와 등짐을 의혹 가득한 표정으로 살핀다. 그리고 애써 그곳까지 삐질땀 흘리고 당도한 둥글이에게 기꺼이 비보를 전했다. 그들은 자신들이 해안가로 가로질러 가는 길을 독점하고 있음을 밝힘으로써 둥글이가 투덜대며 발길을 돌리게 만든 것이다. 하여 둥글이는 다리가 휘청거리는 수고를 감내하고 먼 길을 돌아가느라 30분 이상 고개를 올라야 했다. 새삼스레 원자력 사업에 대한 각종 저주를 쏟아붓게 된다.

그 와중에 방사성폐기물관리공단(현재 한국원자력환경공단)이 눈에 들어왔는데, 맞은편에는 경비도 없고 전자장비로 제어되는 듯한 정체불명의 창고 같은 것이 있었다. 왠지 느낌이 찜찜했다. 한쪽에는 방사선 검출기가 깜빡이고 있는 모습이 뒷골을 서늘하게 만든다. 저런 검출기가 붙어 있는 것 자체가 이곳이 방사능 누출 가능 지역임을 말해주고 있는 것이다.

그리고 왠지 모르게 찜찜한 분위기를 풍기는 시설이 바로 핵폐기물 저장시설이었다. 현재 공식 핵폐기장은 건설 중에 있는 바, 임시로 핵폐기물을 야적하는 사실상의 핵폐기장이다. 여기에는 2010년 12월 24일 크리스마스 선물로 처음 핵폐기물이 반입되었다. 트럭으로 날라온 핵폐기물 드럼통을 천여 통이나 쟁여 놓았다. 이에 지역의 정치권과 시민사회단체들이 저항했지만, "방해하면 구속하겠다"며 밀어붙이는 정부 앞에서 딱히 손쓸 방법이 없었던 듯하다. '인수기지'라는 그럴싸한 이름을 붙여 놓고 국민과의 합의도 없이 마음대로 핵폐기물을 실어날라 쌓아 두는 모습은 참으로 경악스럽기까지 하다.

특히나 민간 구역으로부터 멀리 떨어지지도 않은, 손을 뻗으면 닿을 듯한 길가에 만든 이 핵폐기장은 국민들을 우롱하는 처사이다. 정부는 '핵=안전'이라는 등식을 성립시키기 위해서 이렇게 31번 국도 옆에 핵폐기물 보관시설을 세워 놓은 것이다. 대한민국 국민 누구나 저 핵폐기장 앞에까지 아무런 방해를 받지 않고 접근할 수 있고 방사능에 피폭될 수 있다. 정부의 야만성을 고스란히 드러내는 단적인 사례이다.

현재를 사는 우리들이 책임감을 갖고 후손들의 존립 터전을 지키기 위해서라도 핵발전은 중단되어야 마땅하다. 핵발전의 원료인 우라늄은 앞으로 기껏해야 백 년을 쓰면 바닥이 난다고 하지만, 쓰고 난 핵쓰레기는 수천, 수만 년이 지나도 방사능을 내뿜으며 후손들의 터전을 오염시킬 것이다. 핵발전은 이러한 무책임한 풍요와 발전의 상징물인 것이다.

그나마 이러한 야만적 생존 양식을 변화시키려고 노력하는 나라가 바로 독일이다. 독일은 핵발전 중단 정책을 실현하면서 이에 맞춰 에너지절약과 대안에너지 정책을 입안해서 추진하고 있으며, 재생에너지 비율을 높이기 위한 각종 실험들도 계속하고 있다. 후손들에 대한 책임을 저버리지 않는 것이다. 이렇게 핵의 위험으로부터 후손들을 지키고 기후변화에 대비하기 위한 각종 대안에너지 정책을 추진하는 독일의 정치인과 행정가들에게는 절로 존경심이 샘솟는다. 그런데 그들보다 위대한 이들이 독일 국민들이다. 에너지 절약 정책 등을 공약으로 내걸며 성장과 개발에 제동을 거는 정치인들을 뽑아주는 이들이 바로 그 국민들이기 때문이다.

반면 한국 사회는 "제가 우리 지역을 잘 먹고 잘살게 해드리겠습니다", "이 지역 발전은 저에게 맡기십시오!", "대박 나는 개발 사업으로 여러분들을 부자로 만들어 드리겠습니다" 따위의 공약이 아니면 지역에서 시의원도 해먹을 수 없다. 잘 먹고 잘살 욕망에만 빠져 있는 국민들의 무지와, '핵마피아'라고 불리는 이권사업자들과 정치인들의 삼박자는 한국 핵에너지 정책의 트라이앵글이다. 이렇기에 한국에는 십 년간 10기의 원전을 추가 증축하려는 세계 최대의 핵발전소 확대 정책이 입안되어 있는 것이다.

다행히 경주의 양북과 양남을 거쳐 오면서 핵발전소와 핵폐기장에 대한 다양한 '결사 반대'의 목소리를 들을 수 있었다. 하지만 순수성을 의심하게 만드는, '보상'과 '한수원(한국수력원자력) 본사 유치'를 촉구하는 현수막들이 곳곳에 달려 있는 것을 보며 실망하지 않을 수 없었다. 결국 지금 경주 지역에서 벌어지는 상황을 정리해보면, 이 거대하고 야만적인 핵발전소 정책에 대한 지역 주민들의 입장이 "아무쪼록 보상을 잘 해달라"는 쪽으로 수렴되는 듯하다. 원론적인 반대 입장은 잘 드러나지 않는 극소수일 따름이다.

핵자본가들은 이러한 생리를 잘 알기 때문에, 적당히 눈치 보고 지원금을 이용해 밀고 당기면서 바람잡이를 할 만한 인물들을 마을 곳곳에 심어 지역을 이간질시킨다. 그리고 결국 해당 지역을 자신들의 통제 아래 두는 것이다. 그들이 각 지역별로 끄나풀 역할을 하는 인물들에게 엄청난 지원금과 각종 혜택을 제공한 사실은 언론을 통해서도 밝혀졌다. 이는 여태껏 핵발전소가 유치된 모든 지역, 국책사업이 강행되는 모든 지역에서 벌어졌고 지금도 벌어지고 있는 일이다.

땀에 젖은 속옷을 불어오는 바닷바람에 말리며 고개를 내려와 조금 더 걸으니, 핵발전소 증축 공사가 진행되는 신월성원자력발전소 사업 부지를 접한다. 원전은 한 기당 2조 원에 석·박사만 100명씩이 달라붙고, 한번 설치되면 최소한 30~40년은 고용과 운영자금이 보장되는, 마르지 않는 이권의 샘이다. 일단 만들기만 하면 이익이 창출되는 이러한 폐쇄적 체계에서 도덕적 해이가 발생하는 것은 당연한 바, 한번씩 비리 사건이 터질 때마다 한수원 사장에서 말단 직원까지 줄줄이 엮여 나와 세상을 떠들썩하게 만들고 있다. 이들은 자신들의 이권 확대를 위해 수천억 원의 세금을 들여 "원자력은 안전하고 좋은 것"이라는 광고를 해대고, 그것을 생각 없이 보는 눈뜬 장님들의 여론에 힘입어 야만적 핵발전 정책은 '안전하고 값싼 친환경 에너지 정책'으로 둔갑해 계속 확대되고 있다.

이러한 회한 속에 핵발전소와 핵폐기장 부지를 빠져나가는 중, 이 야만의 에너지를 전국으로 발산하는 송전탑을 접한다. 저 흉측한 철제 해골이 하늘을 뚫고 직립할 수 있도록 부추긴 것은 대중의 욕망이다. 필요 이상의 편리와 그보다 더 큰 풍요를 갈구하는 이들 덕에 저 무시무시한 철제 괴물은 위압적으로 서 있을 수 있는 것이다. 그리고 그 원인을 제공한 사람 중의 하나가 나 자신임은 부인할 수 없다.

저 송전철탑의 연결 선상에 밀양과 청도의 할머니들이 할퀴어지고 있을 것이기에 마음이 더욱 무거워진다.

(2011. 5)

진도, 그리고 밀양과 청도까지

2008년경 유랑 중에 진도를 들렀다. 그 곳에서 마을 주민들과 친해져서 당시 지역 현안이던 송전선 반대투쟁을 몇 개월간 함께 하면서 송전선과 전자파 문제에 대한 공부를 할 수 있었다. 그렇기에 현재 밀양과 청도 주민들을 밀어붙이고 있는 정부와 한전에 대한 분노가 남다르다.

밀양과 청도를 비롯한 송전선 갈등 문제와 관련해서 정부(한전)와 주민들의 주요 의견 대립 중 하나가 '송전선이 건강에 미치는 영향'에 대한 것이다. 전기사업자 한전 측에서는 송전선이 주민들 건강에 영향을 미치지 않는다고 하고, 주민들은 막대한 영향이 있다고 주장한다. 그렇다면 누구의 주장이 사실일까?

우선 전자파 측정 기준은 '밀리가우스'(mG)라는 단위를 사용하는데, 산업통상자원부(산자부)의 전자파 안전 기준은 833밀리가우스이다. 이는 '급성적인 전자파노출기준'으로, 이 수준의 전자파에 단기간 노출된다고 하더라도 특별한 이상이 생기지 않는다는 기준이다. 이 기준에 따라 한전에서는 '법적으로' 이보다 높은 전자파만 나오지 않도록 송전선을 설치하면 된다는 입장을 취하고 있다. 전자레인지는 가동될 때 100밀리가우스 정도의 전자파를 방출한다. 한전의 주장은 전자레인지에 얼굴을 대고 있는 것보다 여덟 배 많은 전자파도 안전하다는 것이기에 주민들은 한전을 신뢰할 수 없는 것이다. 특히나 송전선은 크리스마스

트리에 걸리는 조명줄처럼 잠깐 걸렸다가 철거되는 것이 아니다. 이 때문에 '급성적인(단기적인) 전자파노출기준'이 아닌 '만성적인(장기적인) 전자파노출기준'이 필요하다.

실제로 대부분의 선진국은 '만성적인 전자파 노출기준'으로서 스웨덴 2밀리가우스(학교 주변), 네덜란드 4밀리가우스(학교 주변) 등을 권고하고 있고, 세계보건기구는 4밀리가우스 이상의 전자파를 피할 것을 권고하고 있다. 산자부와 한전이 주장하는 전자파 안전 기준의 200분의 1 수준이다. 국제암센터에서도 3∼4밀리가우스의 전자파에 지속적으로 노출되면 암 발병률이 높아진다는 보고서를 발표한 적도 있다.

이러함에도 대한민국 정부와 한전은 '단기적인 전자파 노출기준'만을 고집한다. 그리고 "법적인 기준이 833밀리가우스이므로 이 기준만 넘지 않으면 된다"는 입장만을 고수하고 있다. 여기에는 원전 확대를 꾀하는 핵마피아들의 이익이 엮여 있고, 재벌들과 전기사업자를 무턱대고 비호하는 보수 언론과 정치인들, 산자부의 교묘한 야합과 여론화 작업이 뒷받침되고 있다.

그러면 여기서 드는 의문. 한전 직원들과 정부는 과연 833밀리가우스를 넘지 않는 수준의 전자파가 실제로 안전하다고 여기고 있냐는 것이다. 아니다. 그들도 전자파의 위험성은 잘 알고 있다. 실제 사례를 드는 것이 이해에 도움이 될 듯하다.

진도송전선반대대책위 사무실에 있을 때 한전에서 여론 작업을 하고 다니는 직원이 찾아왔다. 그는 "833밀리가우스를 넘지 않는 송전선 전자파가 안전하다"고 강변하며, 진도를 가로지르는 송전선의 필요성을 주장했다. 하여 나는 그에게 제안했다. "그럼 당신들의 주장을 신뢰할 수 있도록 그 안전기준의 8분의 1 수준(100밀리가우스)의 전자파가 나오는 전선을 여러분 사무실에 감고 근무할 수 있소? 그렇게 해주면 제가 진도대책위 대표님에게 말씀드려서 안전이 보장되었으니 진도에다 송전선로를 깔자고 하겠소."

주민들과 송전선로 설치 협의만 되면 승진이 보장될 여론공작 전문 직원이 뭐라고 대답했을 것 같은가? 그는 애써 말을 딴 곳으로 돌렸다. 앞서 말한 대로 한전과 주민 갈등의 핵심은 '전자파의 안전성'에 관한 것이다. 한전 측의 주장대로 833밀리가우스 이하의 전자파가 결단코 안전하다면, 그 8분의 1 수준의 전자파(고작 전자레인지에 얼굴을 대고 있는 수준)에 노출된 상태로 근무하는 것을 보여줌으로써 주민들의 신뢰를 얻으면 될 것이다. 이렇게 신속히 막대한 갈등 비용을 줄이며 주민 합의를 끌어낼 수도 있으련만, 그들은 결코 그렇게 하지 않는다. 그들은 그 누구보다도 전자파가 위험한 것을 잘 알고 있기 때문이다. 옹기종기 모여 살던 작은 마을에 송전탑이 들어서고 난 후에 건강하던 주민들의 반절이 암에 걸렸다는 등의 수많은 사례들을 그들이 모를 리 없다. (충북 영동군 상촌면 상도대리 사례로, 건강히 살던 주민 23명 중 11명이 암 환자가 되었다.)

이렇게 비현실적인 전자파 안전기준으로 주민들을 유린하는 일이 비일비재하자, 뜻 있는 관료와 정치인들이 현실적인 전자파 안전기준을 만들려 나섰지만, 한전과 산자부, 관련 기업 그리고 수구정치인들에 의해 제지당했다. 전자파 안전기준을 선진국 수준으로 낮추면 그에 따라

무수한 철탑을 뽑아내고 각종 전자파 차폐장치를 만들어야 하는데, 이런 비용은 한전의 순이익을 감소시키고 그에 따라 그들의 주머니에 들어갈 수당도 감소될 것이기 때문이다.

결국 국민들의 안전과 건강은 뒷전으로 밀린 것이다. 2001년 환경부가 전자파를 위험물질로 지정하려 했으나, 전력사업자들의 로비를 받는 산자부와 한전의 저지로 지정하지 못했던 사례도 방송에서 공개되었다. 이 때문에 현재 대한민국에서 전자파는 '법적으로 안전한 물질'이 되어 있다. 따라서 이런 '안전한 물질'을 그것도 '안전기준 이하'로 뽑아내는 송전선 공사를 방해하는 것은 '법질서를 유린하는 행위'이기에, 정부는 송전선을 반대하는 밀양과 청도의 할머니들도 폭도 다루듯이 공권력을 동원해서 때려잡을 수 있는 것이다.

불과 삼십여 년 전만 해도 담배는 그 사업자들을 비롯한 이권세력에 의해 '안전한 물질'로 규정되어, 심지어 탁 트인 황야를 말 타고 달리는 자유를 선사하는 이미지로 광고되고, 필수품인 듯 널리 권장되었다. 그 담배가 '유해물질'로 지정되어 건물 밖에서도 피우기 힘들게 되기까지는 수많은 이들의 피해와 이에 대한 역학 통계조사, 반발 여론, 지리멸렬한 공론화, 정책 입안 등의 과정이 따라야 했다.

비록 지금 밀양과 청도의 할머니들이 무참히 짓밟히고 있는 상황이지만, 그들의 노력은 결코 헛된 것이 아니다. 그 노고는 후손들에게 안전한 삶을 물려주기 위한 헌신의 몸부림이다.

(2011. 5)

제주 4·3과 강정 (1)

        진드기의 공포가 제주 전역을 휘감는 가운데, 제주공항 인근 주차장 구석에서 텐트 치고 하루를 보내고 나서 큰길을 따라 동쪽으로 이동하다 보니 도심 번화가에 자리한 고풍스런 건물이 눈에 들어온다. 한국사의 아픈 기억이 담겨 있는 '관덕정'이다.

    관덕정은 조선 세종 때(1448) 병사들의 훈련장으로 사용하기 위해 세운 시설로서 제주 4·3항쟁이 촉발된 직접적 원인이 되었던 곳이다. 해방 후 1945년부터 1948년 대한민국 정부 수립 직후까지 남한은 미군에 의해서 통치되고 있었던 미군정 시대였다. 미군은 친일반민족세력의 처단은 고사하고 통제의 편리를 위해 오히려 독립군을 잡아 죽이던 일제의 경찰과 관료들을 그대로 이식시킨다. 여기에다 6만 명이나 되는 실직 귀향민들의 유입, 미군정의 대일무역을 통한 생필품 품귀 현상, 콜

레라의 창궐로 인해 민심은 흉흉해졌다. 더군다나 흉작으로 먹을 것이 바닥난 마당에 일제강점기 때도 하지 않았던 보리 강제 공출은 미군정에 대한 반감을 증폭시켰다.

1947년 3·1절 행사는 그 성토의 장이었다. 그런데 행사를 마친 후 가두시위를 하던 군중을 향해 경찰이 무차별 발포를 하여 15세 학생 등 6명이 사망하는 사건이 일어난다. 관덕정 앞에서 일어난 이 사건은 제주 4·3 항쟁을 촉발하는 도화선이 된다. 분노한 제주도민들은 3월 10일 민관 합동 총파업을 단행한다. 166개 기관단체에서 4만여 명(제주 직장인의 95퍼센트)이 참여한, 한국에서는 유례가 없는 대규모 파업이었다. 심지어 경찰은 물론 군인 40명도 탈영을 해서 시민들 편에 섰을 정도이다.

이러한 민중의 분노에 대해 미군정은 계엄령을 선포하고, 응원경찰과 극우반공청년단체(서북청년단 등)를 파견하여, 약 1년 동안 2,500여 명을 검거하고 고문하기에 이른다. 이에 제주도민들의 분노는 극에 달하고, 1948년 4월 3일 무장항쟁이 시작되었다.

미군정은 이러한 일련의 민중 저항이 북한 공비에 의해 빚어진 것처럼 언론을 왜곡·조작하였고, 이를 통해 대대적인 토벌의 기틀을 마련한다. 육지의 군경토벌대를 파견하여 1948년 11월 조천면 교래리 주민 30여 명의 총살을 시작으로 중산간 마을의 초토화 작전을 전개했고, 이 토벌 작전은 다음해까지 이어졌다. 4·3 항쟁의 인명 피해는 3만여 명으로 추정되는데, 반세기가 훨씬 넘은 지금까지도 희생된 이들의 수를 제대로 가늠할 수 없을 정도이다. 그 당시의 충격은 악몽으로 남아서 나이 드신 분들은 아직도 그때의 이야기를 꺼내기 두려워한다고 한다.

이렇게 제주도민에게 자행된 국가의 살육은 50여 년이 지난 김대중 정부에 와서야 진상 규명의 기틀이 마련되었고, 2003년에 노무현 대통령이 국가 차원의 사과를 했다. 하지만 억울하게 죽어간 이들은 물론 살육당하는 가족을 보면서도 제대로 울지보지도 못하고 냉가슴을 앓다가 유명을 달리했던 이들의 한은 어찌 풀겠는가. (그 한 맺힌 삶을 조명해주는 작품으로 현기영 작가의 소설 『순이 삼촌』과 조성봉 감독의 다큐멘터리 〈레드헌트〉를 추천한다.)

그런데 역사는 반복된다고 하던가? 똑같은 일이 제주에서 반복되고 있음은 역사의 아이러니다. 지금 이 순간 강정마을에서 똑같은 일이 벌어지고 있는 것이다. 애초에 해군은 1999년부터 2001년까지 제주해군기지 후보지로 강정마을을 제외한 6개 지역을 검토한 끝에 화순항을 최적지로 선정했다. 그러나 화순 주민들의 반대로 2005년에 대상 지역을 위미로 변경 추진했고, 또 다시 위미 주민들의 반발로 입지 선정에 어려움을 겪었다. 여기서부터 해군들의 공작 활동이 시작된다.

해군은 화순과 위미 때와는 달리 사전에 군 간부들을 시켜 마을회 임원과 생활이 어려운 해녀들에게 몇억 원씩의 보상금을 줄 것이라고 꼬드긴다. 그리고 당시 강정마을회장의 주도로, 강정마을 1,050명의 유권자 중 사전 모의한 87명만이 마을회관에 모여 투표도 아닌 박수로 '해군기지 유치 결정'을 내린다. 2007년 3월 강정마을이 해군기지 후보지로 거론된 지 한 달 만의 일이었다.

그 직후 마을에서 비상대책위가 꾸려져 당시 마을회장을 해임하고 새로운 마을 대표인 강동균 회장을 뽑아 다시 주민투표를 하였다. 참여

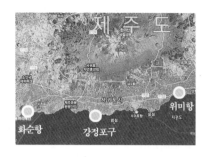

자 900여 명 중 94퍼센트가 반대하여 '해군기지 유치 철회' 결정을 내렸다. 하지만 해군 측은 자신들의 공작으로 이뤄진 '87명의 박수 선거'가 법적으로 효력이 있다며 사업을 밀어붙였다. 물론 여기에는 시공사 삼성과 대림건설의 이권도 맞물려 있었다. 하여간 이로 인해 완전히 분열된 강정마을 주민들은 형제지간끼리도 멱살잡이를 하는 원수지간이 된 채로 7년간의 지난한 투쟁을 해오고 있다.

유네스코가 생물권보전지역으로도 선정한, 천혜의 자연 환경을 가진 강정마을은 어떤 개발사업도 할 수 없는 절대보전지역이었다. 이곳에 공사를 할 수 있게 하기 위해 한나라당은 2009년 12월 제주도의회에서 절대보전지역 해제를 의결했다. 의결 정족수도 차지 않은 날치기였다. 이에 2011년 3월 제주도의회에서는 강정 주민들에게 깊이 사과하고, 해군기지 공사의 전제가 되었던 절대보전지역 해제 '동의취소'를 공식 의결했다. 하지만 해군은 아랑곳하지 않고 사업을 강행했다.

특히 제주 남부 해안은 내륙 해안과 달리 파고가 세서 농어촌진흥공사의 수리모형 실험 결과 "케이슨 공법으로 방파제 항만 공사를 하기 힘들다"고 알려진 지역이다. 하지만 해군은 이를 무시하고 사업을 강행했고, 결국 수백억 원어치의 케이슨이 유실됐다. 그렇게 엄청난 세금을 낭비하며 해군기지를 완공한다 해도 문제다. 강정 앞바다는 풍랑주의보로 입출항하기 어려운 기간이 일 년 중 석 달이나 되는데, 과연 그런 곳에 만든 해군기지가 쓸모 있을 것인가.

더구나 문제는 해당 부지가 강제 수용되었다는 것이고, 마을 주민들은 시세보다 싼 값으로 여태껏 평화롭게 농사지어 오던 생존의 터전을 강제로 빼앗긴 것이다. 이렇게 합법적인 절차를 무시하고 각종 불법·탈법·편법·공작을 통해 주민들의 생존권을 빼앗고 실효성조차 의심되는 사업을 강행하니, 주민들은 분하고 억울해서라도 저항하지 않을 수 없는 것이다.

그런데 지역 주민들의 이유 있는 저항을 막으려는 정책 당국자들의 대응이 가관이다. 그것은 반세기 전 제주도민들을 때려잡던 서북청년

단과 군경토벌대의 모습이었다. 강정마을 운동장에서 보수단체들이 집결해 열었던 '종북좌파 척결대회'는 해군기지사업단장 이은국 대령이 보수단체 대표들과 함께 모의했음이 드러났고, 해군 측에서 무대장치에서부터 음료수는 물론 해군 장교까지 동원해서 행사를 도왔던 것이 언론에 의해 밝혀졌다. 해군 정용성 소령은 '종북좌파 척결' 현수막까지 내걸었다. 해군 이태양

소령은 민간인 바지선에 사복 차림으로 올라, "불법사업 중단하라"며 바지선에 매달린 시민을 발로 일곱 차례 폭행하였다. 이는 동영상으로 찍혀 있다. 또 해군 SSU 대원들은 구럼비 바위로 헤엄쳐서 기도하러 들어갔다 나올 뿐인 송강호 박사를 아무런 법적 근거 없이 제지하는 중에 수중에서 물갈퀴를 뺏고, 숨을 못 쉬게 조르고, 주먹으로 때렸다. 이 장면이 휴대한 수중카메라에 찍혀 지역 언론에 대서특필되기도 했다. 특히 홍동진 대령 등 10여 명의 해군은 자신들에게 불리한 기사를 쓴다는 이유로 사업장을 취재하고 있던 『미디어충청』 정재은 기자를 두 시간 동안 불법 감금하고 욕설과 성희롱성 발언을 했다가 언론에 다뤄졌으며, 인권위로부터 주의조치를 받기도 했다. 이렇게 대한민국 해군은 해군기지 사업을 강행하기 위해서 국민들을 적으로 규정하고 섬멸 작전을 해오듯 했다.

그뿐만이 아니다. 공무수행을 한다면서 해군과 주민들 사이에 끼어 해군 편만을 들어왔던 경찰. 그들은 주민들이 사업자 측의 불법행위(환경영향평가법, 문화재법 위반 등)에 증거를 들이대며 항의해도 체포하고, 선사시대 문화재가 발견된 곳에 법을 어기고 불법으로 말뚝 박는 것에 대해서 항의해도 체포해갔다. 경찰의 과잉진압으로 다섯 명이 골절상을 당해 이에 항의해도 체포해갔다. 실수로 잘못 체포했더라도 조서를 거짓으로 꾸며 처벌하

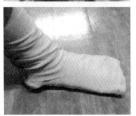

려 했다. 이러한 강정 진압의 일등공신은 서귀포 경찰서 이동민 서장이었다. 그는 부임 중에 300명의 시민을 체포하고 30명을 실신시켰으며 4명에게 골절상을 입혔는데, 없는 죄를 조서에 써서 무고한 시민을 처벌하려고까지 했다. 하여 강정마을회에서는 '거짓 조서 꾸미는 행태'를 중단해 달라는 취지로 다섯 차례 넘게 '관련사건 조작에 대한 해명과 간담회 요청서'를 보냈으나 이를 무시하며 같은 일을 반복했다. 오죽했으면 '의경 수준의 도덕성도 없는 이동민 서장'이라는 내용으로 규탄 성명서를 발표했겠나. 이럴 정도이다 보니 그가 강정마을 진압 임무를 마치고 전북 군산 경찰서장으로 전출 간 6개월 후에 강정마을 회장이 군산까지 찾아와 '이동민 서장 퇴진 기자회견'을 했을 정도이다.

여기에 사법부의 탄압이 더해졌다. 검찰 역시 있지도 않은 사실을 거짓으로 꾸며 걸핏하면 구속과 징역형을 구형했다. 특히나 강정 사태를 담당했던 공안검사인 박현준 검사는 경찰이 시민에게 "○○년아"라며 욕설을 하고 시민을 주먹으로 때리는 동영상 증거를 첨부해 고소해도 단 한 건도 사법처리하지 않은 반면, 명백한 불법에 저항하는 시민에게는 없는 사실을 조작해서 구속영장을 청구하기까지 했다. 강정마을에서는 이러한 사례 수십 건을 정리해 검찰청 앞에서 박현준 검사 규탄 기자회견을 열고, 검찰청과 박현준 검사에게 질의서를 보냈지만 묵묵부답이었다.

사실 그들의 입장에서는 이를 무시하면 되는 일이었다. 왜냐하면 대한민국 검찰은 그 자체가 무소불위의 권력이라, 거짓 조서를 꾸미는 일이 아무리 상습적이더라도 현행법상 책임을 물을 아무런 장치가 없기 때문이다. 하여간 그러한 전지전능한 사법권을 휘둘러 앓던 이를 뽑아준 역할을 한 혁혁한 공을 인정받은 것인지, 박현준 검사는 서울중앙지검 형사2부로 영전되어 갔다. 여기에 법원 역시 "사업이 일정 부분 절차적으로 잘못되었음"을 인정했지만, 그 모든 국가 폭력의 부조리를 시민에게 전가해서 처벌했다.

　해군과 경찰의 막무가내식 폭력에 대해서는 폭행 동영상(주먹과 발로 시민을 가격하는 영상) 자료까지 공개하면서, 이를 저지른 자들과 이를 비호하는 사법부의 해명 내지는 공청회를 요구하는 보도자료를 배포하고 기자회견을 열었으나, 그들은 단 한 번도 이에 응한 바 없었다. (다음 카페 '구럼비야 사랑해'의 '현장취재영상'에 모든 증거 동영상이 올려져 있다. http://cafe.daum.net/peacekj)

　하여간 이런 식으로 강정마을에서는 어태껏 600명이 사법 처리되고 40여 명이 구속되었으며 수도 없는 사람들이 부상을 당했다. 이렇다 보니 2012년 유엔에서 파견된 인권조사관들마저도 "강정마을에서의 국가폭력·사법폭력이 심각"하다고 공표했다. '제2의 4·3'이라고 불러도 과언이 아니다.

(2013. 4)

강정마을 현장에서 경찰은 수시로 불법 채증을 일삼아왔다. 공사를 막는 것도 아니고 집회신고를 낸 장소에서 평화롭게 서 있는 시민마저 채증했다. 이러한 채증 행위는 '민주사회를 위한 변호사 모임'의 주장에 따르면 '강제수사'이고 시민들을 잠재적 범죄자로 규정한 행위이다.

하여 그 현장을 포착한 둥글이는 서귀포 경찰서 정보과 형사로 보이는 이에게 다가가서 "당신이 누구인데, 왜 평화롭게 서 있는 우리들 모습을 찍는지 이유를 알아야겠다"고 물었다. 하지만 아무리 물어도 일절 말을 하지 않고 입을 닫고 있었다. 자신이 경찰공무원이고 직무상의 이유로 채증했으면 그에 대해 설명하면 되는데, 항의하는 시민을 아예 벌레 보듯 무시했다. 그후 다섯 번 이상 마주칠 때마다 다가가서 물었으나 그는 여전히 묵비권 행사로 일관했다.

둥글이는 그가 경찰인지 아닌지가 궁금할 지경이었다. 하여 둥글이는 그를 돈으로 매수해서 답을 들어볼까 하여 차량에까지 따라가 돈을 건네며 "아저씨, 돈 줄게. 얘기 좀 해주세요" 하며 만 원짜리를 흔들어댔다. 하지만 그는 돈을 받지 않았다. 두 장 건네도 소용없었다.

둥글이는 이 실험을 통해, 제주도 서귀포 경찰이 청렴결백하다는 사실을 확인할 수 있었다.

제주 4·3과 강정 (2)

『조선일보』 2011년 7월 20일자는 "종북좌파 30여 명이 북한에 불리하다는 이유로 국가안보사업인 제주해군기지 사업을 막고 있다"며 대서특필 기사를 쏟았다. 강정마을 일대에 『조선일보』 기자의 출입은 아예 금지되고 있었으므로, 『조선일보』 기자가 현장에 있는 사람들을 만나지도 않고 어떻게 이런 기사를 썼는지 이해할 수 없다. 둥글이도 당시 강정에 있었는데, 현장에 그 추악한 북한 독재자의 이익을 위해서 해군기지를 반대하는 이는 단 한명도 없었다. 생각해보라. 도대체 어떤 머리에 구멍 난 정신 나간 자들이 북한 공산당을 위해서 해군기지를 반대할 것인가! 민중의 고혈을 쥐어짜는 나치, 파시스트, 군부독재 정권은 벼락 맞고 응징을 당해도 시원찮은데, 우리가 그들을 위해서 해군기지를 반대하고 있다니. 그것을 기사로 쓰는 자들이나 이를 보고 믿는 상당수의 국민들이나 질소봉지과자 같은 뇌를 가지고 있기에 가능한 일이다. 하지만, 『조선일보』가 그렇게 대서특필하니 그것은 버젓한 현실이 되었다.

그런데 그 일주일 후인 7월 27일 더욱 놀라운 사건이 발생했다. 새누리당 최고중진회의에서 김무성 당시 원내대표는 『조선일보』 기사를 거의 읽다시피 하면서 "공사 저지세력은 북한 김정일의 꼭두각시 종북 세력이 대부분"이라며 "조속히 공권력을 투입해야 한다"고 강조했다.(참고로 김무성 대표는 남북정상회담 속기록도 어떤 찌라시에서 읽었다고 했다.) 이 직후인 8월 4일 해군과 보수세력의 모의 하에 '종북좌파척결 궐기대회'를 치렀고, 8월 25일 강동균 회장 등 세 명이 체포 후 구속되었으며,

8월 26일에는 검찰이 공안대책회의를 열어 강정마을을 '공안사건'으로 규정 한 후 본격적인 탄압이 시작되었다. 이러한 일련의 매카시즘 광풍은 대한민국의 국격을 적나라하게 드러냈다.

강정마을 주민들과 자원활동가 중에서 그 누구도 국가안보사업을 반대한 바 없다. 가령 현재 울릉도에 해군기지가 만들어지고 있다. 따라서 진정 강정마을에 모인 이들이 종북좌파들이고 그들이 북한의 이익을 위해서 안보사업을 방해하려는 것이라면 제주도보다는 북한에 더 타격을 줄 수 있는 울릉도 해군기지를 반대했어야 했다. 하지만 현재 진행되는 울릉도 해군기지를 반대하는 목소리는 아예 없다. 울릉도 해군기지는 주민과 합의가 된 터이고, 합법적으로 진행된다면 반대할 이유가 무엇이 있는가? 하지만 앞서 살펴봤듯이 제주해군기지 사업은 정부와 해군이 불법, 탈법, 편법, 폭력, 선동, 공작까지 저질러 추진하는 막가파 사업이다. 이는 기실 해군의 일방적 이권사업, 자기들 자리를 만들어내는 밥그릇 사업으로밖에 보이지 않는다. 그래서 주민들이 반대해 온 것이다. 그러한 성토는 국민의 마땅한 권리이다.

그들은 사업을 강행할 명분이 필요했던 것이고, 그렇게 보수언론과 새누리당 원내대표까지 나서서 시대착오적인 '북괴 수령 지시설'까지 공공연히 퍼뜨렸던 것이다. 가뜩이나 대한민국에서는 '안보'라는 이름이 붙으면 어떤 사업의 강행도 가능해지니 더 말해서 뭐하랴. 국격이 그러할진대.

대한민국 해군은 건국 이래 (친일파 장교들이 다져온 토대 위에) 누구도 함부로 범접할 수 없는 금단의 영역을 구축하고, 그 위에서 자신들만의 이권을 챙겨 왔다. 대한민국 해군처럼 부정과 비리로 얼룩진 조직도 찾아보기 힘들다. "리베이트만 없애도 무기 도입 비용의 20퍼센트를 줄일 수 있다"는 말은 2009년 7월 예산안 보고 때 이명박 대통령이 했던 말이다. 쉴새없이 터지는 각종 국방 비리와 함께 기능도 하지 않는 장비가 도입되자마자 폐기되는 것이 부지기수인 것은 이 때문이다.

하지만 해군 수뇌부에서는 여태껏, 이러한 문제를 지적하고 개선을 요구하려는 이들에게 오히려 적반하장의 철퇴를 휘둘러왔다. 2009년 해군 김영수 소령이 계룡대 근무지원단 근무 시절, 해군의 고질적인 군납비리를 폭로했다가 오히려 경고장을 받고 쫓겨나다시피 했던 것처럼 말이다. 제주해군기지 사업을 무리하게 강행하면서 필요없는 대민갈등, 공안몰이까지 불러일으키고 있는 것도 바로 그러한 사건의 연장선상이다.

특히나 다른 지역도 아니고 세계 유일의 유네스코 3관왕 지역(생물권 보전지역, 세계자연유산, 세계지질공원)인 강정마을에서 천연기념물과 선사시대 유적까지 파괴하면서, 미국 핵잠수함 입항 규격에 맞춘 공사를 하며 동아시아 긴장을 고조시키는 것도 문제이다. 세계적인 석학 촘스키 교수도 "제주해군기지는 중국을 겨냥한 미국의 전쟁 교두보"이며 "핵잠수함 등의 기항지"라고 규탄했을 정도이다. 전시작전권을 포기하는 것도 결국 미국의 대리전을 준비하기 위함이 아닌지, 섬뜩한 생각까지 들 정도이다.

강정마을 주민들과 자원활동가들의 바람은 다른 것이 아니다. 마을 땅을 강제수용하여 생계의 터전을 빼앗으면서 추진하는 이러한 거대

구럼비를 지켜 달라고, 강정마을에 평화를 달라고 구럼비 바위 위에서 100배를 하는 주민들과 자원활동가들. 2011년 7월.

국책사업이, 합법적인 절차는커녕 주민들을 적 취급하며 추진하는 것에 대해, 벌레가 아닌 사람으로 대해 달라는 것이다. 다만 그것뿐이다.

(2013. 4)

세월호 사태가 더욱 아픈 이유

세월호가 단원고 학생들과 일반인들 300여 명을 싣고 바닷속으로 침몰한 이후 발길 닿는 곳곳에는 노란 리본의 물결로 넘쳐났다. 하지만 이러한 시민들의 염원에도, 세월호 사태의 진상규명 가능성이 점점 희박해지고 있다. 고질적인 한국사회의 병폐가 다시 한번 확인된다.

일단 이 사태는 이명박 정부의 '여객선 사용기간 완화'로 인해 폐선 직전이던 세월호가 한국에 수입되면서 발생했다. 이후 2014년 박근혜 정부는 "규제는 암덩어리"라며 컨테이너 현장 안전 점검을 자료 제출로 대체할 수 있게 하였다. 또 선장 휴식 때 1등 항해사가 지휘할 수 있도록 '선원법 시행령 개정안'을 내고 이를 세월호 사고 하루 전인 4월 15일에 공포했다. 이 때문에 바로 그 다음날 1등 항해사 지휘하에 사고가 났던 것이다.

여기에, 일명 '해피아'라고 불리는 해양수산부와 해운재벌의 유착으로 인한, 시설·안전 규정을 넘어선 무리한 증축과 운행이 사고의 또다른 원인이 되었다. 더군다나 사고 수습 과정에서 해경과 해군의 이해할 수 없는 대응이 이어졌고, 국민들은 눈앞에서 귀중한 생명들이 수장되는 모습을 지켜봐야 했다.

더 큰 문제는 왜 이러한 사고가 발생했고, 앞으로 어떻게 하면 같은 사고를 방지할 수 있을 것인지 그 단초를 제공할 진상조사 자체가 방해받고 있다는 것이다. 책임 있게 나서야 할 각 부처들이 문책을 피하기 위해 서로 떠넘기기를 하고 자료를 조작하고 사실을 왜곡하고 은폐하고 있다. 특히나 진보-민주계열 국회의원들은 국정조사 과정에서 당시 어떤 일이 벌어졌는지 진실을 밝히기 위해 해양수산부, 해경 등에 자료를 요청했는데, 인터넷상에 이미 공개되어 있는 것 외의 대부분의 자료 제공을 거부당했다. 이는 국정조사 자체가 정부기관에 자료 한 장 강제할 수 없는 허수아비 쇼였기 때문이었다.

이 때문에 세월호 유가족들과 야당 국회의원들은 세월호 특별법을 통해 '자료 제출을 강제할 수 있는 조항' 즉 수사권과 이러한 수사로부터 나온 결과를 기소할 수 있는 권리 등을 명시하는 '세월호 특별법 제정'을 요구했으나, 이를 통해서 가장 큰 타격을 받을 이권세력들과 새누리당은 이에 결사적으로 저항해 왔다.

　그들은 세월호 특별법으로 "사법체계가 붕괴된다"는 견강부회식 여론몰이를 해왔고, 수구 세력들이 자신들의 기득권의 위협을 받을 때 늘 들고 나오는 '종북몰이' 비슷한 것을 퍼뜨렸다. 박근혜 대통령이 임명한 법무부 장관마저 "세월호 특별법의 조사권과 기소권이 사법체계 자체를 위협하지는 않는다"고 법리해석을 했고, 헌정사상 처음으로 230여 명의 법학 교수가 기자회견을 열어 "수사권과 기소권을 가진 특별법 제정은 합법적인 행위이다"라는 성명을 발표했어도 막무가내였다.

　여기에 새누리당과 연합전선을 형성하다시피 했던 보수단체들은 세월호 특별법을 저지하고 여론에 물타기를 하고자 '세월호 의인조항(의사자 조항)'을 물고 늘어졌다. 물론 우선적으로 새정치민주연합 측에서 세월호 의사자 조항을 집어넣은 것 자체가 큰 실수였다. 새민련은 유가족들의 입장은 묻지도 않고 여론의 추이도 살피지 못한 데다, "불쌍한 사람 떡 하나 준다"는 공급자 위주의 복지 마인드로 아무 생각 없이 의사자 조항을 쑤셔넣었다. 문제는 시간이 지나면서 세월호 여론은 점차 가라앉는 상황에서 의사자 지정 조항은 여론을 이반시킬 핵폭탄 역할을 했다는 것이다. 그 파급력은 엄청났다.

각종 투쟁의 현장에서 할매 할배들이 자식들을 위해, 환경을 지키기 위해 사심 없이 싸우고 있을 때, "보상받기 위해서 저런대" 하는 말이 한번 돌면, 여론이 확 바뀌어버리는 현상을 우리는 늘 경험해 왔다. 세상 돌아가는 이치에는 관심 없고, 벌어먹고 사는 데에만 정신 팔린 대다수 국민들이 돈 문제에 히스테리적으로 반응할 수밖에 없어 빚어내는 결과이다. 이것을 잘 알기에 정부와 건설업체들은 그런 이야기들을 부러 흘리곤 한다.

그런데 세월호 특별법은 애초에 의사자 조항을 (저들이 공격하기 좋게) 만들어 놓은 터였다. 이에 보수단체들은 진실 규명을 요구하며 단식하는 유가족들 앞에서 "우리가 죽으라고 했어요? 벌써 세 달째야!", "자식 팔아서 그 정도 챙겼으면 됐지!" 같은 망언을 쏟아부었고, 보수 언론은 이러한 주장들을 원색적으로 인용해서 세월호 사태를 혼탁한 이권투쟁으로 색칠해 왔다.

결국 이렇게 유가족들이 원하지 않는 비본질적이고 부차적인 군더더기 조항으로 인해 세월호 특별법에 대한 여론의 이반이 일어나기 시작했다. 수사권과 기소권에 집중되어야 할 여론의 힘은 이렇게 '보상받기 위한 법'으로 변색되면서 흐트러지는 데 이른 것이다.

20년 전, 299명의 인명을 앗아간 여객선 서해 훼리호 침몰 사건 당시 사건을 맡았던 담당 검사는, 한 언론과의 인터뷰에서 "어떻게 20년이 지났는데, 그때보다 더 후진적인 사고가 날 수 있냐?"며 성토하는 말을 쏟아냈다. 그런데, 그러한 후진적인 사고의 원인 규명조차 할 수 없는

세월호 사건에 대해서는 외국인들마저 애도하며 해법을 찾기를 기원한다. 이는 보편적 인륜의 문제이기 때문이다.

사회가 우리 사회이다. 오히려 그 사고의 원인을 밝히고 책임자를 처벌하고, 재발을 방지할 수 있는 제도를 마련하라고 외치는 이들이 '종북좌파', '반국가세력'으로 손가락질 당하는 사회. 자식을 잃은 아버지가 자식이 죽은 이유를 알고 싶다며 목숨 걸고 45일간의 단식을 해야 하는 사회. 그런데 수구정치인과 보수단체, 보수언론이 목숨 걸고 단식하는 유가족의 절규에 침을 뱉고 반국가세력으로 이미지화하고 조롱까지 하고 있는 사회. 유가족들이 단식하는 현장 앞에 측은지심도 없는 자들이 한 달 넘게 '밥 먹기 릴레이'를 하며 약을 올리는 사회. 그 사회가 바로 지금의 대한민국 사회인 것이다.

아무것도 밝혀진 바 없는 그 사건이 또 차츰 사람들 머릿속에서 잊혀져 가고 있다. 전국 곳곳 발 닿는 마을에 보이던 노란 리본의 물결이 점차 사라지고 있어서 한 번 더 아프다.

(2014. 8)

소외와 공포가 불러오는 사회적 병리

세월호 진상규명을 외치며 45일 단식을 감행했던 김영오 씨(고 김유민 양 아버지)에 대해서 극우정치인과 보수단체의 망발이 난립하던 가운데, 배우 모씨가 김영오 씨 단식장 앞에서 셀카를 찍으며 "유민이 아빠라는 자야. 그냥 단식하다 죽어라"는 저주까지 퍼부은 사진을 인터넷에 올렸다. 이에 대해서 많은 시민들이 충격을 받았는데, 모씨가 드러낸 가족사를 통해, 그가 그런 얘기를 했을 수밖에 없는 정신적 취약함이 있었음을 확인하게 된다.

스스로의 발로 서지 못하는 이들. 남에 대한 의존경향이 심한 이들이 그 의존하던 대상을 잃었을 때 느끼는 단절감은 상상을 불허한다. 그런데 모씨는 몇 년 전에 연달아 부모를 잃고, 오랫동안 우울증을 앓았다고 한다. 더군다나 불과 한 달 전에는 그의 동생이 변사체로 발견된 충격에 공황장애와 뇌경색 진단까지 받았다고 한다.

가족들의 갑작스런 죽음으로 홀홀 단신으로 내던져진 소외감과 죽음에 대한 공포감은 그렇게 복합적 질환을 만들어내며 그의 정신의 균형을 깨트렸다. 하지만 인간은 기본적으로 생존하고자 하는 본능이 있다. 하여 그 깨트려진 균형을 어떻게든 바로 맞추려고 한다. 문제는 그 건강하지 않은 정신이 맞추는 균형은 정신 전반의 왜곡을 가져온다. 이것이 더 심각한 패착을 만들어 낸다. 가령 다리 한쪽이 짧으면 휘어진 몸을 바로하기 위해서 척추가 휘는 것처럼 말이다.

모씨에게 아마 그러한 패착은 맹목적 국가주의에의 귀의로 진행된 듯하다. 자신의 의존 대상이던 부모와 형제가 급작스레 죽음을 당하자,

그 단절과 고독, 죽음에 대한 공포감으로 인해 제3의 의존 대상을 찾을 수밖에 없었던 것이고, 가장 간편한 대상이 바로 국가였다. 특히나 보수성과 국가주의 사고는 국가를 하나의 거대한 가족으로 규정하고 그에 맞게 짜임새 있는 위계질서와 권위주의, 충성을 강요한다. 이러니 보수성과 국가주의에 침잠된 이들은 박정희, 박근혜를 어버이쯤으로 여기는 것이다. 그런데 모씨는 앞서와 같은 이유 때문에 다른 이들보다 훨씬 병적으로 의존하게 되었던 것이다.

이런 모씨에게, 단식투쟁을 하며 정부를 비판하고 있는 김영오 씨는 대한민국이라는 가정의 어버이인 박근혜를 공격하는 이로 보였을 것이고, 이를 참을 수 없었던 것이리라. 그의 눈에 김영오 씨는 그에게 남아 있는 마지막 삶의 희망의 끈을 끊어버리는 행동을 하는 것으로 보였다. 따라서 그로 인한 불안과 죽음의 공포를 극복할 수 있는 방법은 바로 김영오 씨가 죽는 것이었다. 하여 그렇게 내면에 복합되어 있던 정신병리를 그는 광화문 김영오 씨 단식 농성장 앞에서 풀어버렸던 것이다. "유민이 아빠라는 자야. 그냥 단식하다 죽어라"고 말이다. 그런데 이는 말 그대로 모씨가 그간 얼마나 큰 소외와 단절, 공포 속에서 삶을 살아왔는지를 반증하는 증거이다.

문정현의 심장에 총칼을 박아주자!!!!

이것은 비단 그만의 문제가 아니다. 불법적인 제주해군기지 공사를 반대하는 문정현 신부를 트윗에서 끊임없이 스토킹하면서, 하루에 백여 개씩의 저주와 살해 협박성 글을 써왔던 20대 초반의 청년이 있었다. 그는 무기력하게 학교폭력에 시달리다 정신병을 앓고 있던 이였다. 그는 학교 졸업 후 군입대를 통해 자신을 군과 동일시하여 그 폭력의 공포로부터 보호감을 얻고자 했다. 하지만 그는 정신병으로 군 면제를 받고 나서 방 안에만 처박혀 하루 종일 군 관련 소식을 검색하며 살았단다. 그 아버지가 전해준 이야기이다.

이러던 중 군대(해군기지)를 반대하는 문정현 신부를 접하고 분노하게 된다. 왜냐하면 그는 이미 군과 일체가 된 몸이고 문정현 신부는 군을 공격하는 듯이 보이니, 그의 눈에는 문정현 신부가 바로 학교 다닐 때 자신을 교실 바닥에 쓰러뜨린 후에 무수한 폭력을 가했던 '일진'이었기 때문이다. 이것이 바로 그가 하루 종일 방안에 처박혀서 문정현 신부를 살해할 방법에 골몰한 이유이다. 이는 학교폭력을 당할 당시 멈춰버린 시간에 묶여 사는 그가 할 수 있는 최선의 일이었다. 정신의 균형을 잃은 그가 소외와 단절, 공포로부터 벗어나기 위해서 할 수 있는 유일한 일이었던 것이다. 사건이 워낙 커지자 아버지는 아들을 직접 강정마을에 데리고 와서 사과를 시켰지만, 그후에도 그는 계정을 바꿔서 문정현 신부 등에 대한 저주와 살해 협박을 이어왔다.

그뿐만 아니다. 천주교 신부들이 시국미사를 드릴 때, 군복 차림으로 모형 권총을 들고 살해 위협을 하던 보수단체 할배들. 이들 역시 6·25나 베트남전을 거치면서 죽음의 공포에 짓눌린 자아를 국가와 동일시하면서, 왜곡된 정신의 균형을 맞춰왔던 이들이다. 이렇기에 민주주의 사회에서 당연히 할 수 있는 국가 비판을 그들은 견딜 수 없어 하는 것이다. 그리고 그 견딜 수 없는 분노를 그들은 '애국심'으로 포장해 자랑스레 떠벌려 왔던 것이다. 하지만 그것은 어떤 논리와 사상, 사랑(애국)의 발현이 아니라, 사실은 자아를 압도하고 있는 공포를 벗어나기 위한 유아적 몸부림이자 뒤틀린 정신의 표출에 불과하다. 우리는 이러한 이들의 주장이 너무 극단적이고 파괴적이며 실지로 우리에게 큰 고통을 주고 있기 때문에 그들을 '용서할 수 없는 폭력적 가해자'라고 여기고 있지만, 동시에 그들은 개인적 정신병리와 보수성의 가장 큰 피해자이기도 함을 잊어서는 안 된다.

이 몇몇의 사례는 보수성을 가진 이들의 좀 극단적인 이야기이기는 하지만, 보수 일반이 그러한 소외의 공포, 죽음의 공포를 먹고산다는 사실은 이미 과학적으로도 밝혀졌다. 뇌생리학자들에 의해서, 보수적인 사람들의 뇌가 다른 어떤 자극보다 공포에 의해서 좌지우지됨은 이미 밝혀진 터다.

문제는 보수 정치인들, 기득권세력들이다. 그들은 이런 정신병리를 치유해서 사회의 건강성을 회복하려는 시도는 하지 않고 일부러 이러한 병적인 획일주의, 전체주의 분위기를 조장하고, 그 줄 밖에 나선 이들과 싸우게 만들어 사회 갈등을 부추기고, 그 과정에서 자신들의 이익의 기반을 구축하고 있다.

그러면 이 문제를 어떻게 해결할 수 있을까? 이야기는 반복된다. 이러한 부조리를 파생시키는 과도한 집합주의로부터 주체가 설 수 있는 사회 분위기가 조성될 때 해결의 실마리가 생긴다. 그리고 그 시작은 각자의 '주체적 나섬'이다.

(2014. 9)

내 어릴 적, 악의 무리를 물리치는 슈퍼 영웅이 되겠다는 풍운의 꿈을 꾸던 그때는……
설마 2014년 10월 중순의 어느 날, 천안 운동장 귀퉁이 야외 무대 위에 텐트 치고, 그
속에서 기력 보강용 한약을 달여 먹고 있을 줄은 상상도 하지 못했다.

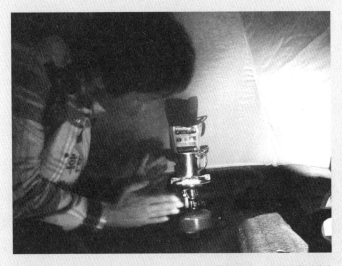

밤에 찾아오셔서 먹을거리와 저질체력 보강용 한약을 챙겨주신 김 선생님께 감사의
말씀 드립니다.

100년 전 만들어진 근대화의 길을 걸으며

　　　　　이 나라 보수정치인들 중에는 친일파가
많다. 그들은 우리가 일본의 은혜를 입었다고 여긴다. 나는 그들의 '솔
직함'에 박수를 보낸다. 우리 삶은 물질문명에 기반해 있다. 그런데 그
물질문명은 근대화를 통해 가능했고, 우리 사회에서 근대화의 터전을
닦은 것은 일본 제국주의라고 본다면, 그 은혜에 감사하는 것은 그들의
'진솔한 심정'일 것이기 때문이다.

　하여간 그 근대화의 열망, 개발과 발전에 대한 욕망을 상징하는 것이
바로 이곳 '전군도로'이다. 군산에서 일정을 끝내고 익산으로 넘어가
기 위해 이 길을 걷는다.

　　　　　　　　　　　'단군 이래 한민족 최초의 포장도로'인
전군도로는 1908년 개통 당시 길이 47킬로
미터, 폭 7미터였다. 조선 민중들은 일제가
닦아 놓은 이 길을 보고 놀라 자빠졌을 것
이다. 그 규모는 물론이거니와, 습한 기운
이 하늘에 차올라 비가 떨어지면 땅이 젖
는 것을 '천지의 이치'로 알고 있던 민중들은 비가 와도 질퍽대지 않는
이 포장도로를 보고 어떤 경외감을 느꼈을 것이다. 이전까지는 비가 오
면 사람은 물론 말이며 수레들이 뻘밭이 되다시피 하는 길바닥에서 빠
져나와, 집안과 외양간에 처박혀 날이 개기만을 기다렸다. 하지만 이
도로가 만들어진 후 '떨어지는 비', 다시 말해 '천지의 조화'는 인간이
'극복'할 수 있는 것이 되었다. 인간의 기술이 하늘의 힘을 극복할 수

있고, 또 그로부터 자유로울 수 있다는 가능성을 이 신작로가 보여주었다. 이를 본 사람들 마음 속에서 근대화의 열망은 자연스레 솟구쳤을 것이다.

문제는 이 길이 쌀과 문화재, 처녀들을 수탈해서 일본으로 빼내 가던 길이기도 했다는 것이다. 국부와 고혈이 빠져나가던 통곡의 길이기도 했던 것이다. 이 도로 하나도 그러한 양가적 감정을 불러일으켰을진대, 일본이 주도하는 근대화가 빚어내는 현실의 괴리는 이 땅에서 친일파와 항일운동가 사이의 난해한 줄타기를 만들어냈다.

그런데 그러한 근대화 과정의 부조리가 지금도 똑같은 방식으로 반복되고 있다는 것이 문제이다. 근본적으로 수탈을 동반하는 기득권세력의 욕망이 작동되는 곳에서 그것은 언제나 반복되어 왔다. 오늘날 한국사회에서 기득권세력에 의한 수탈과 갈등은 용산참사, 쌍용자동차 사태, 강정마을 사태, 밀양 사태, 4대강사업, 새만금사업, 핵폐기장–핵발전 사업, FTA, 신자유주의정책 등을 예로 들 수 있다. 이러한 사업들은 일제가 추진한 근대화 전략과 목적이 판박이처럼 똑같다.

첫째, 일제강점기 때 일제는 근대화 사업을 강행하면서 현대 교육을 받은 지식인들을 총동원해서 조작된 자료와 논리로 공신력을 확보하며 민중 수탈을 감행했다. 마찬가지로 토건족과 재벌을 비호하는 현대 정부는 어용학자들을 내세워 자신들의 사업과 정책의 합당함을 강변한다. 근대 과학에 반박할 지식이 없었던 우리 선조들이 꼼짝 없이 일제에 당했듯이, 현재의 민중은 지식(어용학자 등), 법(검찰, 법원), 권력을 독점한 이들에 의해 유린되고 있다.

둘째, 일제강점기 때 그랬던 것처럼, 권력자들은 차이를 인정하지 않고, 생각과 행동이 다른 이들에게 무참한 폭력을 가한다. 용산, 쌍용, 강정, 밀양에서 공권력의 폭력은 물론이거니와, 천안함 사태에 대해서 객관적인 자료를 갖고 이의제기를 시도하는 것 자체를 '종북'으로 매도한다. 심지어 군에서 나서서 천안함 관련 영화 상영까지 막으려 했으며, 관변단체들의 테러 협박으로 영화 상영이 중단되기까지 했다. 세월호 진상규명을 요구하며 목숨을 건 단식을 했던 고 김유민 양의 아버지 김영오 씨는 '반국가세력'으로 찍히다시피 했다.

이는 일제처럼 근대적 합리성을 악용한 결과이다. 근대적 합리성은 '이성 절대주의'를 지향하고, 주류체제에 섞이지 않는 이질적인 것을 '반이성적인 것'으로 규정하여 무턱대고 짓누르는 파시즘으로 변질되기도 했다. 그렇기에 '배타성'이 가능한 것이다. 물론 근대 이전에도 "나만 진리며 선이고 너는 거짓이고 악이다" 하는 독단은 존재했다. 하지만 뒤틀린 근대정신은 그러한 독단에 '체계적 합리성'이라는 화포로 지원사격을 가해, 일사불란하고 조직적인 억압을 가능케 한 것이다.

셋째, 일제의 근대화 전략을 가능케 한 가장 큰 동력은 '과학기술이 만들어낸 편리와 풍요에 대한 대중의 욕망'이었다. 단순히 일제의 '강요'로 근대화가 이뤄졌던 것이 아니라, 조선 민중의 '잘 먹고 잘살려는 욕망' 덕에 근대화는 가능했다. 그렇기에 조선 민중의 상당수가 그 욕망을 좇아 자발적으로 독립 의지를 포기하고 친일의 길로 들어섰다. 마찬가지로 현대의 각종 부조리한 정책과 사업들이 강행될 수 있는 것도 기실은 그 편리와 풍요에 대한 욕망이 부추김 당해 여론이 되어 나타난 결과이다. 여론이 바탕이 되어 있지 않다면 결코 정책 당국자들은 무리한 사업을 강행할 수 없는 것이다.

근대성이 작용되는 이러한 특성을 읽어내고 야만적 발전지상주의와 파쇼 전략을 가장 적극적으로 실현한 인물이 바로 박정희이다. 전두환, 노태우를 거쳐 전수된 한국사회의 '뒤틀린 근대성'은 김대중, 노무현 때 잠깐 주춤하는 듯하더니, 그후 이명박, 박근혜를 통해 다시 만연해 있다.

우리는 길을 걸으면서도 핸드폰으로 수백 킬로미터 떨어진 이들과 대화를 나누고, 하루면 어디든 갈 수 있게 거미줄처럼 연결된 도로 위로 첨단으로 무장된 자동차를 끌며 "새로운 시대를 살고 있다"고 자부하고 있다. 하지만 그것은 현대적 기술을 사용하는 것일 뿐, 우리의 정신은 그에 맞는 성장을 하지 못한 상태다. 시대가 흘렀지만, '상호존중', '주체', '상대성', '차이와 다름의 인정'으로 함의되는 현대성의 진수를 체득하지 못한 채 근대화의 그늘을 전전하고 있을 뿐이다.

특히나 참을 수 없는 것은 근대성의 부조리한 요소만 악용하는 기득권세력이다. 일제는 근대화를 추진하면서 (수많은 해악에도 불구하고) 민중들에게 '신분해방', '문명의 편리' 같은 떡고물 같은 혜택이라도 주었지만, 작금의 기득권세력은 철저히 힘없고 못 가진 자들을 소외시키면서 소수의 특권을 위해 '뒤틀린 발전지상주의'를 전파하고 있기 때문이다. 근대화라는 이름으로 시작된 물질 · 권력 경배 신앙은 100년이라는 시간이 지나는 동안 그런 식으로 진화한 것이다.

더 큰 문제는, 우리가 이 문제를 제대로 인식하고 그 후유증에 저항

할 힘을 갖추지도 못한 상태라는 것이다. 그것은 아마 우리가 아직 근대화의 굴레를 빠져나오지 못한 때문일 것이다. 우리는 '현대성'을 획득하고 포스트모던의 시대에 살고 있다고 자부하고 있으나, 실은 일제 식민지 교육에 의해 뒤틀린 근대성에 침잠되어 아직 그후의 시대를 열지 못하고 있다. 그렇기에 근대성의 순기능(비판적 이성, 합리, 민주, 평등)은 체득하지 못한 채, 맹목적인 물질·권력 지향으로 우리의 정신은 수렴되었던 것이다.

그러고 보면 아직 우리 국민은 일제가 닦아 놓은 이 근대화의 상징 '전군도로' 위에서 단 한발짝도 앞으로 나아가지 못하고 있는 것이 아닐까. 만약 역사가 전진하는 것처럼 보였다면 그것은 무덤 위에 핀 꽃처럼, 풍요한 물질문명이 빚어낸 착시효과 때문일 것이다. 그러한 상념 때문인지, 비까지 떨어지는 이 어둑한 길을 아무리 걸어도 앞으로 나아가는 것 같지가 않다.

(2013. 11)

버려진 죽음

치명적인 실수로 인하여 도로에 발을 디딘 민달팽이. 내리쬐는 땡볕으로 몸의 수분이 증발하면서 타는 목마름을 느꼈을 테지만, 인간이 만들어낸 콘크리트 구조물에는 자연으로 돌아갈 비상구가 없다. 말라 죽은 민달팽이의 최후는 우리 인류가 처한 현실의 은유이기도 하다.

베트남 전쟁을 다룬 세기의 명작 「플래툰」의 가장 인상적인 장면은, 윌리엄 데포가 아군의 배신으로 정글에 버려져 결국 적군의 공격을 받아 만신창이가 된 후의 포효 장면일 것이다. 이 장면의 상징성은 적은 저쪽 반대편(베트남)에 있는 것이 아니라, 바로 자신(미국)의 폭력성이라는 것을 반성적 성찰로 드러낸다는 점이다.

아스팔트 바닥에 비슷한 장면이 연출되어 있다. 신에 의해서 "만물을 잘 경영하라"는 지침을 받았다는 인간은 그 지침을 거부하며 자연을 학대해 왔고, 인간의 배신에 포효하며 쓰러지는 죽음의 행렬은 끝없이 이어지고 있다. 그리고 이는 단지 그들만의 죽음이 아닌, 인간의 생존 기반 붕괴로 이어진다.

다람쥐들은 종종 도로를 넘어 건너편 숲에서까지 먹이활동을 하곤 한다. 갓길 경계면에 깔려 죽은 다람쥐는 아마 도로 아래쪽으로 먹을 것을 찾아 나섰다가 돌아오는 중에 사고를 당한 듯하다. 옹벽 위의 보금자리로 돌아가는 중에 간발의 차이로 자동차 바퀴에 깔린 듯하다. 갓길 경계선에서 깔린 것으로 봐서는 아마 차량 운전자도 도로 한가운데서 다람쥐를 발견하고 피한다고 갓길 쪽으로 방향을 틀다가 불운하게도 다람쥐가 최후로 발을 디딘 장소를 밀고 지나간 듯하다. 어차피 현대문명의 이기는 인간이 통제할 수 있는 것이 아니기에.

　한발만 더 빨리 뛰었더라면 가슴 쓸어내리며 저 장벽을 넘어, 자신의
보금자리에서 아무 일도 없었다는 듯이 물어온 도토리를 파묻고 나서
짝과 다정한 오후 시간을 보냈을 다람쥐. 한편, 기다림에 지친 이 녀석
의 짝은 시간이 되어도 돌아오지 않는 불안함에 그가 나간 길을 따라
밟았다가 도로에 형체도 알아볼 수 없게 뭉개진 자신의 짝을 보고 한없
는 슬픔에 잠겼을 것이다.

　도로라는 이름의 죽음의 덫에 들어왔다가 경계석을 넘지 못하고 그
앞에서 최후의 순간을 맞은 두꺼비, 개구리, 작은 새, 족제비, 고라
니……. 하지만 인간 문명의 잔인함은 이들을 '죽였다'는 데에 있지 않
다. 그보다는 이러한 죽음들이 인간들에게는 별다른 고민거리가 되지
않고, 아무렇지도 않게 '길에 버려짐'에 있다.

(2013. 8)

이 사진을 보고 무엇을 느끼는가

굶주림에 기력을 잃은 아이가 온몸에 달라붙은 파리를 쫓을 엄두를 내지 못한다. 해마다 4천만 명의 인류가 물 부족, 식량 부족으로 인해서 아사한다고 한다. 아래 사진을 보고 '불쌍하다는 생각'을 하고 있는 이들은 세상이 돌아가는 현실을 한참 잘못 보고 있는 것이다. '불쌍하다는 생각'은 흔히 타인에게 연민을 느껴서 '한푼 던져 주고 싶은 의지'와 함께 솟아나곤 하는데, 우리는 저렇게 굶어 죽어가는 동족의 모습을 보고 불쌍함이 아닌 미안함을 느껴야 한다.

지구의 자원은 한정되어 있다. 따라서 지금 이 자리에서 내가 뭔가를 하나 더 손에 쥔 결과로 다른 쪽에서는 결핍이 나타난다. 결국 내가 잘

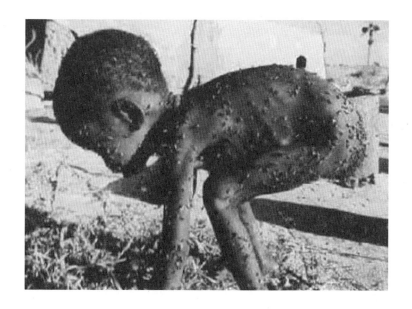

먹고 잘살고 있는 결과, 저들의 결핍이 발생하는 것이다. 만약에 저들이 우리처럼 잘 먹고 잘살았더라면 반대로 우리는 지금 저들의 모습을 하고 있을 것이다. 그러므로 저들을 대하는 우리의 마음에는 '불쌍함'이 아닌 '미안함'이 들어차야 한다.

이러한 이해에 다다른다면, 우리는 저들을 보면서 일시적으로 솟구치는 '안쓰러운 마음'과 함께 그저 한푼 던져주고픈 의지가 아니라, 좀 덜 소유하고 좀 덜 소비해서 우리가 가진 풍요를 나눠야 할 필요를 느끼게 된다. 이것이 저들의 고통을 담보로 풍요를 누리고 있는 우리의 마음이어야 한다.

현대 물질문명 사회가 우리 머릿속에 주입한 지극히 편협하고 조잡한 관념은 하나라도 더 소유하고 더 소비하고자 하는 끊임없는 욕망의 함정으로 우리를 이끈다. 이러한 집단최면에 의해 오염된 우리의 정신은 이것을 충족시키지 못할 때 열등감과 상실감을 불러일으키고 끝없는 패배감을 느끼게 하여, 어떻게든 우리가 그 집단의 문화에 결국은 종속되도록 만든다. 그 결과가 바로 우리가 현재 보고 있는 개발과 발전, 군사적 무장을 위한 광기이다. 낙후된 나라에 살고 있는 우리의 동족들이 죽든 말든, 환경이 파괴되든 말든, 후손들의 존립 터전이 무너지든 말든 맹목적으로 '잘 먹고 잘살 생각'에만 빠져 '더 많은 소유와 소비'를 외치며 산과 강을 파헤치는 광기! '나라를 지킨다'는 명분하에 끊임없이 서로 죽이기 위해서 삶의 터전을 전쟁터로 만들어내려는 광기인 것이다.

이러한 광기를 당연하게 여기는 사람들이 많은 사회가 망하는 것은 필연적인 결과인데, 이는 이미 수많은 전문가들에 의해 예견되어 있다. 2050년 동식물 절반이 멸종하고, 이번 세기가 끝나기 전에 지구는 생물이 살기 힘든 지옥이 될 것이라고 한다(2006년 유엔 보고서).

이제 풍요와 발전의 시대는 끝났다. 지금 우리가 누리고 있는 풍요는 증오와 질투, 죽음과 파괴, 절망을 기반으로 세워져 있음을 알아야 한다. 타인을 헐벗고 굶주리게 한 결과로, 생태계를 무너뜨린 결과로, 후손들의 존립가능성을 희생시킨 결과로, 우리는 현재의 풍요를 누리고 있는 것이다.

"인생을 잘살아간다"는 것은 단지 배불리 먹고, 자동차를 타고, 집을 사고, 가족을 거느리고, 넉넉한 노후자금 덕분에 여유로운 한때를 보낸다는 의미와는 전혀 다르다. 이제 우리는 환경과 후손에 대해 책임 있는 삶을 살기 위해서 여태껏 우리가 자연스레 누리던 그 모든 풍요와 안락을 포기해야 하는 상황에 다다랐다는 것을 알아야 한다.

우리 존재를 휘감고 있는 이 야만적 개발과 발전, 군사적 무장을 위한 광기에 저항하지 않는 이상, 하나라도 더 갖고 높아지고 강해지려는 욕망을 극복하지 못하는 이상, 우리는 이 세기가 끝나기 전에 멸종을 고하게 될지도 모른다.

지금까지 머리로 당연하게 여겨왔던 우리들의 모든 잘못된 생각, 타성에 젖은 몸으로 익혀온 모든 습관과 문화를 우리의 몸과 마음으로부터 다 끄집어내고 되돌아보아야 할 때이다. 이제는 하나라도 더 버리고, 비우고, 나누며, 인류와 자연이 함께 조화롭게 사는 방법을 익힐 때이다.

　지금 우리가 처해 있는 이러한 함정으로부터 빠져나오기 위해서 우리는 세상을 보는 눈부터 바꿔야 할 것이다. 자, 지금 당신 앞에 보이는 것에 어떤 감정이 느껴지는가? 불쌍함인가? 미안함인가?

(2012. 8)

능동적 저소득의 삶

　　　　　　지구가 점차 불지옥으로 변하고 있음은 모두가 아는 바이다. 이 문제는 다른 어떤 현안보다도 우리가 관심을 갖고 해결해야 할 문제이지만, 둥글이 생각으로 절대 다수의 사람들은 관심이 없거나, 형식적 · 가식적인 관심만 가지고 있다. 노동, 복지,

인권, 평화…… 심지어 환경보호 문제에 관심을 가지고 있는 전문가들마저도 이 문제의 심각성과 해결방법을 제대로 이해하지 못하고 있거나, 알고도 실천하지 않고 있다.

작금의 지구 기후변화의 문제는 단순히 에너지 절약 열심히 하고, 재활용 잘 하고, 전기 코드 뽑아서 해결될 문제가 아니다. 사실상 그것은 지구 기후변화의 요인의 감소에는 별 영향을 미치지 않는 기만적인 조치들이다. 그것은 단지 지출을 줄여서 저축을 늘리기 위한 절약운동에 가깝지, 지구 기후변화를 막기 위한 근본적 조치가 아니다.

가령 수조 원대의 재산을 가지고 있는 사람이 현 시간부로 철저한 금욕주의자이자 수도자가 되어 산에 올라가 살면서 아예 안 쓰고 안 먹는다고 해보자. 그렇다면 그는 지구의 기후변화를 막는 전도사 역할을 하고 있는가? 전혀 아니다. 이미 그가 가진 재산 자체가 지구를 막대하게 파헤친 결과물인 것이고, 앞으로 지구를 파괴할 수 있는 가능성인 것이다.

앞서 정리했듯이 지속가능한 자연을 위한 적정 온실가스 농도를 기준으로 소득수준을 가늠하자면, 대략 한 달 50만 원 이상의 소득을 벌어들이는 것 자체가 지구를 파괴하는 행위이다. 하지만, 우리의 소유-소비 습관이 얼마나 큰 문제를 일으키고 있는지 잘 알고 있는 이들조차도 자신의 소득을 50만 원 이하로 낮추려는 생각은 꿈도 꾸지 않고 있다. 왜냐하면 대중소비사회가 각개의 인간에게 더 많이 소유하고 소비하게끔 정신에 심어 놓은 삶의 준거들이 그러한 '일탈'의 행동을 못 하도록 발목을 잡기 때문이다. 설령 특별한 자각을 통해서 친지구적 삶을 택한다고 하더라도 그러한 삶을 시작하는 순간 그는 엄청난 상실감과 열등감에 시달리기 시작한다. 그리고 문화와 집단, 내면화된 가치의 압력은 결국 자신이 지금껏 누리던 편리와 풍요를 찾아 그가 다시 지구파괴 공모자 역할을 하게 만든다. 이것이 바로 지구와 인류의 미래를 고민하는 대다수의 이들이 지구적 위기 상황에서 기껏 에너지 절약과 재활용 운동의 수준에만 매달려 있는 이유이다. 그리고 앞서 말한 것처럼 그러한 운동은 기후변화 문제의 본질을 보기 힘들게 만드는 기만적인 제스처이다.

사회적 이슈에 공분하고 나서는 것도 중요하지만, 근본적인 문제가 나의 책임 있는 삶의 방식으로부터 시작된다는 것을 정확히 살펴야 한다. 수구 정치인들과 악덕 기업가들이 나쁘기는 하지만, 넓게 봤을 때 50만 원 이상의 고액(?) 월급쟁이들도 지구파괴의 공범에 속한다. 이 사회의 해결 가능성 없는 각종 부조리의 파생은 실은 각 개인이 수행해야 할 책임 있는 생존 방식을 거부한 데서부터 비롯된다는 것을 자각해야 하다.

물론, 50만 원 이상의 소득이 발생시키는 문제점을 개인이 깨닫는다 하더라도, 선뜻 풍요와 편리, 사회적 체면과 대중적 소속감에 위협을 주는 '능동적 저소득'의 길로 나아갈 수는 없다. 하지만 최소한 그 사실 자체만이라도 정확히 인지하고, 덜 벌기 위해 노력하거나, 소득의 상당 부분을 떼어내어 사회적 약자와 환경 보호를 위해 쓴다면, 딱 그만큼의 수준에서 우리의 자식들은 파국에 대비할 수 있는 시간을 얻을 것이다.

이러한 '능동적 저소득의 삶'이 단순히 자연과 어우러진 목가적인 삶의 취향으로 오해되지 않고, 우리가 공멸을 피하기 위해서 선택해야 할 거의 유일한 삶의 방식임을 인식한다면, 그래서 그 사실을 직시한 이들이 좀 힘들더라도 그 길을 사람들에게 분명히 제시하며 앞서 갈 수 있다면, 지금같이 똑똑한 사람들이 마케팅과 경영, 주식과 재테크 기술 배우는 데에만 미쳐 있지 않고 능동적 저소득을 지향하는 다양한 아이디어와 방법들을 만들어 낸다면, 그것이 사람들 사이에 전해지고, 여론이 되고 정책이 되며, 문화가 된다면, 그래서 못 가진 것이 오히려 자랑이 되고, 서로 덜 갖고 나누려는 삶이 인간 보편의 정서가 된다면, 자연계에 대한 인류의 학대는 중단될 것이고, 후손들은 파국의 미래를 맞지 않아도 될 것이다.

우리 각자는 지금 그 선택의 분기점에 서 있다.

(2014. 6)

소유의 사회

소유는 중독성 있는 속도놀이와 같다. 성능 좋은 차를 가지면 더 먼 곳을 갈 수 있고 이것이 촉발하는 자유감이 가속을 부추기듯이, 소유물이 선사하는 자유감에 일단 빠져들면 더 많은 것의 소유를 욕망하는 악순환이 거듭된다. 소유는 갈망의 피스톤을 가속시키는 액셀러레이터이다. 파국에 닿을 때까지 멈출 줄 모르고 밟게 되는 죽음의 액셀러레이터.

하지만 일단 그 악순환의 고속도로에서 빠져나올 용기를 가지면, 소유는 더 이상 그 자체로 욕망의 확대를 꾀하지 못한다. 그리고 용기 있는 인간은 그 소유된 것들이 속삭이는 거짓된 욕망의 부풀림에 의해 스스로의 존재를 발목 잡히지도 않는다. 역설적이게도 자기가 가진 것을 하나라도 버리는 용기는 우리에게 그만큼의 자유를 준다.

지난 이천여 년간 인류는 종교적 광신과 봉건적 폭력으로부터 빠져나오려고 애썼다. 하지만 그 끝에 우리는 "하나라도 더 갖는 것이 풍요를 준다"는 물신과 소유의 신화에 빠져 있는 상황이다. 이 신화는 과거의 것보다 더 강력한 주술과 폭력으로 무장해 있다. 하지만 우리는 과거와 달리 모두가 하나가 되어 그 적을 기꺼이 섬기며 찬양하고 있다.

이 주술로부터 우리는 스스로를 구해내야 한다. 세상의 모든 갈등과 분쟁, 학살, 전쟁, 생태적 위기가 바로 그 소유의지의 무한한 증식 때문에 빚어졌기 때문에도 더더욱 그러하다. 그 거짓된 신화의 타파는 물신과 소유의 속도놀이에 제동을 거는 우리의 의지에서 시작된다. 이 전쟁에서 승리한다면 인류는 역사상 처음으로 스스로의 발로 대지에 서게 될 것이지만, 그렇지 않을 때 우리는 최후의 1인이 남을 때까지 서로를 학살할 것이다.

(2014. 7)

(환호) 신이시여! 감사드립니다. 제가 가는 길바닥에 소중한 재화를 던져 놓으사, 제가 그것으로 생필품과 군것질거리를 사고, 하루를 더 살아나갈 힘을 주심에 당신이 저에게 베푸시는 남다른 은총에 몸둘 바 모르겠사옵니다.

(환호 끝에 밀려오는 허탈함) 그러나 신이시여. 십 원짜리 동전 주으려면 인건비도 안 나옵니다. 다음부터는 지폐로 하옵소서!

4

그리고 ······

내가 얻고 있는 것

연 닷새째 비가 내리고 있는 상황이다. 전날 저녁에는 무주초등학교에 들어가 수돗가 옆으로 텐트를 치고 나서 신발과 양말부터 빨았다. 싸구려 운동화 덕에 비만 조금 오면 양말과 신발이 흠뻑 젖곤 한다. 며칠째 질척거리며 풍기는 발 냄새가 말할 바가 아니었다. 그렇게 양말을 빨아도 말릴 방법이 없었지만, 냄새가 워낙 심해서 우선 땟국물이라도 빼야 했다. 계속 몸이 젖고 말릴 새 없이 돌아다니다 보니 꿉꿉하기가 이를 데 없다. 배낭은 물론, 침낭, 텐트, 깔판, 냄비 주머니, 슬리퍼 주머니 등 모든 장비가 습기를 한 바가지씩은 머금었다. 몸에 곰팡이가 필 지경이다.

전날의 악몽은 이어졌다. 아침부터 비 떨어지는 소리에 화들짝 놀라 일어나야 했다. 다시 젖은 양말과 젖은 신발을 신고, 역시 빗물이 흥건한 텐트를 접어서 배낭에 챙겨 넣었다. 하루 종일 질척이는 발로 이곳저곳 돌아다니면서 볼일을 봐야 했는데, 글피까지 비가 온다니 아마 그

날쯤 되면 몸이 물에 팅팅 불어 있을 듯하다.

이렇게 옷과 신발 챙겨 갈아입는 문제부터, 밥 먹는 것, 싸는 것, 자는 것 등으로 하루하루가 난관의 연속이다. 수많은 사람들과 부대끼고, 예상할 수 없었던 상황에 직면해서 쩔쩔매고, 가끔은 개들에게까지 괄시받는다. 자…… 그렇담, 과연 나는 이러한 경험을 통해 무엇을 얻으려 하는가?

안정된 직장 생활을 하거나 시민단체에 들어가 운동을 한다면, 방해받지 않는 잠자리와 세끼의 밥, 빨래를 돌려 말릴 세탁기로 기본적인 생리적 필요를 충족시킬 수 있을 테고, 그로 인해 남는 시간엔 더 '고차원적인 고민'을 통해 좀 더 생산적인 문제의식을 사람들과 공유할 수도 있을 텐데, 왜 나는 이렇게 가장 기본적인 '의식주' 문제 처리에 내 유랑 생활의 상당 부분을 할애하면서 비루한 현실에 버거워하고 있는가?

내가 이리 돌아다니면서 얻으려고 하는 것은 다른 것이 아니다. 끝없는 인간의 욕망으로 파괴되고 있는 세상 속에서 낮은 자로 살아가며, 기본적인 생리 작용(의식주)을 해결하는 과정을 통해 이제껏 잘못 살아온 나 자신을 허물어뜨리고, 내 온전한 인간적 원형을 발견하고 싶은 것이다. 또 한편으로는 현대사회에 적응해 살아가는 사람들의 모습을 그 속에 어우러져서가 아니라, 한 발 떨어져서 봄으로써 그들이 가지고 있는 인간적 면모의 실체를 들여다보고 싶은 것이다.

그것은 나를 지지해주는 사람들과의 관계 속에서, 조직과 문화에 적응한 안정감 속에서는 얻기 힘들다. 집단의 역학 속에서 '해야만 하는 것을 원해야 하는 삶'에서는 결코 얻을 수 없는 기회이다. 밥 먹고, 잠을 자며, 빨래를 하고, 길을 걷는 순간 순간이 매번 새롭고 생소하게 펼쳐지는 상황, 그 공간과 의미의 연속 안에서 내 자신의 현재를 살피고, 인간을 관찰하며, 세상을 돌아보는 것. 내 자신을 방향타 삼아 나아가는 길에서 내 자신을 규정할 수 있는 근거를 찾는 것. 이것이 내가 유랑의 길에서 얻을 수 있는 가장 귀한 것 중의 하나이다.

자, 문제는 이 장엄하고 현학적인 이야기들을 유랑의 삶 속에 실현해 왔던 나의 정신이, 사람들이 기대하는 것과는 달리 대단히 불안정한 상태에 있다는 사실을 실토하지 않을 수 없다는 것이다.

유랑 초반 일 년째까지는 사람들 눈에 안 띌 어두컴컴한 구석에 텐트를 치고 침낭 속에 몸을 파묻은 후 칠흑 같은 어둠 속에서 눈을 깜빡이고 있을라치면, 무참한 고독과 회의가 밀려왔다. 특히나 유랑 기간이 길어지면 길어질수록, 걸으면 걸을수록 일상으로 다시 돌아오기 힘들다는 사실을 자각하며, 그간의 삶의 기반이 사라진다는 위기감이 상당한 불안과 고뇌를 안겼다. 그것은 생존 본능과 그간 훈련된 사회적 관계의 뿌리까지 송두리째 흔들어대는 근원적인 진동이었기에 은근하면서도 집요하게 나를 괴롭혔다. 몸 하나 간신히 누일 수 있는 공간에서 몇 시간이고 존재의 기반이 뒤죽박죽되는 상념에 뒤척이며 머리가 무거워질 때에는 당장이라도 짐을 꾸려 돌아가고 싶었다. 차라리 하루 종일 발이 찢어지고 몸의 진이 다 빠지는 강행군이 고마웠다. 이런 때는 밀려오는 피로에 아무 생각 없이 쓰러지다시피 잠이 들기 때문이다.

이런 과정을 통해 돌아보건대, 나는 이 여정에 '장거리를 이동할 수 있는 묵직한 신발' 같은 생각들로 무장하고 나섰지만, 대지에 굳건히 뿌리를 뻗은 거목이 아닌, 폭풍우 앞에 휘날리는 한 줄기 잡풀의 신세가 되었던 것이다. 아마 이런 모습 때문인지 상당수의 사람들이 "시국이 이런 때에 여행이나 하고 다닌다"고 안타까워하며, "더 안정되고 효율적이며 중요한 활동"을 제안하곤 한다. 아침에 깨어 텐트 천장을 보면서 "내가 왜 여기에서 이런 걸 하고 있어야 하는지" 회의에 빠져 있곤 하던 유랑 초반기가 지나고 그 후로 무수한 날이 저물고 다시 밝아왔으나, 여전히 내 삶은 생소하고 혼돈이 가득하다.

그런데 이런 과정의 연속에서 이제 차츰 알 것 같기도 하다. 내가 이 유랑을 통해서 진정 얻는 것은 '한 차원 진화된 강건한 인간으로 태어남'이 아닌, '끊임없이 요동치는 삶 속에서의 내 자신의 존재 규정과 해체의 반복'임을. 내 존재에 대한 끊임없는 창조와 파괴야말로 이 삶의 진수라는 것을. 이는 일상의 안정을 포기한 이가 치러야 할 실존적 대가이자 보답이라는 것을. 이는 자본 제일주의가 전체주의와 맞물려 지구를 파국으로 밀어붙이는 획일적 일상에 대한 궁극의 저항이라는 것을. 이것이야말로 "내 삶을 스스로 규정한다"는 말의 실질적 체현이고, 내가 유랑의 길에서 얻을 수 있는 가장 귀한 자각이라는 것을.

(2014. 11)

우리는 지금 어디에 서 있는가

엄청난 힘을 자랑하는 천공기가 요란한 소리를 내면서 해변 바위를 뚫는다. 굉음과 함께 뚫린 구멍에는 화

제주도 강정마을의 구럼비 바위가 파괴되고 있다.

약이 들어가고 이내 폭발한다. 폭파된 바위의 잔해는 대형 장비를 이용해 한쪽에 긁어 모아지거나 바다를 메우는 데 사용된다. 이러한 거대한 장비와 폭파 기술을 이용하면 순식간에 작업이 진행되기에 인간의 입장에서는 시간적·경제적으로 큰 이익이다. 하지만 이곳을 삶의 터전으로 여기고 살아온 생물들에게는 어떠하겠는가.

현대사회에서 인간의 존재 가치는 가진 것의 양과 지위를 통해서 규정된다. 이러한 사회에서 각각의 개인들이 더 소유하고 더 높아지는 것에 혈안이 되는 것은 무리가 아니며, 자연을 파괴한 대가로 자신의 주머니에 이익을 챙겨 넣는 것은 상식이 된다. 정치인과 공무원, 사회와 국가는 이러한 야만을 지극히 합법적이고 정당한 것으로 만들고, 대중은 이에 부합한다.

이렇게 자연에 대한 착취를 정당화하는 인간의 오만은 스스로를 자연을 정복한 존재로 규정하기까지 한다. 이런 인간적 착각은 이미 치유할 수 없는 전염병이 되어 인류의 정신을 지배하고 있는 상태인데, 자연은 이러한 인간적 독단에 대해 혹독한 교훈으로 되갚고 있다.

과학자들은 "생태계가 붕괴되고 있다"고 말한다. 이는 생태계 연결 고리의 총체가 균열을 일으키고 무너져내림을 뜻한다. 우리가 발 디디고 있는 대지가 파괴된다는 의미이고, 우리 생명의 어머니가 파괴된다는 의미이며, 우리 자신이 파괴된다는 의미이다.

지금 이 순간에도 우리는 '개발'과 '발전', '안보'라는 미명하에 우리 자신의 존립 기반을 파괴하고 있다. 인구는 기하급수적으로 늘어나고, 그 각각의 욕망은 더더욱 커지고 있으며, 천연자원과 식량, 지하수는 고갈되고 있다. 청정에너지라고 허울 좋게 소개되는 핵발전에 의한 방사능 오염은 현재는 물론 수만 년 후 자손들의 삶의 터전을 망가뜨릴 것이다. 유전자조작식품과 각종 항생제가 뒤섞인 먹을거리가 우리의 식탁에 오르고 있고, 이렇게 자연의 순리를 거스른 탓에 원인도 모르는 질병으로 죽어가는 사람들이 점점 늘어나고 있다. 인류의 육식 습관은 지하수를 고갈시키고 지구온난화를 가중시킨다. 또한 매년 한반도 규모의 열대우림이 파괴되고 있고, 지구 온난화의 영향으로 한반도 3분의 2 면적의 땅이 사막으로 변하고 있다. 물 부족과 식량 부족으로 한 해 5천만 명 이상이 죽어가고 있고, 앞으로 이는 점차 심화될 예정이다.

안타깝게도 이러한 지구적 위기 상황에서 인류는 좀 덜 쓰고 나누며 자연을 보존하고 함께 조화를 이루는 지속가능한 삶, 평화와 공존의 삶을 선택하지 않았다. 대신 대립과 경쟁의 길을 택하고 있다. 마지막 씨 감자를 서로 차지하기 위한 최후의 일전을 위해 군사적 무장을 하는 길을 택하고 있다.

이러한 자멸을 향한 집단최면 속에서 그 구성원들이 이 야만의 시류를 거슬러 오를 용기를 내기란 쉽지 않다. 각 개인은 사회 속에서 스스로 생각하고 행동할 수 있는 주체적 인간이 아니라, 그 사회의 기대에 가장 잘 부응하는 부품으로 길러져 왔기 때문이다. 현재를 성찰하는 몇몇 인간들만이 이 거대한 야만에 맞서고 있지만, 사회는 오히려 그들을 규탄하는 데 바쁘다.

이렇게 인류의 욕망은 지혜를 압도하고, 인류는 대비해야 할 미래보다는 눈앞의 이익에 눈이 멀어 있다. 평정심보다는 불안이, 평화를 갈구하는 합리적 의지보다는 공포에 대한 본능적 반작용이 이들을 움직이는 주요 동기이다.

지금까지의 이야기는 지난 100년간 인류가 지구 온도를 0.8도 상승시킨 결과 발생한 환경적·사회적·정치적·군사적 격변이다. 그런데 전문가들은 100년 내에 지구 온도가 최소 3도에서 최대 6도가 오를 것을 예상하고 있다. 하지만 이에 아랑곳하지 않는 개발과 발전, 안보라는 이름의 집단최면과 광기는 우리의 존재를 집어삼키고 있고, 더 깊은 나락으로 밀어넣고 있다. 스스로가 무한의 공간과 영원의 시간의 중심에 있는 주체적 존재임을 자각하지 못하고, 문명과 미래에 대한 각자의 책임을 거부하며 하나라도 더 갖고 높아지려는 집단최면에 도취된 우리…….

우리는 지금 어디에 서 있는가. 우리는 지금 무엇을 하고 있는가. 과연 우리에게 나아갈 길이 있는가. 나를 움직이는 동기가 욕망과 공포와 불안이 아닌, 배려와 사랑과 평화에 대한 갈구가 되게 하소서.

(2012. 9)

채움의 세상

　　　　나주는 유서 깊은 고장답게 곳곳에서 역사의 흔적을 발견할 수 있었다. 사원 사십여 개와 정려(旌閭) 오십여 개가 세워져 있고, 재각(齋閣)도 간간이 눈에 띈다.

　떠도는 나그네의 입장으로 가장 관심이 가는 곳은 정자이다. 사원과 정려 등은 뼈대 있는 가문이나 종파의 경험을 독점하고 위세를 다지는 역할을 하는 것과 달리, 정자는 한량들의 휴식 공간으로 만들어졌기 때문이다. 지친 나그네가 쉬도록 만들어진 공간이기에 시대를 초월해 나와 같은 떠돌이에게는 특히 반가운 곳이다. 문제는 정자가 별로 눈에 띄지 않는다는 것이다. 과거에는 영산강을 따라서 백여 개의 정자가 있었다고 하는데, 지금은 둑이 생기고 도로가 만들어지고 축사와 공장 건물이 들어서면서 거의 다 없어졌다고 한다.

　이렇게 비움과 여유의 공간은 개발 논리에 밀려 점차 사라지고 있는 반면, 조상을 기리며 가문의 번창을 기원하는 곳(채움의 공간)은 대개 후손들에 의해 잘 보존된다. 이는 현대인의 여유 결핍과 성공과 번성을 향한 열망을 그대로 드러낸다. 이것은 돌아다니면서 접하는 모든 지역의 모습이기도 하다.

　산과 습지와 국립공원은 물론이고, 그린벨트에 대한 개발 규제까지 풀리면서 녹지와 호수가 메워지고 그 위에 주택과 공장이 빼곡히 들어서며, 콘크리트 벽과 철조망이 쳐진다. 이뿐인가? 전국에 10여만 킬로미터의 도로가 깔려 있고 그 중 6만 킬로미터가 포장도로인데, 멀쩡한 도로 옆에 다시 도로가 깔린다. 더 빨리, 더 많이 소유하려는 욕망의 반

전남 함평군 가덕마을 앞 정자 풍경. 마을 어르신께 양해를 구한 후 텐트 치고 빨래를 해서 널어 놓았다.

영이다. 5분이라도 빠른 지름길을 개척할 수 있다면, 그래서 그만큼 작은 이익이라도 얻을 수 있다면 수려한 자연과 그곳에 뛰어놀던 야생 동물들의 안위는 고려할 바가 못 된다. 지리산 일부 도로 구간에서는 로드킬로 희생되는 동물이 연간 3천 마리에 이른다고 한다.

이렇게 속도에 대한 집착과 채우려는 욕망, 높아지려는 의지가 조급함과 경쟁, 분열과 분쟁을 증가시키고 생태계와 후손들의 미래를 파괴하고 있지만, 우리는 그 사실조차 인지하지 못하고 있다. 먹고사는 데 바빠서 이를 사려 깊게 살필 여유를 잃었기 때문이다. 일신의 평안, 풍요와 성공을 위해 타인과 생명을 이용하고 갈취하는 풍조는 여유를 잃어버린 세대가 필연적으로 획득한 인간상이다.

함안 상림지의 나무 그늘이 시원한 정자에서 한 선비가 평일에 반바지 차림으로 만화를 즐기고 있다. 한국 사회와 같이 압축 성장에 따른 경쟁의 스트레스가 인간 존립의 기반을 무너뜨리고 있는 나라에서는 참으로 권장되어야 할 정서이다. 우리에게는 욕망과 소유의 공간이 아닌, 비어 있는 공간, 일탈적 정서를 즐길 공간이 필요하다.

이러한 여유 없음의 세태 속에서 나같이 떠돌아야 하는 나그네는 여간 곤혹스러운 것이 아니다. 사적인 소유로 빈틈 없이 지어진 구획 속에, 떠도는 나그네를 위한 배려의 공간은 애초에 있을 수 없기 때문이다. 과연 채움과 높임, 속도에 대한 열망이 가득한 이들이 만들어낸 조직화된 세상에서 나 같은 나그네가 비집고 들어갈 '빈' 공간은 어디 있는가? 지친 몸을 뉠 한 뼘 공간이 간절한 나그네는 오늘도 '여유'라는 화두를 잡고 길을 헤매고 있다.

(2006. 9)

무한의 공간과 영원의 시간 가운데에서

유랑 최고의 혜택 중 하나는 밤하늘을 감상할 수 있는 기회가 수시로 주어진다는 것이다. 텐트 입구 쪽에 머리를 두고 누워, 덮개를 걷어버리고 눈을 깜빡이고 있으면 별이 내 안으로 빨려 들어온다. 어느 현자의 이야기처럼 "증대하는 경탄과 외경으

로서 나를 사로잡는, 머리 위에 별이 빛나는 하늘"과 그렇게 대면하는 것이다. 하루 종일 걸어 욱신거리는 발바닥을 꼼지락거리며 그 별 세계를 접하고 있을라치면 나라는 존재의 의미가 더욱 명징하게 다가온다.

30여 년 전 우주를 향해 쏘아진 보이저호가 텅 빈 진공의 공간을 가르며 태양계 외곽을 벗어나고 있다고 한다. 시속 7만 4천 킬로미터의 속력(가장 빠른 비행기의 30배 속력)으로 달리는 보이저호의 여태껏 이동 거리는 190억 킬로미터인데, 이는 지구를 45만 번 감는 거리이다.

우리 은하계의 반지름이 3만 광년임을 볼 때, 보이저호는 앞으로 120만 년을 부지런히 달리면 우리의 은하를 빠져나갈 수 있고, 8천만 년 정도 후면 우리 은하와 가장 가까운 안드로메다 은하에 도달해서 〈은하철도 999〉에 등장하는 아름다운 메텔을 상봉할 수 있다. 그리고 우주로 쏘아 보내진 제 본분을 잊지 않고 800조 년쯤 쉬지 않고 열심히 내달음 질하면 (우주가 알 모양이라면) 우주의 껍질에 닿거나, (우주가 뫼비우스의 띠 모양이라면) 지구로 되돌아올 것이다.

미국이 세계 패권을 과시하기 위해 계획한 냉전의 산물인 보이저호는 아이러니칼하게도 그렇게 이 광대한 시공의 바다를 헤치며, 우리 인간과 인간의 문명이라는 것이 작은 티끌에도 미치지 못함을 그렇게 온몸으로 강변하고 있는 것이다. 그것도 앞으로 800조 년 이상.

하지만 이 광대한 시공의 규모 앞에 너무 기죽어 있을 필요는 없다. 그것은 서양식 상대주의와 환원론, 동양식 허무주의가 접목된 우리 인식의 결과이니까. 내가 우주로부터 격리된 타자가 아니라, 내 자신이 우주의 일부이고 우주의 중심임을 안다면, 나는 '눈에 보이는 것 너머의 무한의 공간'과 '생의 앞뒤로 펼쳐진 영원의 시간'의 중심에서 늘 당당히 서게 된다.

(2010. 6)

너는 네 갈 길을 가라

통영에서 거제 오는 길에 갓길 화단에 꽃들이 심겨 있었다. 노란색의 메리골드가 십수 미터 길이에 4열 종대로 질서 정연하게 심겨 있다. 그런데 그 일사불란한 질서에 아랑곳하지 않고, 한 포기가 도로 쪽으로 삐죽이 나와 있다.

화단 밖으로 튀어 나와 있기 때문에 행인의 발에 밟히기 쉽고, 질서

를 무시한 대가로 화단 관리인에게 뽑힐 위험도 있다. 하지만 한 송이 삐져나온 꽃은 생명이 살아 숨쉬는 영역을 확장해 놓는다.

삐져나온 꽃은 질서정연한 꽃들이 만들어내는 작위적인 일사불란함과 조직화된 전체성이 만들어내는 숨막힘에 여유를 불어넣는 듯 보인다. 규정된 질서에 저항하는 이 작은 몸부림은 계절이 바뀌고 씨를 퍼뜨리는 자기 재생의 과정을 통해서 저 규격화된 공간을 자연 상태로 이끄는 매개가 될 것이다.

우리는 어렸을 때부터 채우고 높이려는 욕망을 자연스레 주입받으면서, 그 욕망을 충족시키기 위해 다른 사람들과 경쟁하면서 그 목적에 일생을 바치는 것을 자유라고 믿어왔다. 그래서 이 대중소비사회의 질서 속에서 다만 앞서거니 뒤서거니 하며 '열심히 경쟁할 자유'를 마음껏 향유하고 있다.

'일상에 적응해서 경쟁할 자유'는 온갖 차별과 억압을 만들어내고, 가난한 자와 약한 자의 결핍을 발생시키며, 환경을 파괴시키고 후손의 존립 자체를 어렵게 만들고 있다. 그럼에도 이 사회의 구성원들이 이 '공멸의 전조'를 눈치 채지 못하는 이유는, 잘 짜인 질서 안에서는 그 질서가 내포하고 있는 야만과 억압을 살필 수 없기 때문이다. 결국 그들이 할 수 있는 일이라고는 서로 열심히 경쟁하면서 공멸을 향해 함께 부지런히 나아가는 것뿐이다. 우리가 익숙한 삶으로부터 떠나서 자신의 발로 대지에 서야 하는 이유는 바로 거기에 있다.

물론 전체로부터 떨어져 나온 삶은 통속적인 의미의 풍요와 행복, 안정을 파괴한다. 자신의 갈 길을 스스로의 힘으로 열고 그 결과를 책임져야 하는, 끊임없는 자기 규정의 고통도 동반된다. 하지만 그것이 두려워서 주춤거린다면 필연적으로 앞서 거론했던 암울한 세상을 대면하게 될 것이다.

우리 사회의 이 모든 야만과 폭력, 부조리와 부정의에 대해서 한탄해본 적이 있는가? 도무지 어디서부터 손봐야 할지 알 수 없어 무참히 절망해본 적이 있는가? 혹은 수동적으로 끌려가며 사는 삶에 대해서, 타인에 의해 자신의 존재가 규정되어야만 하는 삶에 대해서 진저리를 내본 적이 있는가? 그렇다면 그런 삶에 동조하여 그들과 함께 전체의 행렬을 늘이는 역할을 멈추고, 그 무리에서 떨어져 나가자.

너는 당당히 네 갈 길을 가라!

(2007. 5)

책의 초반부를 읽으며 깔깔거리던 이들은 중간 중간 무거운 내용이 섞여 있는 것을 보며 "나는 가벼운 여행기인 줄 알았는데……. 머리에 쥐 내며 심각한 내용 읽으려고 책을 산 게 아닌데" 하고 투덜거리고 있을 수 있다. 하지만 이미 늦었다. 침 발라서 책장 넘긴 책, 환불 안 된다.

그러니 애초에 잘 살피고 샀어야 했다. 서문에서도 "다소 해괴한 여정을 함께할 준비가 된 이들"만 따라오라고 경고하지 않았는가. 후회를 하고 있는 이가 나의 고초를 즐겨 왔던 내 새디스트 팬들이라면 통쾌한 복수를 할 수 있음이 더할 수 없는 기쁨이다.

하여간, 중간 중간 무거운 내용이 실려 있음에 대해서는 독자가 이해해야 한다. 명색이 화장신을 경배하는 둥글교 1대 교주인 둥글이가 처음 출판하는 책인데, 격조를 높이기 위해 이 정도 이야기들을 삽입하는 것은 당연한 일 아닌가!

두 개가 한 세트

　　　　　자기 성찰은 익숙한 자기, 규정된 자존의 껍질을 찢고 가없는 자유를 지향하며 자기를 확장하는 역동적 창조력의 원천이다. 하지만 그러한 자기 성찰의 노력이 사회 문제에 대한 관심과 실천으로부터 격리되어 있다면, 이는 궁극적으로 극단의 감상주의, 관념주의, 낭만주의, 개인주의의 아류일 뿐이다.

　반대로 사회 문제에 대한 관심과 실천이 쉼없는 자기 성찰에 기반해 있지 않다면, 이는 또 다른 형태의 집단적 광신의 반복일 뿐이다. 따라서 자기 존재에 대한 깊은 성찰은 사회 문제에 대한 관심과 실천 속에서 체험적으로 다듬어져야 한다. 이것이 둥글이가 그간 도심 속을 홀로 유랑해 온 이유이다.

(2014. 9)

시간의 복도 끝으로

　　　　　담양읍 북부를 가르는 담양천 옆으로는 홍수를 막기 위해 300~400년 전에 만든 제방이 있고, 2킬로미터의 제방길에는 푸조나무, 팽나무 등이 줄 지어 심겨 있다. 일명 '담양관방제림'으로 천연기념물 366호이다. 몇 년 안 된 어린 나무부터 수백 년이 된 고목까지 서로 얼기설기 얽혀서 긴 터널을 만들어내고 있는데, 이 길을 걷고 있으면 시간을 헤집는 기분이 든다.

　점심을 먹고 낮잠 좀 자려고 이곳을 찾으니, 읍내의 어르신들이 평상

마다 넘칠 만큼 모여 계신다. 전국 많은 곳을 돌아다녔지만, 이렇게 많은 마을 어르신들이 한자리에 모여 떠들썩하게 담소를 나누며 여유로운 시간을 보내는 모습을 본 기억이 없다. 오토바이 타고 온 어르신, 전동차 타고 온 어르신, 자전거 끌고 온 어르신, 지팡이 짚고 온 어르신 들이 어우러져 초등학교 운동회마냥 왁자지껄한 분위기이다. 하지만 낮잠 자기에는 적당하지 않아 광방제림 끝자락으로 향한다.

입구 쪽에 비해 발걸음에 시간이 보태질수록 한산해진다. 정적이 느껴질 만큼 조용한 곳에 다다르니 마치 딴 세상에 와 있는 듯하다. 배낭을 내려 놓고 벤치에 누웠더니 머리 위로 깨알 같은 잎들이 각각의 모양으로 바람에 산들거린다. 이제 갓 태양빛을 맛보는 어린 잎부터 쇠하기 직전의 드센 진녹의 잎까지, 수많은 잎들이 자기만의 소리와 흔들림을 갖고 거기 그렇게 있었다.

하나하나의 잎에 초점을 맞추고 있을라치면 그 하나하나가 화폭에 옮길 수 있을 정도로 선명히 드러나는데, 초점을 풀고 전체의 흐름을 바라보고 있으면 나는 시공에 표류하는 바람이 된다. 그렇게 넋이 빠져 있는 터…….

"어디서 왔냐?"

벌떡 일어나 앉으며 보니, 여든이 넘은 할머니 한 분이 다가오시며 활기차게 말을 건네신다.

"어디서 왔냐?"

"군산에서 왔는데요."

"성이 뭐여?"

"박씨요."

"응~, 박 서방~!"

"혼자 왔냐?"

"네."

"친구들하고 같이 다니지 그러냐?"

"네. ㅋ"

"나는 (제방 아래 있는 집을 가리키며) 바로 이 집에 살어. 열일곱 살에 여기로 시집 와서 여태껏 살고 있어."

할머니는 오랜만에 만난 손자 대하듯 거리낌이 없다.

"…… 어디서 왔냐?"

"…… 군산요."

"성이 뭐냐?"

"……ㅠ— 박씨요."

"음~, 박 서방. 혼자 왔냐?"

"ㅠ— 네."

…….

할머니는 주머니의 사탕을 꺼내 나그네에게 하나 건네는 것을 신호로 몇 번이고 같은 질문을 반복하셨다. 처음 몇 번 똑같은 질문을 받았을 때는 그냥 대수롭지 않게 생각했는데, 같은 질문 '어디서 왔는지', '누구인지', '혼자인지'에 답변하면 할수록 그것이 인생의 근원적인 화두로 느껴져 내 어깨를 묵직하게 눌러댔다.

할머니의 관심은 나만을 향한 것이 아니었다. 간간이 지나는 모든 여행객들에게 "어디서 왔어?", "쉬었다 가" 하고 청하신다. 여행객들은 할머니 말씀을 단순한 배려로 여겨 밝은 표정으로 답례하며 지나간다.

할머니는 자신이 처음 시집 왔을 때는 이 큰 고목이 저 앞의 가냘픈 나무 정도밖에 안 되었다며, 고목이 그렇게 자라는 동안 자식들 장성해서 다 출가한 이야기, 할아버지가 몇 년 전에 돌아가신 이야기를 무심히 들려주신다. 세월에 맞서지 않고 그 흐름에 자신을 맡긴 이의 덤덤함이 느껴진다. 한 해 한 해 살아갈수록 젊은 시절의 조급함은 사라지고, 한바탕 긴 꿈의 막바지를 관조하는 여유가 생겨나는 것은 어쩌면 나이듦의 축복이리라.

고목들 사이로 전동차를 타신 할아버지 한 분이 나타난다. 허물없는 사이로 보이는 두 분은 천진난만한 농을 주고받으신다. 그러는 중 할아

버지는 할머니에게 "왜 혼자 있냐? 까까 사주는 삼촌이 저쪽에 있지 않느냐?" 하시고, 할머니는 "삼촌은 진즉에 죽었다"고 대수롭지 않게 답하신다. 이에 할아버지가 "죽긴 왜 죽어? 삼촌이 있는지 없는지는 저쪽으로 가보면 확인해볼 수 있지 않느냐? 까까 얻어먹으러 가자"며 왁자지껄한 제방 입구를 가리킨다.

옆에서 듣고 있자니 누구 말이 진실이고 거짓인지를 알 수가 없다. 아니, 그들의 대화 속에서 그것은 중요하지 않아 보였다. 넓게 가지를 늘어뜨린 고목과 어린 나무의 잎이 자연스레 어우러져 하나의 숲을 형성한 것처럼, 그들은 뒤섞인 시공과 관계들 속에 자연스럽게 녹아들어 있는 듯 보였기 때문이다. 삶과 죽음, 사실과 거짓, 있음과 없음의 경계는 그들이 지나온 세월의 풍파 속에 그렇게 희미해져 있는 듯했다.

딱히 "삼촌이 있는지 없는지 확인하러 가자"고 둘 사이에 결정된 바도 없는 듯한데, 그들은 어느새 한 걸음 한 걸음 입구 쪽으로 향하고 있었다. 깔깔대고 어깨를 두드리며 주고받는 장난은 영락없는 어린아이들의 그것이었다. 토닥거리던 두 노인은 특유의 생기를 내뿜으며, 앞서

거니 뒤서거니 그렇게 시간의 복도 틈을 비집고 사라진다.

그들이 사라지고 난 자리로 바람이 불어오고 잎들이 산들거리고, 그 사이로 햇살이 쪼개져 바닥에 떨어져 내린다. 나그네는 긴 낮잠에서 깬 직후의 나른한 몽롱함을 느낀다. 방금 내가 겪은 일이 잠시 후면 기억 속에서 영원히 증발해버릴 한여름의 백일몽이었던가. 아니면, 내가 살고 있는 단단한 세상 속에 빚어졌던 현실적 사건이었던가.

현실과 꿈, 과거와 현재, 이곳과 저곳, 시간과 공간이 얽힌 혼재의 상황은 몽롱함을 더해 간다. 손에는 한 움큼의 사탕이 쥐어져 있는데, 그것을 만지작거릴수록 나는 내가 서 있는 곳을 가늠할 수 없다.

(2013. 7)

인생의 난제를 해결하다

나는 중고생 시절, 정말 그렇게도 방 청소가 하기 싫을 수 없었다. 하루만 지나면 수북이 쌓이는 먼지와, 쓰레기장이 되다시피 어질러지는 방의 풍경을 보며, 아침에 눈을 떴을 때 "이걸 또 어떻게 치워야 하나?" 하는 자괴감이 온몸을 무겁게 내리누르곤 했다.

이 때문에 나는 어떻게 하면 방 청소를 간단하게 할 수 있을지 끊임없이 고뇌했고, "방 청소를 쉽게 할 수 있는 방법을 내게 달라"며 신께 기도하기도 했다. 지성이면 감천이랬던가? 이렇게 나이 먹어서야 그간 내 인생의 발목을 잡고 있던 최대의 난제를 해결할 수 있게 되었다.

아침에 일어나서 한 번만 털면 된다!

(2014. 7)

공허의 바리케이드 너머

    춥거나 비가 오는 날이라면 아침에 일어나 그 추위와 비를 피하기 위해 관공서 등이 문 열기 전 그 앞에서 한두 시간을 죽치고 서서 기다려야 하고, 밤에 야영 장소를 물색한 후엔 텐트를 세우기 위해서 사람의 발길이 끊기는 것을 기다려야 하는데, 이때의 '빈' 시간이 주는 공허감이 상당하다. 더군다나 텐트를 세우고 나서 홀로 어둠의 중심에 놓인 나 자신을 대면해야 하는 것도 여간 곤혹

4. 그리고……

스럽지 않다.

일상적인 생활의 공간에서는 그러한 빈 시간은 존재하지 않는다. 짜여진 계획이나 친근한 분위기, 일할 장소, 익숙한 사람들과의 관계가 늘상 내 자신을 안정하게 매어 놓기 때문이다.

물론 이는 정확히 표현해보자면 '안정'보다는 '번잡'이라는 표현이 적절한 것이다. 우리는 태어나 자라오면서 텔레비전, 각종 유행 문화, 경쟁적인 일상, 인간 관계, 제도와 관습, 전통 등의 번잡함에 끊임없이 시달린다. 그 결과 정신에 과부하가 걸려 주변을 돌아볼 여유를 잃어버리고, 결국에는 이런 분위기에 휩쓸려 떠밀려가는 상태를 '안정'으로 여기게 된다. 그리고 그 속에서 우리는 애써 평온과 행복의 의미를 발견하려 한다.

조금이라도 더 갖고 더 높이 오르려는 욕망으로 세워진 세상에서, "일찍 일어나는 새가 벌레를 잡는다"는 유(類)의 속담을 인생의 좌우명으로 읊으며, 학교에서는 좀 더 많이 갖기 위한 효과적 기술과 능력을 익히고, 집에서는 그 기술의 실질적인 응용 사례를 부모로부터 체험하며, '물질의 양이 인간의 존엄을 결정하는 자본주의 사회 체제'의 통념 속에서 살아왔던 터이다. 여태껏 내 삶이 이러한 번잡함에 있었음에, 아무것도 하지 않고 가만히 있는 시간에 '공허'가 몰려오지 않을 수 있겠는가.

우리가 집단의 관성에서 벗어나지 못하고 휩쓸려 살아가는 이유는 바로 그것이리라. 일상을 둘러싸고 있는 '공허'라는 이름의 바리케이드는 사람들이 그것을 뚫고 그 너머의 세계로 나아가는 것을 방해한다.

마치 전기 철책을 대면한 가축마냥 그 공허를 조금이라도 맛본 이들은 이내 절망하고 돌아와 일상에 다시 매몰된다.

우리가 아무렇지 않게 살아가는 일상이 얼마나 야만적인 것이고, 그 일상의 너머에서 우리가 얻을 수 있는 것이 얼마나 가치 있는 것인지를 어렴풋이라도 예상한다면 그 위험을 감수할 용기를 얻을 것이지만, 그 너머의 것을 얘기해 줄 만한 사람도 존재하지 않고 그것을 가늠할 만한 시야도 없으니 바리케이드를 넘을 필요를 결코 고민하지 않는 것이다. 결국 철저하게 일상에 안주하는 것이 이 사회에서 태어난 이들이 선택해야 하는 유일한 삶의 길이다.

물론 그 중의 하나가 둥글이였음은 두말할 나위 없다. 내 진실한 존재를 찾아 나선 이 유랑의 길. 둥글이는 종종 이 길에서 그 '텅 빈' 시공의 침묵을 대면하며, 그 너머로 도약할 수 있는 기회를 엿보고 있다.

(2014. 8)

나는 바람에 떠도는 유랑자다

떠돌이 개처럼 헐떡이던 하루를 보내고 나서 제주 성산포항 방파제의 맨구석, 바다로 향하는 시멘트 언덕 위에 텐트를 쳐 올렸다. 아마 이곳에 텐트를 친 사람은 둥글이가 유일하리라. 여행객은 이쪽 구석까지 길이 있는지 모를 것이고, 지역 주민

들은 안다고 해도 다년간의 요가 수련을 받지 않은 이상, 평지가 아닌 볼록 솟은 이곳에 텐트를 치고 누울 수 없을 것이다. 이런 곳에 눕기란 대단한 인고를 필요로 하기 때문이다.

해변과 지평선이 만나는 곳에 성산일출봉 한 자락이 눈에 들어온다. 눈앞에 펼쳐진 풍광에 넋을 놓고 있다가 문득 그간 8년 넘게 세상을 떠돌며 접했던 다양한 사건들이 기암절벽에 누적된 퇴적층의 한 층도 되지 못함에 허망함이 밀려온다. 층층이 누적된 억겁의 세월 앞에 떠돌이 나그네의 삶은 나른한 봄날의 백일몽이런가.

밤이 되니, 아무도 봐주는 이 없는 파도가 달빛 아래 일렁인다. 빛과 그림자 사이에 나는 어디에 서 있는가.

예쁘게 빛나는 우도의 등대가 저 멀리 암흑을 두리번거리며 사람들의 앞길을 밝힌다. 사람들은 그 빛이 비추는 곳을 향해 나아갈 테고, 사랑을 하고, 가정을 꾸리고 아이를 낳고, 평범한 일상을 살아갈 것이다. 하지만 저마다 확신이 가득한 이들 사이에서 나는 내가 설 곳을 가늠할 수 없다.

나는 내 발길을 따라, 바람을 벗 삼아 떠도는 유랑자이기 때문이다.

(2013. 5)

'길 위의 평화' 카페에는
여태껏 유랑 중에 작성한 유랑일지가 지역별로 기록되어 있다.
이 책에 정리된 것은 둥글이가 길바닥에서 쓴
3천여 페이지의 글과 2만 장이 넘는 사진 중에 몇 개를 추린 것이다.
길위의 평화 http://cafe.daum.net/my80go
이메일 1234yz@daum.net

둥글이의 유랑기를 읽으며

김광철(초록교육연대 공동대표)

나는 서울의 혁신학교 중 하나인 신은초등학교에 근무하고 있는 교사이다. 혁신학교에 근무를 하게 된 동기야 이것저것 많지만, 그 중에 빼놓을 수 없는 것이 '지속가능한 미래 교육'에 대한 고민 때문이다. 경쟁과 수월성으로 내몰린 우리 교육이 본래의 기능을 회복할 수 있도록 작은 실천이라도 하고자 하는 마음에서다.

나는 전교조가 생기면서 전교조 활동을 지속해 오고 있고, 참교육 운동 차원에서 20년 전 만들어진 '환경과 생명을 지키는 전국교사모임'(줄여서 '환생교') 활동도 계속 하고 있다. 2004~2005년에는 그 단체의 전국 회장을 맡아 전국 곳곳에서 벌어지는 환경 파괴의 현장을 넘나들었다. 새만금 갯벌 매립 반대 운동에도 참여했다가 자연스럽게 '둥글이' 박 선생을 알게 되었다. 9년 전부터는 교사들이 중심이 되어 대학교수, 환경단체 활동가, 학부모, 시민 등을 모아서 '초록교육연대'라는 단체를 창립하여 지금까지 공동대표를 맡고 있다. 학교 현장에서 '생태적으로 지속가능한 세상을 열기 위한 교육'(초록교육)을 하기 위한 노력을 하자는 차원에서 나름대로 활동을 해오고 있다.

우리 인간이 현재와 같은 삶의 방식을 지속한다면 머지 않은 장래에 이 지구상에 인류가 존재할 수 있을지 지극히 회의적이다. IPCC(기후변화에 대한 정부간 협의체) 4차 보고서에 의하면 현재와 같은 속도의 기후변화를 방치한다면 앞으로 20~30년 내에 지구의 평균 기온이 2~3도 상승하고, 지구상의 생물종의 30퍼센트가 절멸한다. 금세기 내에 지구의 평균 기온은 최고 6.4도 상승하고 해수면은 59센티미터 올라가 전 세계의 낮은 지역의 3분의 1이 바닷물에 잠기며, 생물종의 80퍼센트는 절멸할 수 있다고 한다. 물론 5차 보고서는 좀 완화된 내용을 내놓고 있지만, 만약에 이런 상황이 온다면 이 지구상에 '호모 사피엔스'라는 종은 얼마나 살아남을 수 있을지 참으로 끔찍한 일이 아닐 수 없다. 인간들이 저질러 놓은 과오가 지구상에 서식하는 생물종 대부분의 멸종까지 몰고 올 수 있는 것이다. 물론 세상을 낙관적으로 보는 사람들은 이런 미래 예측을 반신반의한다.

뿐만 아니라 2011년 3월 11일 일본 후쿠시마 핵발전소 폭발은 우리 인류에게 엄청난 충격을 주었다. 이미 1986년에 구 소련의 체르노빌 핵발전소 폭발로 현재까지 100만 명이 넘는 사람들이 죽어가거나 다쳐서 고통을 받고 있고, 아직도 반경 30킬로미터 내에는 사람의 접근이 금지되고 있다. 현재 우리나라에도 23기의 핵발전소가 돌아가고 있다. 박근혜 정부는 이걸 앞으로 더 늘리겠다고 하는데, 참으로 걱정이 아닐 수 없다. 핵발전만의 문제가 아니라 지구상에 개발되어 배치되어 있는 핵무기들을 생각하면 참으로 끔찍한 일이다.

기후변화와 핵 문제만이 아니라 우리 인류의 지속가능성을 해치는 문제들은 산적해 있다. 자원의 고갈, 인구 증가로 인한 식량 부족, 다양한 환경 오염 등. 그러나 또 보고 넘길 수 없는 것은 인간 조직 내부의 문제이다. 구 소련의 몰락으로 신자유주의가 극성을 부리면서 전 세계는 초국적 자본이 지배를 하고, 일부 자본이 전 세계의 가난한 나라들과 민중들을 수탈하면서 국가와 국가 간의 빈부격차는 물론이고 한 나라 안에서도 부의 양극화가 심화되어 가난한 사람들은 더욱 살기가 힘들어지고 있다. 대부분 국가들은 이런 사회 현상을 개선하기보다 자본의 횡포에 굴복하여 더더욱 양극화는 심해지고 자연 수탈은 멈출 줄 모르니, 우리 세대는 물론이고 미래 세대들의 앞날은 기약을 할 수 없는 지경에 이르고 있다.

그러나 이런 흐름을 바꾸려는 노력은 우리 인류 전체가 나서서 정말로 획기적인 각성이 있지 않다면 가능해 보이지 않는다. 과거 아메리카 인디언들이 살았던 시대로 돌아가지 않는다면 과연 가능한 일일까? 그렇게 돌아가자면 동의할 사람들이 과연 있을까?

바로 그런 화두를 안고, 그래도 우리의 희망인, 때 묻지 않은 아이들을 찾아 이런 답답한 세상의 모습을 알리고, 함께 바꾸기 위해 노력하자고 하면서 눈물겨운 투쟁과 같은 여정을 나선 이가 있으니 그가 바로 '둥글이' 박성수 선생인 것이다.

나는 그가 보내 오는 유랑 소식을 접하면서 참으로 부끄러울 때가 많다. 나를 콕 집어 질타하는 것 같다. 아이들에게는 바르게 살라고 하면서 나는 제대로 실천하고 있는가? 뜨끔할 때가 많다. 정치인들은 물론이고, 겉과 속이 다른 종교인들의 이야기, 끊임없이 돈과 권력을 추구하는 사람들의 이중적인 모습과 자주 등장하는 멍멍이들의 이야기를 읽고 있노라면 저절로 웃음이 나올 정도로 해학이 풍부하면서도, 힘없고 가난한 이들을 향해서는 마음 한구석이라도 떼어주고 싶어하는 지극히 인간적이고 참 따뜻한 사람이라는 느낌이 든다.

　세상 사람들 중 둥글이의 지적에 대하여 자유로울 수 있는 사람들은 과연 얼마나 될까? 아마 별로 없을 것이다. 속물인 우리 인간이 타고난 탐욕심을 어떻게 자제하고 완화하여 이웃과 함께 더불어 살 것인지 대오 각성하지 않고는, 단언컨대 우리의 미래에 희망은 없다. 이 화두를 안고 둥글이는 오늘도 용산에서 강정마을에서, 또 전국 곳곳의 초등학교들을 찾아 발에 물집이 잡히고 비에 젖고 바람에 날리며 길을 떠나고 있는 것이다.

　그의 말을 듣고 있노라면 김삿갓이 환생한 것이 아닌가 하는 착각에 빠져들기도 하고, 때론 도를 얻기 위하여 설원을 누비던 석가, 광야를 떠돌았다는 예수, 수레를 타고 천하를 주유했다는 공자를 떠올리게도 된다.

　그의 실천기인 이 책은 그의 손가락이 가리키는 세상을 바로 보지 못하는 현대인들의 어리석음에 대한 통렬한 비판일 수도 있다. 책 몇 권 읽은 얄팍한 지식의 편린들을 주워 모은 것이 아니라, 세상을 걷고 또 걸으며 사유하고, 온몸으로 쓴 육필 수기이기에, 나 자신을 비춰볼 수 있는 명경지수임을 확신한다. 특히 세상을 바꾸고자 남들 앞에 나서는 모든 이들에게 일독을 권하고 싶다. 그래서 둥글이가 바라듯, 겸허한 마음으로, 나는 비우고 남은 채워 주겠다는 마음으로, 그의 요구의 반의 반만이라도 실천해 나간다면 우리 세상은 더욱 밝고 지속가능하지 않을까?

나무 같은 사람

최진(시인)

2001년 2월 동기들의 졸업식 다음날, 배낭 하나 달랑 메고 주머니에 십원 한푼 없이 대구교대 정문을 나섰던 그날이 떠오릅니다. 스스로 교사라는 자각도 없이 국가가 주는 자격증만 붙들고서 아이들 앞에 서는 일이 용납되지 않아 떠났던 무전여행. 막연히 좋은 선생님이 되고 싶었고또 그런 꿈을 가진 '내'가 누구인지 스스로를 만나고 싶어서 떠났던 길이었고, 그 길에서 돌아오는 법을 배웠더랬습니다. 그것은 현실을 핑계로 버렸던 꿈을 향한 되돌아옴이었고, 외면하고 부정하고 미워했던 자신을 향한 번지점프였지요.

그 뒤로 저는 시골 초등학교 교사를 했고, 공동체 생활을 했고, 이라크파병을 반대하며 병역 거부를 했고, 결혼을 하였으며, 감옥을 다녀왔습니다. 공동체 생활을 접을 즈음, 아버지의 병원비와 다섯 가족(개 한마리 포함)의 생계를 위해 택배기사 일을 시작하였습니다. 지난 6년 동안 산골 오지마을 택배기사를 하며 "좋은 마을이 최고의 학교다" 란 꿈을 꾸었고, 그 꿈의 싹을 틔우기 위해 거름이 되는 법을 연습하며 꿈 같은 나날을 생생하게 살아가고 있습니다.

지난 5월 비리 군수의 언행에 열 받아 시작한 1인 시위 때문에 '둥글교주' 님과의 인연이 시작되었습니다. 시위 문화에 문외한이었던 저에게 아내가 이 분야에 숨은 고수가 있다며 한번 조언을 구해 보라는 것이 계기였습니다. 그러면서 아내가 덧붙이는 말이, 당신이 결혼하지 않고 혼자였다면 꼭 이분처럼 했을 것 같다는 것이었습니다. 아나나 다를까 교주님의 글과 사진이 이미 내 안에 그러했던 것처럼 페북 너머에서도 그러하더군요. 하늘에서 이루어진 것같이 땅에서도 이루어진다는 말씀이 바로 이것이 아닐까요! (쿠쿵)

페북 속에서나마 둥글이님의 행적을 뒤쫓으며 느낀 것은 기행과 기적이 아니라 '지극한 당연함' 입니다. 드러누워 길을 가는 것이 멀리서는 기행이거나 기적이겠지만, 멸망의 광풍이 부는 세상의 파도를 헤쳐 나가는 자세는 젖먹던 힘까지 짜내어 드러누울 수밖에 없는 법입니다. 광풍의 힘을 역으로 이용해 정의의 항해를 해나가는 그의 고행에는 그러한 '지극함과 당위'가 광대하게 펼쳐집니다.

물론 둥글이의 전매특허인, 진지함 속에서도 맛을 잃지 않는 초절정 긍정과 유머는 소금처럼 거두어 맛없는 일상에 양념처럼 쓸 일입니다. 5년 안에 신안 앞바다 천일염보다 비싼 값에 팔릴지 모르니, 뭇 둥글교 신도들과 비신도들은 이 책의 출간을 기해 매점매석을 2015년 최대 과업으로 삼아, 밝은 새해를 맞이하시기 바랍니다!

나무 같은 사람

내 눈앞에 있는 열 명을 돕기 위해 돈을 벌면, 내 눈앞에 보이지 않는 세상 어딘가의 백 명이 가난해집니다. 그의 가난에는 이러한 이유가 있지 않을까, 스스로 묻고 답해봅니다. 박성수, 그의 마지막은 나무 같은 사람이 되는 것이 아닐까 합니다. 전국 초등학생들을 '지구특공대'로 임명하며 유랑의 길을 이어가는 그를 보면서 나무 심는 노인을 떠올리는 사람은 저만이 아닐 겁니다.

그의 계좌는 항상 열려 있습니다. 입금천국 불납치질······.

둥글이 별명과 상징

둥글이 심볼을 소개해 보자면, 동그란 원은 '조화와 화합'을 상징하고, 온전하지 않은 이빨은 부조리한 문제를 처리하려고 바쁘게 일하다가 그것을 원하지 않는 이에게 떠밀려 넘어지면서 아스팔트 바닥에 얼굴을 찧는 바람에 빠져버린 이빨을 표현한 것이다. 부조리를 해결하려고 바쁘게 뛰어다니다 보면 가끔 수모를 당할 때가 있는 법! 하지만 둥글이는 '웃음'을 잃지 않는다. 아주 어설프지만 그래도 웃음을 지어 보이고 있는 것이다. 그것은 진실을 추구하는 도중에 맞닥뜨리는 한계 상황에서도 포기하지 않는 희망의 표식인 동시에, 자신을 기준으로 삼아 살아가는 인간의 숭고한 생의 의지의 표현이다. 영혼이 갈기갈기 찢기는 운명의 시련마저 긍정하고 깔깔대는 삶의 자세가 '둥글이'라는 닉네임에 함축되어 있다. 그렇더라도 종종 긍정이 안 되고 열 받는 상황에서는 '초사이언 모드'로 변하곤 한다.

초사이언모드

둥글이 낙관

둥글이 심볼과 함께 둥글이 낙관에 대한 고찰도 필요하다. 낙관이라 함은 자신의 글씨나 그림에 스스로의 이름이나 아호를 쓰고 붉은색으로 찍는 도장을 말한다. 비록 작은 도장이지만 이 도장 속에는 그의 존재와 삶이 함축되어 있다고 보아도 무방하다. 그런 의미에서 끝없는 경쟁과 소유의 욕망에 짓눌린 세인들의 피로를 덜어주고자, 안 쓰는 잔돈과 헌 지폐 수거를 위한 큰 길을 가시는 둥글 선생의 낙관은 그의 대자대비함을 간결히 상징하고 있다.

* 참고로 이 책은 '둥글이의 유랑투쟁기'라는 제목이 붙어 있지만, 세인들 사이에서는 화장신을 숭배하고 둥글이를 교주로 모시는 둥글교의 경전인 『둥글경』으로 알려져 있다. @.@ 믿거나 말거나~.

자발적 가난과 사회적 실천의 여정

둥글이의 유랑투쟁기

초판 1쇄 발행 2014년 12월 29일
초판 2쇄 발행 2016년 2월 15일

지은이 박성수
펴낸이 오은지
책임편집 변홍철
펴낸곳 도서출판 한티재 **등록** 2010년 4월 12일 제2010-000010호
주소 42087 대구시 수성구 달구벌대로 492길 15 **전화** 053-743-8368 **팩스** 053-743-8367
전자우편 hantibooks@gmail.com **블로그** www.hantibooks.com

ⓒ 박성수 2014
ISBN 978-89-97090-39-6 03810

이 도서의 국립중앙도서관 출판예정도서목록(CIP)은 서지정보유통지원시스템 홈페이지(http://seoji.nl.go.kr)와
국가자료공동목록시스템(http://www.nl.go.kr/kolisnet)에서 이용하실 수 있습니다.
(CIP제어번호: CIP2014034358)